饮罪者

黄青蕉 ＼ 著

天津出版传媒集团

天津人民出版社

图书在版编目（CIP）数据

饮罪者 / 黄青蕉著. -- 天津：天津人民出版社，
2017.1

ISBN 978-7-201-11224-4

Ⅰ.①饮… Ⅱ.①黄… Ⅲ.①长篇小说—中国—当代
Ⅳ.①I247.5

中国版本图书馆CIP数据核字(2016)第311601号

饮罪者
YIN ZUI ZHE

黄青蕉 著

出　　版	天津人民出版社
出 版 人	黄　沛
地　　址	天津市和平区西康路35号康岳大厦
邮政编码	300051
邮购电话	（022）23332469
网　　址	http://www.tjrmcbs.com
电子信箱	tjrmcbs@126.com

责任编辑	玮丽斯
特约编辑	宣佳丽　路思维　牛　闯　李金玉
装帧设计	紫图图书ZITO®

制版印刷	北京中印联印务有限公司
经　　销	新华书店
开　　本	880毫米×1230毫米　1/32
印　　张	10
字　　数	200千字
版次印次	2017年1月第1版　2017年1月第1次印刷
定　　价	39.90元

人的情况和树相同。

它愈想开向高处和明亮处，它的根愈要向下，

向泥土，向黑暗处，向深处。

目　录

每个人都是加害者又是受害者，
　　我的手是加害者的手，
　　我的眼是受害者的眼。

第一章

一场连环凶杀

帷幕拉开

陈淑曼走出雪松大厦的时间是下午七点零五分，十月二十五日，星期四，难得没有加班。

暮色四合，陈淑曼解开深灰色小西服的纽扣，高跟鞋叩击在广场的地面上。在她的脚下，无数马赛克瓷砖被镶嵌成巨大的螺旋纹样，鲜红与暗褐交织，回旋往复。据说只要绕着广场跑得够快，螺旋就会自己动起来。陈淑曼当然没有这么做过，她的细高跟鞋只会往返于雪松大厦与高通地铁站之间，矜持，匀速，一二三。

今天也是如此，一二三，一二三，尖锐的鞋跟仿佛在给一成不变的人生倒数读秒。正在无聊的档口，一阵微凉的晚风扑面，陈淑曼嗅到了一点熟悉的香气，胭红麂绒，跟自己身上的香味别无二致。

她的眼睛往前追随着香气的女主人，却意外地看见一副高大的男性躯体。白衬衫，袖子挽起，领子整洁雪白，再往上是一截肤色健康的颈子和修剪整齐的黑色短发。香气的主人步幅很大，身上热腾腾的能量在秋夜的晚风里蒸腾起来，仿佛肉眼可见，让陈淑曼有点想入非非。

——居然用女士香水，不过人嘛，还是有点体面的。陈淑曼忍着笑歪歪头，与此同时，广场的另一侧传来一阵模糊的骚动，这阵噪音让周围的人在同一时间转过了头。

然而陈淑曼不是所有人，她还沉浸在白衬衣男人的吸引力中。看，他也转过头了，皱着眉的侧脸，鼻梁高挺，下颚坚毅，眼睛像鹿眼一样带着水光。陈淑曼拢拢头发，不知为何感觉到了一阵含着期待的紧张。

——啊，要是能像偶像剧演的那样，发生点什么事情把我们凑到一起就好了。

陈淑曼没有想到她的愿望实现得如此之快。

《高通广场发生恶性连续杀人案，两死七伤》的编辑页面上一片空白，郑源盯着闪动的光标，叹了口气，几乎是报复性地倒在椅背上，办公椅抗议着发出刺耳的嘎吱声。

这是他成为社会版新闻记者的第八年，只是八年，却像是过了八十年那么漫长。纸媒的衰落仿佛是一夜之间的事，他还年轻，却觉得自己已经老了。

"高通广场 25 日下午发生杀人案，凶手持刀杀死 2 人，另有 7 人受伤。凶手身份未明，作案动机未明，尚不清楚凶手是否和遇害者相识。警方认为，凶手为单人作案，没有同伙。警方赶到现场后没有开枪。"

这也未明，那也未明，我知道的还不如随便一个网友多。郑源揉揉眉间的疙瘩，把一张传真摔在键盘上面。这个东西，唯有这个东西算得上是通篇模糊混沌里的一点点小确定，就像暴风雨的大海上一点突出于水面的礁石。

那是一份刚刚确定的受害者名单。手写，简陋，字也足够难看。那是郑源的内部消息，来自他的老同学汪士奇，一名现役刑警队长。

李建国，男，45岁；周娟，女，32岁；徐子倩，女，27岁；王宇轩，男，5岁；陈淑曼，女，25岁；袁佳树，男，28岁……

郑源一眼扫过去，在徐子倩和袁佳树的名字上各打了个圈，潦草地标注着"死亡"。

他的手指在那两个名字之间来回逡巡，直到劣质的墨迹都渗进了指纹里。距离收到传真已经过去了四十分钟，郑源重重地喘出一口气，到底划拉开了手机。

"你小子，果然不见棺材不掉泪。"

几乎是在电话接通的那一瞬间郑源就后悔了，汪士奇熟悉的声线鼓动着耳膜，还是一如既往的明快，但每一个字都像揍在他的太阳穴上。

"啊，我……那个，刚搬回来，还没来得及给你……"

"少废话，我知道你不会主动联系我。"汪士奇的声音停顿了一下，像是在努力找回自己的玩世不恭，"只有我跟个跟踪狂一样，以权谋私查你的户口籍贯所在单位电话传真，还要苦哈哈地自己放大饵等着你来咬。你知道那份名单多少记者等着要么？老子的大腿都快被他们抱青了，也就只有你……"

"好好好，都是我不对。你有空么？我们出来说。"郑源抬头看了看墙上的挂钟，肩膀夹着手机开始四处找外套，"老地方，我请。"

"老个屁地方，去年就拆了！"汪士奇的嗓门一到奚落郑源的时候就会变得特别大，"等着，我来接你。"

郑源没脾气地敷衍着，刚要挂掉电话，汪士奇的声音又不依不饶地从听筒里追出来："诶对了，趁着没事你加上我微信，给你看点好东西——喂？人呢？你个老头子不会连微信都没有吧？你听我说，这个很方便的，你先注册，然后点下边第二个钮，有个新加好友的地方，那个就是我……"

——谁是老头子！郑源撇嘴，手却自觉地听从指挥完成了安装注册。提醒音"滴滴"响起，汪士奇顶着一只大狗的头像请求了一路，有点可笑，郑源也就真的笑了一下。

然而下一秒他就笑不出来了。

汪士奇发来了一段小视频，正是今天早些时候的高通广场。画面上一个穿着深灰西服、蹬着高跟鞋的女人被凶手拽住，尖叫着，前方一个高大的白衣男人折返冲过去推开了女人，奋力争夺凶手的刀。视频一分十五秒，凶手的刀捅进白衣男人胸膛的时间大概在五十五秒，虽然背景音充斥着尖叫和哭泣，但是在凶手行凶的一瞬间，世界仿佛陷入了绝对的安静，郑源甚至能听到利刃捅进身体里沉闷的扑扑声。

"英雄救美啊。"汪士奇的消息弹出来。"可惜了，美还在，英雄没了。"

大概目睹一个大活人的死亡终究不是什么愉快的事，郑源沉着脸关掉视频，想了想，又转头保存下来。如此直白的血腥怕是很快就要被屏蔽掉了，然而对郑源来说，这段暴力影像并非全无作用。

虽然镜头离得远，晃得也厉害，但郑源觉得，在白衣男人倒下的过程里，凶手在哭。

无名嫌疑犯

　　托汪士奇的福，郑源有了面对面采访嫌疑人的机会。只是机会，汪士奇好心提醒他，之前已经来过两拨记者了，软硬不吃，什么都不答。

　　郑源耸耸肩，因为没有期待，倒也没觉得有多大的失落。他走到看守所的椅子上坐下，在一团乱的背包里翻找着眼镜。不一会儿，踢踢踏踏的脚步伴随着镣铐声响渐渐趋近，最后停在了对面。

　　"好好说话，别耍花样！"

　　郑源抬起头，虽然已经有了心理准备，但这个人还是让他吃了一惊。

　　平静，这是他给郑源的第一印象。不过真如王尔德所说，男人的脸是一本自传，那么这个男人看脸就知道是个悲剧。他还是能称得上清秀的，眼睛像背阴处的池塘，偶尔水光一闪，掩映在睑睫之下，有点瑟缩，却不是杀人犯该有的气势。他确实是太瘦了，郑源心想，几乎是一具骷髅被生绷在枯瘦的皮下，骨头随时能从关节接缝处穿出来。他不吸毒，也没得绝症，郑源低头看着他的体检报告，难以想象 21 世纪的大城市里还存活着重度营养不良的成年男人。

　　房间里很安静，衬得郑源吞口水的声音都无比明显。他审慎地打量着对面的男人，思考着选择哪一句作为突破口。他需要亲密感吗？还是过分谦卑与尊重？他是对"作品"特别关心的凶手类型吗？受害者的人数有什么特殊含义吗？七？九？二？男女性别呢？又或者是作案时间？

一分半钟过去了，眼看就要错过最佳机会，郑源的心里文山句海滔滔而过，始终没有抓住那条尾巴。他唯一知道的是，第一句至关重要，而且，绝不会是外面那些都市报写烂了的煽情性报道开场白：一个淳朴瘦弱的社会底层，是如何被生活的重压逼得举起了屠刀？

"我知道你什么都不会说，我本来也没打算有什么结果。"郑源终于开了口，"不过我一直在想，你的真实目的是什么？"

男人隔着铁栏杆盯着郑源的脸，眼神却直直穿过他的颅骨，定在虚空中的某一点上。这句话一出，那视线仿佛闪跳了一下，很轻微，但是郑源捕捉到了。

"想要搞个大新闻的人我见多了，烧公交的，砍学生的，炸邮政局的，都是社会底层，穷，压抑，受欺负，一辈子望得到头也没什么意思，干脆出来报复社会。我知道你看起来也差不多，但是我总觉得有哪里不一样。"见男人没反应，郑源干脆一鼓作气地说下去："你的名字是假的，身份证是假的，住址当然也是假的。警察已经比对过了，你没有前科，不符合任何一个在逃嫌犯特征，也没有宗教诉求……所以你到底想干什么？费尽心机隐姓埋名，就为了在雪松大厦里当清洁工，然后突然冲出来无差别攻击路人？"

郑源说完就不动了，也直直地盯回去。男人看起来表情有点动摇。很好，郑源心想，就是这样，轻轻抖动钓竿，有点在意，又不能太在意，水面下暗流涌动，他来了吗？准备咬钩了吗？时机到了吗？不要慌，冷静，马上，就要——

这时，一阵手机铃声突然打破了沉默。

郑源几乎是气急败坏地掏出电话挂了，还没等他收起来，又响了，再挂，又响。

狱警不耐烦地咳嗽了两声，郑源点头哈腰，到底还是走到角落里接了起来。

"主任？啊，我是，抱歉，在外面有点事情……什么？不会吧，小孩子闹着玩儿也是有的……是吗？这……啊，真是太对不起了，我明白我明白，给您添麻烦了……好，好，好，明天我一定到。"

郑源攥着手机走回座位，男人的身体突然前倾了几度。他舔了一下嘴角，出乎意料地开了口，声音晦涩难听，像是用锈铁造了一段声带，刮擦着粗糙的水泥地面，久未上油。

"你不会去的，对吧。"

郑源懵在当场。"你说什么？"

"我说，你不会去的。"男人的手指点了点郑源的手机。郑源几乎是火速地塞进口袋里——山寨机还是不好，他想，声音太大。

"儿子还是女儿？"

郑源焦虑起来，他不想搭话，虽然知道面前这人几乎不可能从深牢大狱里走出去了，但潜意识里他仍然不想暴露任何自己家人的信息。

"打架打到请家长，应该是儿子。"男人靠回椅背，手铐叮当作响。"你也没推给老婆去，所以，单亲家庭，对吗？你一定觉得当爸爸很累，挣钱那么难，儿子屁事不干还要给你添乱。为什么他就不能老老实实吃饭读书自己长大，让我消停点呢？"

郑源的脸红一阵白一阵，他万万没想到会在这里失去了主动权。

"你还是去吧。"男人的手指拨弄了一下锁链，"你去，我就同意下一次采访。"

不打不相识

"我回来了。"郑确冲着空荡荡的大厅喊了一声，手里一刻没停地扔下书包，边脱着上衣边走向洗手间，仿佛并不期待能得到什么回答。当然也的确不会有什么回答，他爸是不可能在这个时间出现在家里的，他甚至看不出来他脸上多了一块乌青。

郑确舔舔开裂的嘴角，打开水龙头，把滚满泥巴的外套扔进洗手池。今天他又挨打了，跟昨天、前天，以及之前不长不短的八年学龄一样。很奇怪，他并不是班上最蠢的，也不是班上最弱的，但是十几岁的男孩们像野兽一样，他们就是能嗅到猎物的气息，然后定位精准地找到他身上来。他以为频繁地转学会摆脱麻烦，然而却并不如愿，从小学到初中，郑确已经记不清自己受了多少次欺侮，全都介于恶意与玩笑之间，每一下都精准地击打在青春期脆弱的自尊上面。他的人生就像泡在水里的这件衣服，廉价，挂满泥浆。

郑确倒上洗衣粉，囫囵地揉搓着，水池里突然传来一阵卡拉卡拉的刮擦声，郑确一愣，继而想起了什么，伸手进去捞出了衣服，从口袋里掏出了一把折叠刀。

刀是旧的，却刚刚开刃，今天原本差一点就要用上了。

如果不是那个人出现的话。

原本是多么好的时机啊。郑确回想着，学校后门，淤塞的小池塘，无人处理的生活垃圾堆成一座腐败的山。男孩们就在那里收拾他，揍个几拳，揪耳朵，跪下，交出书包，丢进泥浆里，无聊得很，有趣得很。

他的右手紧绷在裤兜里，等待着机会。

来了。带头的那个，他们叫他大东，郑确在自己年级没见过他，也许大个一两届。大东踩着垃圾走过来，瓷实的体重压得脚下的泡沫饭盒噼啪直响。他来了，接下来就是他最高兴的事情了。

他会过来脱郑确的裤子，而郑确会趁他靠近的时候给他一刀。

郑确的心跳鼓动着耳膜，结膜一片血红，他没有注意到身后的动静。

大东的手揪住郑确的同时，另一只手从反方向伸了过来，一把拉住了郑确执刀的手。

"你想干什么？"这声音真好听，郑确迟钝地想着，被那只手强行拉开去。

"老三？你怎么来了。"大东愣了一愣，等他看见郑确手上拿着什么的时候，脸色就有点青了。

"你小子很有种吗？打算干吗？捅我？"大东捡起半块废砖，举起了手。郑确闭上眼睛，祈祷能在第一下晕过去，省得疼。

"你们还是走吧。"砖头迟迟没有落下来，郑确的眼睛打开一条缝，看见老三的另一只手拦在了前面。

"怎么，老三，想护人？不像你的风格啊。"大东似笑非笑，邪火未退。

"不是，周老板也往这边来了，我刚看见的。"老三的声音依旧冷静，"你今年都两次大过了，别栽在那个混蛋手上。"

大东的表情介于信与不信之间，踌躇了两秒，突然笑出声来。"也对，老三，今天这事算我欠你一笔，来日再谢。"他扔下砖头，在郑确的外套上蹭了蹭手上的灰，"等着啊小子，马上就有你好过的时候。"他双手插袋，摇摇晃晃地走了，小弟们逐个跟上，直到剩下郑确和老三两人。老三晃晃郑确的胳膊，表情像在逗个狗。

"你多大了就掏刀子，不怕判刑啊。"

"……放开。"

"干吗，我帮你你还犯横？"

"你放开。"

"口气不小嘛，怎么着，没挨够？我再帮你把人叫回来？"

老三笑嘻嘻的，若无其事地敲打着郑确的头顶，郑确挥手反击，却被老三轻易就抢下了刀子，掂了掂，一挥手扔进了小池塘。

郑确脑子里有根弦"啪"的一下断了。他拦腰扑了过去，老三没防备着这一出，脚下一松，两个人一起摔进池塘的烂泥里。

"都不是什么好东西。去死，去死！"郑确摁着老三，一拳接一拳地凿下去，直到老三抓住什么凉飕飕的东西抵在他的脖子上。

"闹够了没有！"老三抹了一把脸上的泥水，手里抓着的是郑确的折叠刀。"不想死赶紧滚，老子没空陪你玩。"

郑确想了想，没起身，又揍了老三一拳。

教导处周主任就是这个时候路过了他俩旁边。

最佳损友

下午两点，咖啡的蒸汽从郑源的眼前蒸腾起来，让他憔悴的眉眼稍显柔和。

"抱歉抱歉，半路撞见了个抢包的，执行了个临时公务。"汪士奇闯进咖啡厅，一屁股跌进郑源对面的沙发，呼的裹携进一股寒气。"今儿怎么样？问出什么好料没有？"

"还没去呢，刚从二十三中出来。"

"二十三中？怎么，宝贝儿子又惹事了？"汪士奇脱下手套，甩来甩去地撩对面的脸，郑源愣了会儿，不动声色地躲开了。

"放学后打架，欺负同学，破坏公共秩序，老三样。"郑源端起咖啡喝了一口，皱了皱眉——太甜，汪士奇把糖加到他杯子里了。

"就你儿子那斤两还能欺负同学，可别笑死我了。"汪士奇也喝了一口咖啡，下一秒就皱着一张脸呸出声来，"错了，错了，赶紧换过来。"

郑源接过杯子："我儿子几斤几两，你又知道了。"

"我怎么不知道，前天咱们喝酒的时候，是谁非要塞给我看儿子照片来着？"

"照片？"郑源挑眉。

"我说郑老师，这才几年你酒量就退步成这样，以后还能不能一起愉快地玩耍了。"汪士奇难以置信地嗤笑了一声。

郑源一阵头痛，仿佛是前天晚上的宿醉又回潮了。他确实什么都不记得，好像上一秒还在盯着酒盅上的细枝梅花发呆，下一秒就发现自己躺在一间宽阔的客厅，四周明晃晃的，胸口被压得一阵生疼。

"……你是狗啊，起来别闹。"等郑源爬起来才发现自己身上趴着的确实是狗，汪士奇养的老黑背，物似主人型，傻呆呆地瞅着他。

以前好歹还会把我扔在沙发上的。郑源若有所思，但他已经十年没见过他了，也不好多要求人家什么，他们还能并肩在一起喝酒，这本身就已经是一种意外。

昨晚上出门看到那辆熟悉的银灰色 GTI 时，他就想退缩了，直到那个人抬手冲他打了个招呼。还是一身牛仔裤、长外套，黑亮的圆眼睛和吊儿郎当的神气好像从十年前打包传送过来的一样鲜活。他恍惚地走到跟前，对方的影子一下子把他遮得严严实实。

"你好像又长高了……"郑源揉揉眼睛。

汪士奇大笑一声，一把抱住了他："瞎说什么呢你！"他的声音贴着胸腔隆隆作响。

"欢迎回来，老郑。"

那熟悉的温度正在把他带回过去。

想到过去，郑源有点惊慌了起来，眼珠子左右转动着，想要赶快从那一块区域里绕过去。不行，不行，他的脑子里警报乱响，危险，不要去那里！

汪士奇的声音就在这时插了进来："不过你儿子这也算随你，当年你那好勇斗狠的样儿我可还记着呢。可惜啊，谁都打不过，最后哪次不是我替你摆平？"汪士奇笑笑，点了一支烟："哎，一直能这么着该多好，要不是后来你和小叶……"

"我们还是聊点正经事吧。"郑源掐断了话头，"那个嫌疑人，吴汇，昨天开口了。"

"我知道，要不是为这事儿我才不稀罕来呢。说吧，你什么感觉？"

"你堂堂一个刑警队长，现在跑来问我感觉？"郑源抬手擦掉一滴不易察觉的汗，"人不是你亲手抓亲自审的么？"

"哼，谁不知道你郑老师直觉一流啊，当年考警校要不是体能测试不过关，你现在铁定混成我上级了，哪能屈才去当记者。"汪士奇摊开一份笔记，"这么说吧，2015年10月25日下午7：20分接到报案，高通广场出现持刀连续杀人凶手，7：28分抵达现场，确认两人死亡，七人受伤，其中三人伤势较重。凶手公开作案，当场伏法，对所犯罪行供认不讳，人证物证俱在。"他将几张照片转向郑源的方向，大滩的血迹看得人眼晕："这是其中一个受害者，徐子倩，在雪松大厦侧面吸烟角被害，死因是失血过多。另一个，袁佳树，在广场西侧，他怎么死的你已经看过了。"

视频里那不祥的静默又涌了上来，郑源胃里一阵翻涌，他赶忙拉过汪士奇的笔记压住那些照片："这不是挺清楚的么？还需要我问什么？"

"你没发现少了点什么吗？"汪士奇挑起一边眉毛，"动机呢？他为什么要这么干？我可不觉得他是在报复社会。"

"所以你就放我过去钓鱼？"

"这可不叫钓鱼，叫曲线救国。再说了，你这刚回来人生地不熟的，我这是给你送业绩好吗？你知不知道多少大报等着出深度采访？这一个就够你吃一年的了。"

"谢谢啊，我可没求着你送。"

"不知好歹。"汪士奇直接把手套扔了过去，被郑源一把接住，"行，我承认，是我没本事，还是郑大记者厉害，晓之以理，动之以情，撬开了犯罪分子罪恶的牙关。满意了吧。"

"满意得很。"郑源把手套丢回给汪士奇，"这才说了几句，能有什么感觉，不过我也跟你一样，觉得动机有问题。"

"所以呢？有破绽吗？有思路吗？有想法吗？"

"你急什么。"郑源也点了支烟，眯起眼睛，"再说了，人也抓了，罪也认了，判也快判了，死得其所，知不知道动机，有那么重要吗？"

"你这话我可不爱听。"汪士奇打开笔记本，给郑源看上面的照片，"一个27岁，一个28岁，男才女貌，好日子长着呢。倒霉催的，赶上就死了，你不觉得冤？"

郑源凑过头去，这是他第一次看见死者的高清正面生活照，男的头发浓密，眼神清亮，嘴角蓄着一点笑意，女的皮肤雪白，细长风情的吊梢眼，确实长得都好。"那又怎么样，你还想给人家凑冥婚啊？"

"这还用我凑？"汪士奇喷出一口烟，"查过了，这两个人就是情侣，确切地说，未婚夫妻。"他拿烟的手比画了一下，翘起无名指："钻戒都戴上啦。十一月过了就要结婚。"

郑源的眼睛瞬间瞪大了，他手忙脚乱地掏出本子划拉起来："还有吗？快说快说。"

"其他就没什么了，还在保密排查，说出来我又该挨批了。"汪士奇靠回椅背，似笑非笑地盯着郑源看。郑源被他看得头皮发麻，只好投降似的举起了手："好好好，一切服从汪队指挥。"

汪士奇露出满意的笑容："我跟你的思路一样，太巧了，一切都太巧了。我们查了这个吴汇的出勤记录，风雨无阻，比我上班都准时。你说他费那么大劲造个假身份，就为出来捅几个人，图什么呀。但是看到这两个人，我觉得我们之前的方向可能搞错了。"

"你是说……一开始他的目标就是这两个人？为什么？有关系么？"

"女的是雪松集团的千金，男的是同公司高管兼上门女婿，你说跟一个清洁工能有什么关系。"汪士奇掐灭烟蒂，"我倒希望能查出点私生子啊什么的，可是没有，一点都没有。"

"不是私仇，那就可能是收人钱财替人消灾。"一听这话，对面汪士奇的脸立马一黑。的确，要真是买凶杀人，查起来麻烦可就大了。雪松集团是市里几十年的老企业，地头蛇，关系网乱得人尽皆知，论寻仇，有动机的嫌疑人估计一卡车皮都拉不完。

"买凶这条线我们也跟了，这家伙贼得很，名下没有银行卡，工资都是领现金，就算他收了谁的钱，一定也是放在家里，我们一时半会儿也翻不出来。"汪士奇揉揉眉心，纵使乐观如他眉头也挤出了一道川字纹，"现如今只能靠笨办法了，高通广场拢共三条地铁两趟公交，这家伙收入不高，一定是公交上下班。往东边地价贵,谅他也住不起,那就只剩一条线了。"

"719,南城。"郑源打开手机看了看地图,"二十几站呢,慢慢磨吧你。"

"没事,我有的是时间。"汪士奇凑过来拍拍郑源的肩,"反正你那边也得慢慢培养感情不是?"

郑源拍掉汪士奇的手:"皮又痒了是吧。"

"我又没瞎说,谁让人家只对你一个人开口呢。"汪士奇挤挤眼睛,笑得十分不怀好意,"哎,真不知道是为什么。"

"去问问不就知道了。"郑源站起身,"现在就去。"

初次交锋

看守所里的温度比外面还要更低一些，郑源在椅子上紧了紧风衣外套，希望自己在接下来的采访中至少不要哆嗦得太厉害。这才几月，他恹恹地搓了搓手想，这日子没法过了。

吴汇倒是一点没有怕冷的样子，即使他身上只套着一件单衣，外加大了许多的橙红马甲。他摇摇摆摆地坐下，劈头就问起郑源的儿子："怎么样，记过了么？"

郑源知道自己逃不过这一关，干脆反客为主："还好，两边都有责任，罚了个课外劳动。怎么，想起自己儿子了？也这么淘？"

吴汇没有答话，倒是扯出了一丝笑意，微微偏了偏头。郑源知道那个表情，那是在说：现在终于有点好玩了。

可惜他郑源并不是来陪他玩的。

"不想跟我聊家人？还是说你没有儿子？不，我猜你应该儿女都没有。按你的岁数，如果有孩子，最多三四岁，而你的受害人中就有一个五岁的孩子，你要是个当爹的，未必下得去这个手。"

吴汇笑笑："你还真不像个记者。"

"彼此彼此，你也不像个杀人犯。"

"所以你来是要给我翻案的吗？"吴汇盯着郑源的脸，"可惜，认罪书我都签了。"

"我可没打算给你翻案，我的工作是从你这儿挖一个真相，拿出去发表换一口饭吃。"

"现在这个真相不好吗？"

"不够好，起码糊弄不了我。"郑源举起两张照片，再次捕捉到吴汇脸上一纵即逝的表情变化，"九个受害者里死了这两个，一个七刀一个两刀，偏偏他俩下个月要结婚，你说巧不巧。"

"倒霉呗，"吴汇耸耸肩，"我下手可没挑。"

"你确定？当时广场上可有小一千人，你就这么赶巧，随机杀掉一对未婚夫妻？"

吴汇不答话，只顾着盯住照片看，有那么一瞬间，郑源差点以为他就要招了。可惜，他这一辈子就没怎么如愿以偿过。

"啊……这个人，我记得了。"吴汇竖起一根手指示意，郑源翻过来看了看，是袁佳树的照片。

"他是最后一个。当时我本来打算弄个小妞的，卷头发，腿那么长，多带劲啊，生让这孙子冲过来给拦了。我也没客气，照心窝就是一下。后来又补了一下。"

又是一阵反胃突如其来，郑源感觉肠子搅在了一起。

他忍不住在心里默默骂娘，怎么把这么重要的细节给忘了！视频还在他手机里存着呢，袁佳树确实是自己冲过去救人才死的，也就是说，他并不是吴汇的初始目标。

"今天聊得差不多了吧。天也不早了。"吴汇的表情已经单方面宣告了这一回合的胜利，"下次你来的时候能不能带几份报纸？我是说，如果你还会来的话。"

郑源苦笑："怎么，现在又成了炫耀型杀手了？等着看自己的大名登遍头版头条？"

"你不也一样？天天忍着恶心来见我，不就是为了自己的大名署在头版头条下面么？"

郑源感觉这个男人越来越不好惹了。

接近

五点半，太阳暗了。郑确抱着墩布脸盆路过走廊，迎面撞见了靠着栏杆抽烟的老三。烟雾顺着光线上升，像一条倒挂的乳白色的河流，老三的脸在后面明明灭灭，看不真切。

"啧。"老三咂咂嘴，眯起眼睛预判着郑确的反应，见他不动，又挑衅地朝他弹了弹烟灰。

"麻烦让一让。"郑确放下脸盆，就着栏杆擦了起来。

"怎么，不打算告老师啊？"老三乐了，转头冲向郑确，那股乳白色的河流也跟着蜿蜒了过来，一点薄荷味道，倒是不呛人。

"什么意思？"

"这个。"老三举了举手里的烟蒂。

"但是昨天在小池塘……"郑确顿了顿，"你把刀还我了。"

"想谢谢就直说。"老三伸手去拍郑确的肩，被郑确躲开。

"我现在知道你小子为什么这么讨打了。不领情，脸还臭。"老三收回手，倒是没有不高兴的意思，"喂，待会来单车棚找我，一起出去。"

"为什么？"郑确刚刚问出口，老三已经转身走了，一根烟蒂揿灭在刚擦好的栏杆上。

"神经病。"郑确皱着眉头捻起烟蒂，拇指和食指之间触到一点潮气，他呆呆地站着，等听到朝这边过来的脚步声才转身扔进了垃圾桶。

大东带着跟班们堵住校门口的时候，绝对没想到会看见这么个情景：郑确出来了，一如既往地委且丧，时刻欠人揍他两拳的样子。可是他举着老三的自行车。

确实是老三的车，因为老三就跟在后面，插着口袋，时不时还冲着郑确的屁股踹上一脚："走快点，没吃饭啊你。"

"老三，这又是哪一出啊。"大东迎上去打了个招呼。老三笑笑，递过去一根烟："还说呢，昨天让你们走了，我可倒霉了，摔坑里不说还被老周逮了，就因为这小王八蛋。"

"听说了，怎么，要不要兄弟帮你揍一顿？"

"谢谢了。我觉得揍一顿不够解气。"老三指指郑确，"像这样，得慢慢收拾。"

大东转头看郑确，因为长时间举着自行车，他的脸已经憋红了，手臂打战，额头上冒出一层薄汗。大东一扯嘴角，神色有点满意："这法子不错，亏你想得出来。"

"放心，法子还多着呢。"老三抬手看看表，"不早了，我还有事，回头聊。"

"嗯，悠着点儿啊，别又撞上老周。"

"你能说点好听的么……"

老三与大东骂骂咧咧地嬉闹了一阵，到底领着郑确走远了。拐过街角，眼看着没人跟上来，他收住脚步，冲郑确使了个眼色。

郑确也停下来，愣愣地看着老三，没动。

"啧，还没举够啊你，放下。"老三作势又要踹，郑确恍然大悟。

"你干吗帮我？"

"我有说过帮你吗？"

"那这是干吗？"

"不干吗，好玩。"老三伸手把自行车划拉过来，一抬腿迈了上去，"这一个礼拜估计天天都有人等你，不想挨打就继续。"他一蹬踏板，外套两翼被风吹得鼓胀起来，一下子就没影了。

阴影

"我说你，不能喝就不要喝了，跑我这里装什么大头。"汪士奇端着茶杯靠在卫生间门口，眼看着郑源死死抱着马桶不撒手，"成年人，稳重点儿。"

"谁说我喝酒了。"郑源擦了一把嘴角站起来，头晕目眩，"就是有点犯恶心。"

"啊？真没喝？"汪士奇探头抽抽鼻子，"那就是怀上了？"

郑源嫌恶地接过茶杯："我说你能不能有点正形。"

"我乐意，你管得着么。"汪士奇一路跟着郑源到客厅，"怎么，遇上真对手了？"

"算不上，只是看不懂，撬不开。"郑源瘫在沙发里，幽幽地啜着热茶，"我也不是第一次采访凶手了，变态的见过不少，来来回回不过是那点子破事，钱，性癖，杀戮快感，这家伙正常得很。"

"正常还不好啊？"

"就是太正常了，一个正常人，为什么要扮成一个变态？"

"我可不觉得他像正常人。"汪士奇嘀咕着。他还不知道吗，人是他亲手抓的，车到高通广场的时候他第一眼就锁定了目标，雪白的上衣，大红的袖子，扎眼得很。他没顾上喊话，因为打开车门就踩了满脚血，一抬头，那个瘦骨嶙峋的男人正在对面直愣愣地瞪着他，一脸空白。

这时候汪士奇才看清楚，那不是什么红袖子，是那人的双臂被鲜血染透了，别人的血。

"今天也不是很顺，我们的预设被推翻了。"郑源的声音满满的疲倦，"那男的是自己送上去的，你忘了？"

汪士奇愣了一下，接着露出原来如此的表情，郑源知道他也想起那段路人拍的视频了。

"所以现在这个死者已经没有什么特殊性了。"

"谁说的，男的没有，女的可不一定。"汪士奇又露出那种棋高一着的表情，郑源看了只想打他，"我查了报告，凶手手法粗糙，每个受害者身上或多或少都沾到了上一个人的血迹，只有她是干净的。"

郑源挑眉："所以她是第一个？你怎么不早告诉我？"

"我也是今天才看到的好吗！这事儿都快结案了，你以为人人都像我这么积极啊。"汪士奇没好气地坐下，手指在茶几上敲敲点点，食指抬起来指着郑源："假设是你，提着刀冲到广场上打算捅几个人……"

郑源瞪过去，汪士奇尴尬地把手指一偏，指着一旁歪着脑袋打瞌睡的黑背："是他，是他行了吧。假设我家黑背提着刀，冲到广场上打算捅几个人，第一下一定选个成功率高的。"

"嫌疑人，一米七，五十公斤不到，第一个受害者是个女性，身材娇小，倒是说得过去。"

"但是还有一点，大部分无差别杀人犯的行为都是循序渐进的，第一个是试水，越往后才越放得开，杀红了眼你听过吗？这个倒好，全反过来了，第一个刀痕深，伤口多，七刀毙命，往后的刀痕浅，伤口少，不算那个见义勇为的，其他全部活下来了。"

"那可不一定，万一他露怯了呢？"郑源抬杠，"平常谁真杀过人？捅死了第一个，手软了，劲儿也泄了，然后……"

一阵咕噜声打断了郑源的猜想，他低头，是自己的肚子在叫。

"刚吐完就饿，你也是真不吃亏。"汪士奇边取笑他边看表，"这都八点了啊，哎，你家小子呢，不用管饭？"

郑源去茶几下面翻翻找找，头也不抬："家里有外卖单。"

"我说你，养个儿子怎么比我养个狗还不上心呢。"汪士奇皱眉，"这岁数正是拔高的时候，你也不管管。"

"管不了，他嫌我做饭难吃，正好就不做了。"郑源抬头，"哎，你们家怎么连个外卖电话都没有？"

"外卖你个头，爷爷我惜命好不好。等着，我去煮面。"汪士奇起身进了厨房，临了又探出头来，脸上犹犹豫豫的，"我说……是不是因为他长得像小叶……"

"你哪儿学来的这么八婆。"郑源踢了一只拖鞋过去，厨房门"砰"的一声关上了。

郑源回到家里已经过了十一点。客厅里黑黢黢的，只有小房间的门缝里透出一点黄光来。他慢吞吞地脱着鞋，汪士奇的话偏偏挑这时候在脑子里回放了一遍：

"我说你，养个儿子怎么比我养个狗还不上心呢。"

郑源心里一抖，他扔下背包走到小房间的门口，刚要压下把手，转念一想又收了回来，敲了敲门。

过了许久门里面才有声音传出来："干吗？"

"吃饭了吗？"

"手疼，不想吃。"

手疼跟吃饭有什么关系？郑源想想，到底没说，只是掏出了钱包，往门缝里塞了一百块。"那明天多吃点。"

"嗯。"

谈话结束了，郑源却并不忙着走开，他对着那扇门站着，很近，近到呼出的热气都会马上返送回来。上一次他们说话是什么时候来着？郑源想不起来，光是一天天地刨着那些杀人放火就够他受的了，再加上搬家换工作入职入籍来回折腾，他的儿子好像只是个影子，低着头，跟着他一遍一遍地走。

更早以前呢？更早以前，那就是小叶还在的时候了。小叶，光是想到这个名字都让郑源口里一苦。那时候多好啊，回到家打开门，总能看见小叶抱着个白白胖胖的小团子满屋子跑，孩子哭，锅里响，淡淡的焦糊味道沾染了四月的空气，一切都是生气勃勃的，亲密暖热的。他的小叶，黑眼睛扑簌扑簌的小叶，怎么最后就连个全尸都没给他留下呢？

"还有事吗？没事我睡了。"又一句隔着门的声音传出来，郑源一惊，这才发觉自己站了许久，脚尖都麻了。

"你睡，你睡。"郑源做贼似的转身就走，没两步听见"咔嗒"一声，连那一点微弱的黄光也灭了。郑源站在蓝浸浸的夜色里，一股冷意窜上后背。

不好了，他想，今天晚上是逃不过了。

他磕磕绊绊地跌进了卧室，颤巍巍地翻找着安眠药。可是自从搬进来起，他的房间只有一张床，外加一堆大大小小的纸箱，除了一套寝具和几件衣服，什么都没来得及拆。

郑源扒拉着撕开一个个箱子，小半生的琐碎渐渐显山露水，无一例外的蒙着薄灰。一把摩卡壶，汪士奇第一次公费出国带回来的纪念品。当看着郑源往里填咖啡粉的时候，他大惊失色："怎么？这玩意儿不是拿来煮面的？"一只垒球手套，念书的时候校球队发的，他瘦，跑不快，永远被分到外野，连带着手套也鲜少有登场的机会，皮子橙黄硬挺，簇新得有些委屈。一套紫砂茶具，第一年评上优秀记者的奖品，壶嘴不小心嗑断了一个角，照用不误，洗出了一层淡淡的包浆。还有一本相册，郑源不爱照相，每次被镜头对准就横生出一股巨大的不自在，手脚多余得可笑。倒是小叶来了以后多了不少照片，她的脸小而白，身姿纤软，上相，这相册里有一大半是拍她的。不对，不要想小叶，医生说什么来着？对，转移注意力，转移注意力……

怕什么来什么。郑源手一抖，相册的夹层里啪嗒掉出一份卷宗来。郑源眼睛不敢往下看，只有手指颤巍巍伸过去，摸着已经起毛的牛皮纸袋子，不用打开也能背得出里面有些什么。

那是当年凶手留给他的礼物，关于小叶最后的纪念。失踪人口报告，立案书，没有死亡证明，因为到最后也没找到尸体，取而代之的是五张宝丽来相纸，乳白的方框，依次框住五个熟悉的部位，手，乳房，小腿，脚趾，脸。

一样是白白的，软软的，纤细漂亮的，却是被切下来的。

郑源想起自己收到最后一张照片时的心情，没有想象中的天崩地裂，却莫名其妙地闪过去一句：小叶倒是不像死人。

这突如其来的八个字最终让郑源离职换岗，搬出本省，接受了三年的心理干预治疗。他搞不明白自己为什么不能像一般人那样大哭大醉然后让一切过去，就像搞不明白凶手当年为什么偏偏要对小叶下手。

是他惹的事，明明应该是他死的。

郑源抱住那个袋子，流不出眼泪，只能发出一点微弱的干号。

失败

　　"你害怕了。"郑源刚一落座就听到对面的声音，他从来没觉得有谁的声音这么刺耳过。

　　"只是没睡好。"郑源把一叠报纸摔在桌上，他知道这时候最忌讳有情绪，可是他还是个人，是人都会有情绪。"你要的报纸。"

　　吴汇枯柴似的手指从栏杆间伸出来，狱警清清嗓子："收回去，采访不许交接任何物品。"

　　吴汇转头看着郑源，眼神里没有一点祈求的意思。如果他开口，大概只会叫他自己看着办：想搞砸吗？有本事坐着别动啊。

　　郑源讨厌他的笃定，不止他，还有他的整个人生，整个世界，他们好像吃定了他无从反抗，只会闷着头把一切扛下去。

　　牢骚归牢骚，事实上郑源仍然摊开了报纸，一一举起来，六份，本地外地都有，高通广场的案子，头版头条。吴汇的注意力被吸引过去，他像个瘾君子嗅到了毒品，整个脸凑得极近，似乎再用力一点那张窄瘦的脸就能从两根铁条之间穿出来。郑源不喜欢他的眼神，那上上下下滚动的眼珠子好像透过报纸滚到了他的皮肤上，蚂蚁一样，岩浆一样。

　　"你在看什么？"

"你说呢？"

"文章你早读完了，现在上面有要求，报道重心全在见义勇为的袁佳树身上，没什么行凶细节，也没有太多对你的描写，估计你也不想细看。"郑源懒得再打心理战，发出一记直球："你在看死者照片。为什么？"

吴汇勾起嘴角："你们写文章的人有句话叫什么来着？用作品说话。我的作品也在说话。"

"那你的作品在说什么？"

"他们在唱歌，嘲笑你的愚蠢，感谢我的造化，不，其实你不算最愚蠢的一个，起码你还追到了这里。其他人，他们在我认罪的那一天就撒开手了。"

"你并没有那么重要，盖棺定论之后，撒开手才是正确的选择。"

"但你没有撒手。"

"我说过了，这是我的工作。"

"我知道，你的工作做得很好。"吴汇靠到椅背上，语气真诚，"郑大记者，专写大案，跟过好几次凶杀案现场，年纪轻轻的就拿过新闻奖，前途无量啊。"

郑源感觉到了那背后隐藏的恶意："你想说什么？"

吴汇抠了抠指甲："没什么，这里新报纸来得慢，老报纸倒是挺全的，特别是法制周报，我翻了翻，收获颇丰。"

郑源突然迫不及待地想要离开。采访时间还剩一刻钟。不管了，他想，现在必须走。

然而吴汇的声音还是像生锈的钝刀子一样刺过来："你说有趣不有趣，天天写别人杀人分尸，临到头落在自己身上了。喂，你老婆那案子那么刺激，比我这个刺激多了，你为什么不写？是不是因为没找到尸体，写起来没感觉啊？"

郑源的耳朵里涌上一阵尖锐的噪音，眼前的画面仿佛抽帧一般抖动。他知道自己需要保持冷静，但这一次他的动作比他的理智快。他的手伸过栏杆，一把揪住吴汇的领口，吴汇整个人撞到栅栏上面，"梆"的一声。

"喂！你！撒开手！赶紧给我放开！"看守所的狱警一拥而上，郑源感觉自己被强硬地址开了。他像一只斗败的狗，在缰绳的牵制下不甘心地喘着粗气。吴汇已经被按倒在地，郑源看不到他，但能听到他尖利的笑声，那声音让郑源整个脑袋都在充血。

第二章

两起分尸案件

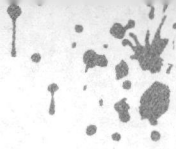

关心则乱

过晌午了，小吃摊上的热气伴随着炝锅声蒸腾起来，郑确抽了双一次性筷子来回划拉着，等毛刺刮干净了，他的炒面正好上桌。

"你就吃这个？"熟悉的声音由远及近的荡过来，最后落定在郑确的对面。又是老三，他抬起头，一阵心烦意乱。

"这个怎么了。"

"没营养啊。你看看你这个儿。"

仿佛是为了加重鄙视的分量，老三的长腿支棱着穿过整个桌子直伸到他脚下，名牌篮球鞋鲜艳雪亮。郑确挑起一筷子面，报复性地咬了一大口，嘴里鼓鼓囊囊的："我加了两个蛋呢。还有火腿肠。"

老三笑了："真这么好吃啊。"他回身冲老板扬扬手："老板，来一碗一样的！"

"好嘞！"

等到老三的面上了桌，两个人反倒没什么可说的，只顾着埋头吞咽。郑确先一步吃完，抹抹嘴上的油起身要走，临了眼睛突然对上什么，猫着腰坐下不动了。

老三顺着他的视线扭头，一个女孩儿正打他们面前经过，小而圆的脸藏了一半在头发里，校服下摆露出一点彩色的裙边，见老三看过来，她一偏头，加快脚步走了。

老三回转过来，笑得意味深长："想泡啊？"

他笑容里的不稀罕让郑确难受。

"别瞎说。"

"那就是想咯。"老三兴致高涨，面也不吃了，筷子"当当"地敲着碗沿，"会不会呀你，之前谈过么？"

"要你管。"

"哎，料你也没有。不是我说你，头发这么老长，邋邋遢遢的，哪个妞能看得上你。"老三扔下筷子站起来，"正好下午统一拍证件照，去剪剪。"

郑确一听理发店，整个人不自觉地缩了一下。倒不是怕剪头发，郑确怕的是理发店里那些工具，剃刀，剪子，推子，雪白锋利的刃口握在别人手里，老是让他想起从前那些不好的东西——鲜血淋漓的卧室，逐渐死去的家人。沉甸甸的两个字——自杀。

老三见他不动，语气不耐烦了起来："干吗，还想让我抬你去啊。"

郑确不想露怯，随口找了个理由，话一出口又发觉这不过是变本加厉的露怯罢了。他满脸通红，然而声音已经传到了老三的耳朵里："……我没钱。"

老三挑挑眉，居然没笑。更令郑确惊讶的是他也并没有说出那句郑确以为他一定会说的混账话——不就是钱么，我来出。

老三说的是："那你过来，我给你剪。"

二十三中的学生都是铁路子弟，家属区跟学校就隔着一道墙，一到中午纷纷回家吃午饭，教室里空得能跑马。老三拽了一张凳子摆到讲台上，一边转头到阅读角翻找旧报纸和剪刀，一边不忘催促着站在门口没动的郑确："还愣着干吗，坐下。"

他的声音里有种不可违抗的压力。郑确磨磨蹭蹭地进了门，环顾着不属于自己的教室：老三已经是高中部的人了，这里的一切似乎都跟老三一样，宽敞，明亮，大人的世界。

老三展开一张旧报纸，掏了个洞套在郑确肩膀上，遮得严严实实。"你也太瘦了。"他的手指划拉着郑确的刘海，眼看着剪刀要凑过来，郑确皱着眉往后一闪。

"别动。"老三的手滑到后面，按住了郑确的后脑勺，"把眼睛闭上，背课文。"

郑确懵了："背什么？"

"上节语文课教了什么就背什么。你们最近学到哪儿了？"

"……诗经。"

"就背那个。"

郑确不明就里，进退两难，索性合上眼睑，一字一顿地背了起来。课文是新学的，并不熟练，好在他记忆力不坏，看过一遍也能记得七七八八。

关关雎鸠，在河之洲。窈窕淑女，君子好逑。

参差荇菜，左右流之。窈窕淑女，寤寐求之。

郑确的注意力全在课文上，遇上记不清的字句还要皱着眉偏头想想，剪刀的咔嚓作响倒是真的渐渐模糊了。老三的手指时不时扳一下他的下巴："回来，一会儿全歪了。"他的气息靠得很近，郑确的耳朵被烘得有点痒。

等到郑确把《关雎》和《蒹葭》背完，老三的气息也消失了。他的声音从不远处传过来："行了，自己收拾一下，去洗把脸。对了，地上的头发记得弄干净。"

郑确松了口气，睁开眼睛，蹲下去慢慢把头发收进报纸里，他眯着眼睛望向老三，剪掉刘海之后眼前亮得有点不习惯。"你怎么会剪头发？"

"我有个弟弟。"老三在桌上跷起脚，"跟你一个德行，最怕出去剪头发，说什么耳朵会掉。蠢！"

"他跟我们一个学校吗？"

"他……"老三突然顿了一下，过半晌才把话说完，"他死了。"

郑确的眼眶莫名一热，他闭上嘴，匆匆忙忙地收拾了地板，走去厕所冲掉脖子和脸上的碎头发。抬起头来的时候，他往镜子里看了一眼，说不上来哪儿变了，但似乎确实精神了一些。我要回去跟他说声谢谢吗？郑确想，还是要的，说不定他会高兴一点。郑确想起自己临出门前游移不定地扫向老三那一眼，对方一反常态地错开了视线，那背后突如其来的阴沉让他既惊又怕。

再回到教室的时候老三身边多了个人，女孩，跟他嘻嘻哈哈的，挑染的一缕红发在耳朵后面招摇的晃动。老三的手撩到她的背上去，一抬眼看见了郑确，老三不动了，女孩回头，一看门口有人，娇嗔地摔开他的手，往老三的胸口捶了一拳。

郑确赶忙转身走了。

争执

第二天吃过午饭，郑源收拾背包踏出办公室，被身后一个声音叫住。"小郑，这是去哪儿呢？"

郑源鼻子一缩，硬着头皮转了过去："卓主任。"

"你还知道我是主任哪！"卓一波抱着个罐头茶缸，从眼镜片上方斜睨着他，"最近在跟什么选题？"

"高通广场的案子，凶手那边……"

"我知道，我知道，"卓一波压压手掌，"你小子搞情报的本事我是不担心的。可是之前我不是跟你传达过了吗？现在上面要求正能量，要积极，懂吗？之前西南做的马佳昕那个案子，一面倒写凶手，好看是好看，搞的好像同情他一样，上面不高兴，一样通报批评嘛！你看这次这个，出了个救人的小伙子，多好，大报都在跟进……"

"我们也跟了啊。"郑源不耐烦地瞄一眼挂钟。按说卓一波这个时候不该在这儿的，编辑部两点就要截版，查稿子签字才是第一要务。但是再往旁边看看郑源就明白了，角落的办公桌有几道幸灾乐祸的眼神投了过来，在空气中轻飘飘地碰撞一下，继而又不动声色地移开了。有能力没朋友，早晚会被排挤走，所谓办公室政治，不外如是。

"你跟了个屁。那稿子是你写的么？不是我说你，让实习生做不是不可以，你倒是分个轻重缓急呀。你看看那发的是什么！啊？人家那边都发动读者给见义勇为小夫妻补办婚礼了，咱们呢？硬邦邦的一个豆腐块，你这个月工资还要不要了！"

眼看着卓一波急眼了，郑源也不得不低个头："卓主任，"他想了想，口气又放软了些："卓老师……"

"你还知道我是你老师！"卓一波顿了顿茶缸，一脸恨铁不成钢，"我说小郑啊，你从毕业就跟着我跑新闻，虽然中间断了几年吧，按说也是个老资格了，怎么一到关键时刻就这么拗呢？你知不知道现在编制多不好弄，到处都在裁员，我费了多少工夫把你搞进来，你好歹让我这张老脸也挂得住一点……"

"卓老师我知道了。"郑源盯着自己的脚尖："见义勇为这个线我马上就跟。"

"哼，你自己看着办吧，反正也不是哄我，是哄你自己。"卓一波叹口气，到底放了行："做好本职工作，其他时候你爱干什么我管不着。对了，儿子还好吗？"

"挺好的，快期中考了。"

"嗯，你一个人带着个儿子，也难，这些我都体谅。现在这个中学虽然不是省重点，好歹是我老战友的关系，算系统里不错的了，你对他上心一点，中考成绩好了，去哪儿都好说。"

郑源点点头，依旧直挺挺地站着，等到卓一波走远了才转身走向电梯间。

下了楼，郑源心不在焉地往地铁站走，马路牙子上的喇叭声响得让人心烦。他皱着眉头加快脚步，那喇叭声倒好像长了脚似的，追着他跑，一点也没有要减弱的意思。

直到那声音很近了郑源才注意到里面还混着人声："哎，我说，你小子这是铁了心跟我装聋是吧？"

郑源这才注意到身边跟着一辆车，银灰色的老款 GTI，穿着制服的汪士奇探出了脸。

"你怎么来了？"

"干吗，我不能来？"

"不是。我这正要出门呢……"

"这么巧，我也正要出门啊。"汪士奇一打方向盘，车头一偏，擦着郑源的脚尖停了下来，"上车。"

郑源不动。

"怎么，还等我拷你上来啊。"汪士奇笑嘻嘻的。郑源的脸色有些阴了："别闹了，我有正事要忙。"

"不就是写高通广场这事儿吗？你还能有什么正事。"

"……我搞砸了。"

"我知道，就为了这事儿来找你的。我说你这是怎么了，一把年纪了跟个毛头小子似的。打犯人，你还真是够能的啊！"

"打都打了，还能怎么样。"

"能怎么样？跟我去趟看守所给所长道歉去，算你小子运气好，人家是我哥们儿，几句软话的事，赶紧的。"

郑源支吾半晌，终于吐出四个字："我不去了。"

汪士奇瞪圆了眼睛："喂，你不是吧。"

"反正……老卓也让我换个方向，说现在挖凶手这边风险大。"

"卓一波说什么你也听？"汪士奇挑眉，"老郑，你可是越来越不像你了。"

郑源一听这话，不高兴已经写在了脸上。他索性绕过汪士奇的车头，抬脚就走。

"老郑？老郑！郑源！"汪士奇又叫了两声，发现事情不对，摔了车门就追上来，"喂，这案子现在可不是你说撤就能撤的啊。"

"我为什么不能撤，我只是一个记者。"

"记者怎么了，当初咱们俩出生入死的时候，你可没把自己当记者。"

"现在我就当了，我想当了，可以了吗？"

"你在我面前犯什么混。"汪士奇伸手去拽郑源的背包带子，"走了。"

郑源发了狠，甩开汪士奇，嗓门高了起来："我不走！你还能绑了我去吗！"汪士奇的火也腾的一下上来了："郑源！你现在想起来当缩头乌龟是吧！我告诉你，没门儿！我不管你愿不愿意，起了这个头你爬也得给我爬到底！"

汪士奇话音未落，郑源回过身，冷不防一拳揍在他脸上。

汪士奇摸摸脸颊，嘴角有点破了，他也不恼，反倒是"哼"地笑了一声，郑源突然觉得头皮一紧。

下一秒，郑源被囫囵撞到墙上，手臂反扭到背后，等听到并不算陌生的锁扣"咔唧"一响时，郑源气得大叫起来："汪士奇！你混蛋！放开我！你这是滥用职权！"

他的叫声只招来了一帮兴致勃勃的围观群众。汪士奇卡着他的后脖颈子，压低了喉咙："你这是袭警！还嫌不够丢人是吧？"

郑源反应过来，这是他任职的报社楼下，现成的民生新闻，他眼角的余光已经瞄到有人在掏手机了。他把脸死死压着水泥墙，恨不得现磕出个洞来躲进去。

"看什么看，看什么看，执行公务呢，都让开。"汪士奇倒是经验丰富，三步两步就把人拖上了车，扔上副驾的时候没留神，"梆"的一下撞在车门上，郑源没吭声，汪士奇也就没道歉。

半个小时后，汪士奇的车停在了停车场。他熄了火，掏出钥匙，走到副驾那边把门打开。郑源靠着车座，精疲力竭的脸转向他："有烟吗？"

汪士奇知道他已经没事了。他点上一根放到郑源嘴里，低头给他开手上的铐子。郑源的手从背后抽出来挟着烟嘴，手腕上被压出红色的一圈，下面整齐划一的五条白道子，凸出皮肤，横贯过动脉，是死神的山峦。

"我记得以前没这么多。"汪士奇皱了眉头。

"去了晋州又试了两次，不行，我后来才知道，真想死得竖着切，不好救。"郑源慢慢吐了一口烟，嗤笑了一声，"不过我估摸着我可能也不是那么想死。"

那笑容刺痛了汪士奇。

他救过他，不止一次，郑源的血浸透了他新买的外套。送他去医院的时候他也是这样笑着的："汪士奇，你下次能不能不要来得这么快。"

"你还想有下次！"他的手汗津津的，在方向盘上打滑，"老子救你不是为了看你再死一次！再这样信不信老子把你拴起来！"

他说到做到。出院后郑源在他家锁了三个月，连剪指甲都由汪士奇代劳。到最后终于逼得他松了口："让我走吧，我会活着的。我保证。"

他的保证就是一句屁话。汪士奇盯着那些伤痕恨得牙痒："想死也不能死。你死了你儿子怎么办？"

"你帮我养呗。"

"你小子倒是盘算得挺好。"汪士奇一拍郑源的脑袋，震得他落了一裤子的烟灰，"我才不帮你养，你死了，我保证找你去，放心，我比你有办法，一定死得透透的。"

"瞎说什么你。"郑源看向汪士奇，发现他并没有在开玩笑。

"郑源，我知道你活着很难，谁活着也不容易，从小叶出事起你以为我有一天好过吗？但是人活着总比死了好……活着起码是个念想，死了，可就什么都没了。"

他说得都对，郑源知道。他何尝不想活着，没有人比他试过更多让自己活下去的方式：他辞了工作卖了房子，远离故乡，断绝了跟过去的一切联系，药物干预，心理医生，互助社团，然而死亡的阴影始终追在他的后脚跟。十年了，他跑得累了，想休息了。

郑源垂下眼，手指一点一点碾碎烟灰。"我不知道要为了什么理由活下去。"

"每个人都有理由，你也会找到理由的。"汪士奇捏着手里的铐子，钝角的锯齿慢慢吃进肉里，"就只是……先活着，哪怕试试呢？好不好？"

郑源被他近乎祈求的语气逗笑了："你可别告诉我，这个理由就是逼着我跟你查这个破案子。"

"起码能给你一点事情忙，别整天东想西想的。"汪士奇翻个白眼，拿走郑源手上的烟头，"呲"的在墙上掐灭了，"现在可以走了么？"

郑源抹了一把脸，跟着汪士奇出了停车场。

尸检

从踏上那条昏暗的走廊起郑源就知道汪士奇并没有带自己去看守所，但他怎么也没想到他会带自己来停尸间。

光是看见那个裹尸袋郑源就想吐了。

"忍着点，吐在这里都得自己收拾，到时候保证让你吐第二遍。"汪士奇拍拍郑源的肩，脸上除了幸灾乐祸还有一点同情，看来从前没少中招。

"你这是打击报复。"郑源铁青着脸拍开汪士奇的手。

"瞎说，我们什么关系，我可不会报复你两次。"

郑源瞪眼："所以你还是滥用职权啊！"

"对啊，怎么样，告我去啊。"汪士奇耸耸肩，走去拉裹尸袋上面的拉链，还没等看见被害人的脸，后脑勺先冷不防着了重重一掌。他骂了句跳将起来，回身一看，一个瘦长的女人裹在白大褂里，冷着脸，手还没收回去，随时准备来第二下。

汪士奇光速换上一张讨好的笑脸："程老师好。"

"不是说就你一个人来么，这个是鬼啊？"程诺用下巴指了指郑源。

"嗨，这不是一起查案么，同事，同事。"

"是吗？"程诺细长的手指插回兜里，踱步到郑源面前，锐利的视线从他的脚尖慢慢划上来，最后停在他的眼睛，"证件呢？名字呢？"

郑源被她盯得浑身紧张，不由自主地站了个笔直。他吞了吞口水，越过程诺的肩膀用眼神向汪士奇求救。

"这个嘛，不是那种同事，呵呵。"汪士奇傻笑着挤过来打圆场，用力揽着汪士奇的肩膀，"这个是我们局的特约记者，法制周报的，这个案子呢，上头说需要重点报道，呃，深度报道，是这么说的吧。我把他带来，收集收集材料，程老师就行个方便呗。"

"结案多久了还报道，你们领导够闲的啊。"程诺挑眉，眼光还是不肯从郑源脸上移开。"我怎么觉得你有点眼熟啊……你不是叶……"

"我还是下次再来吧。"郑源挣脱了汪士奇的手，转身就想离开，却被那个女声绊住了脚步："别折腾了，一次看完吧，我懒得替你们开两次门，完事了记得叫我。"

那声音也跟她的主人一样冷而锐利，充满威压。郑源被定住了，白大褂从他身边擦肩而过，还在跟他说话，却没有回头看他："我记得你，我是叶子敏的同学。"

郑源突然想起来这人是谁，那时候他和小叶还在读大四，恋爱初期，黏糊得很。大晚上的约会完了，送到校门口，送到院里，送到寝室楼下，眼看着姑娘上楼的裙摆摇曳，心也被晃得一荡一荡的，有时候忍不住了，那荡漾就会冲口而出，对着403的窗户发出呐喊："小叶！我想你！"过不了多久，那扇掉漆的绿窗户一定会啪的一声撞开，一个瘦长的女孩裹在军绿色T恤里，冲他翻一个白眼："瞎喊什么！"然后小叶抱歉的笑脸才会探出来，冲他吐吐舌头，嘴型无声地拼出一句："我——也——想——你。"

那个女孩就是程诺。

"嘿，嘿，人都走了，还看呢。"汪士奇的声音把郑源拉回冷冰冰的当下，"我记得你不喜欢这一型的啊？"

"别瞎说。"郑源揉揉眼睛，转身进了停尸房，"来吧，速战速决，到底要看什么。"

汪士奇亦步亦趋地跟在他后面："当然是看美女。"他三步两步来到台边，一把拉开拉链，一张惨白的瓜子脸露出来，是被刺身亡的徐子倩。随着拉链徐徐往下，她年轻赤裸的身体一寸寸暴露在空气里，横陈着，却叫人没有半点绮念，也许是因为那些美丽的曲线都被冻硬了，也许是加之于其上的七个刀口太过残忍。从腹到胸，从一开始的撕裂挣扎到最后的切口光滑，一条鲜活生命在人间的最后七步平平整整地摊在两人面前，货真价实的死亡让人发不出任何声音。

许久之后郑源才开口："为什么非得现在看。"

"再不看就没得看了，她爸，雪松集团的老总亲自过来办的手续，尸体马上就要领走了。"

"这么快？"郑源皱眉，"她家里人不追查？你们也不拦着？"

"我把疑点跟亲属说了，没人搭理我。可能那个吴汇横竖要判个死刑，要钱没有，要命一条，她家里人也就死心了。"汪士奇舔舔牙齿，啧了一声，"这事儿我也拦不了，按规定只要我们尸检完了，确定了死亡原因，亲属签字同意尸体就可以领回去，现在这个已经算慢的了。"

郑源的目光扫过那些刺伤：死因为脾脏破裂失血过多，那么腹腔四处就是致命伤，两刀在腰侧，浅而仓促，应该是挣扎逃跑的时候伤到的，锁骨下方……锁骨下方？

郑源伸手扳住汪士奇的肩膀，转过来跟他面对面，汪士奇不明就里："看姐就好好看，看我干吗？"

郑源踮起脚，汪士奇比他高出半个头，正好是吴汇和徐子倩的身高差。他把登记用的水笔递到汪士奇手里："你当这是一把刀，如果要杀我，你会往哪儿捅。"

"哦？这时候想起来玩案件重演啊。"汪士奇倒也没客气，揪着郑源的衣襟就动手，一，二，三，四，卡其布的外套留下了几个黑点。

郑源低头抻着那块布料，眉头挤到了一起："我说，你能把笔帽盖上再捅么。"

"我以为你想要体验得逼真点儿。"

"你滚。"

汪士奇非但没滚，反而凑得更近了些："你可想清楚，这荒郊野外的，我滚了你就得自己走回去了。"

郑源无法反击，毕竟考驾照一次不过可以怪运气，五次不过就只能怪自己了。他转而指着徐子倩的尸体："看，跟她的伤口位置差不多。"

"身高差一样，又都是惯用右手，当然差不多。"

郑源的手指点到自己锁骨下方："你再捅这儿试试。"

汪士奇握着笔比画一阵，明白了他的意思："不好下手。"

"不好下手就对了，以吴汇的身高，这伤口位置太别扭了，看得出目标是心脏，但是肚子都捅成马蜂窝了，死是早晚的事，非得别别扭扭的来这一刀？"郑源戳了一下汪士奇的左胸，"想要顺手，除非他就地长高十厘米。"

"你是在暗示我凶手不止他一个？"汪士奇咬着笔帽，"老郑，饭可以乱吃话不能乱说，我也混了十来年了，比这不合理一百倍的伤口都见过，坐铅笔上捅穿直肠的，摔在水果刀上割断筋腱的，最离谱的一个，反手剪标签把自己背给扎了的，这个真不算什么。"

"我知道，我只是觉得……"

"又来了？犯罪的直觉？"汪士奇拍拍郑源的后背，"事先声明，我很喜欢你的直觉，可惜呢，写报告的时候没办法直接填：因为郑大记者的直觉，我申请重新追查高通广场杀人案。"他抬手看看表，掏出电话发微信："还看吗？差不多了我叫程诺下来交接，咱们再去一个地方。"

"我猜接下来还是去不成看守所。"

"你小子真是……"汪士奇的表情混合着惊讶和被看透的挫败感，他错开眼神，快步朝门边走去。郑源的声音追在后面，小而犹豫："……你要带我去小叶的墓地，对吗。"

"离开这么久，你也该去看看了。"

"我不想去，而且你也不是为了这个理由才要带我去。"郑源的声音突然拔高，"汪士奇，你是不是有什么事情瞒着我？"

"你就没有什么事情瞒着我吗？"汪士奇回头看他，"你都走了这么久，为什么选择现在回来？放心，我不会问你，想说你早说了。"

郑源一愣，眼看着汪士奇加速离开，他的声音回荡在空旷的走廊："赶紧上车，要不然你今天就在这儿过夜。"

为了加强这句话的恐吓效果，汪士奇还顺手把灯给关了。

郑源现在倒是真想捅他两刀。

没等郑源逃出停尸间，灯再次亮了。他刺痛的眼睛在门口艰难地对焦——是程诺。

"幼稚。"程诺面无表情，但郑源能从她的语气里听出不屑、嫌弃和些微的娇纵，九分假一分真。他掂量着汪士奇和这个女人之间的关系，情人？暗恋？或者前面还要加上个"旧"字？他出着神，直到程诺哗啦啦地收拾起裹尸袋："喂，别瞎站着，要么走要么过来帮帮忙。"

郑源哦了一声，硬着头皮抓起塑胶袋的两角，转移的时候尸体翻动了一下，雪白的屁股一闪而过，衬得后腰眼上一个文身十分醒目，郑源莫名觉得眼熟，再想看，发现程诺挑着眉毛看着他，郑源脸皮一热，疑心对方把自己当成了有什么特殊癖好的变态。

他不好再看尸体，也不好盯着程诺，走投无路的视线在四壁间乱窜，直到程诺再次开口："以前人家跟我说你是个怪胎，我不信，现在一见，倒觉得说得太轻了。"

郑源的心跳漏了一拍："是小叶说的吗？"

"你看，果然没说错。"程诺的嘴角微妙的上扬了一下，"一般人不是都会说'为什么是怪胎，哪里怪了，凭什么这么说我？'"

"一般人也不会到这里来。"

程诺吃了一惊，也许是意识到这个男人并不像看上去那么羞涩笨拙。她飞快地抬手挽了一下腮边并不存在的碎发："是汪士奇说的。"

现在郑源确定他们俩至少睡过了。

"他就爱背后嚼舌根。"郑源脸上有了笑意，"居委会大妈投错胎。"

程诺手上的活儿停下了："是吗？可他都不怎么愿意提你，看心理医生的时候那死相，一张嘴撬都撬不开。"

郑源的手也停下了。他从不觉得汪士奇需要心理医生。

程诺还在自顾自地说下去："不过这也情有可原，毕竟你们都追过小叶，最后他做出那种决定，有应激障碍很正常。"

郑源突然觉得自己不应该听下去，但仍然问出了口："决定？什么决定？"

"你不知道？"程诺笔直的瞪着郑源，彼此的表情都是大写的难以置信。

汪士奇回来得很是时候："姓郑的今天你就非得跟我杠到底是吧！"他一阵风似的卷进来，抬头看见程诺，自动缩水成一道微弱的气流："呵呵，原来是程老师留人啊。打扰了。"

"你的人，我可不敢留。"程诺翻了个白眼，把郑源一把推过去，"赶紧带走，不嫌你们添乱的呢，人家属都要来了。"

郑源被汪士奇拽着出门，突然想起了什么，费劲地抵抗着，扭头问背后站着的程诺："哎，那个男的呢？也是今天领吗？"

"没人领。"

"啊？有名有姓的，怎么会呢？"

程诺皱了眉头："都查了，家里直系亲属死的死散的散，就剩一个爹，还在澳洲，好不容易联系上也没打算回来办个事，叫我们帮忙处理了。我估计啊，这儿子他横竖也就出个精子，没管过。"

"那他未婚妻家呢？也不管？"

"未婚妻，"程诺把前两个字咬得很重，汪士奇的肩膀抖了一下，"到底非亲非故，现在人自己家的事都操心不完呢，哪来的功夫管外人。"

郑源还要问，直接被汪士奇掐着脖子叉了出去。附带一句中气十足的"程老师再见！"郑源一个跟跄，差点没一脑袋撞墙上。

"我说你就不能让人把话说完？"

"我说你就不能让我少等你两次？"

"我让你等了吗？"

"你——"汪士奇被噎得翻了个白眼，"我不跟你吵。赶紧上车。"还没等郑源坐稳他就恨恨地摔上副驾的车门，绕过车头去驾驶座。郑源隔着车窗打量汪士奇，大踏步的节拍生龙活虎，扬着眉吐着气，嚣张得很，让郑源没法多想。

可是，如果真有什么事连汪士奇都要瞒着他，那件事情的严重性郑源也不敢多想。人皆有可怕的秘密，有那么一瞬间，郑源以为自己看到了汪士奇笔挺警服下面白森森的骨槽和磷火。

初恋

　　他们到底也没去成小叶的墓地。车出了雁江大桥，刚过收费站汪士奇的电话就响了起来，闹腾腾的铃声一阵急过一阵，等汪士奇终于空出手接起来，三句话没听完，一个脏字已经迸出了口。

　　"完了，队里有急事找，咱们改天吧。"汪士奇挂掉电话，一只手大力甩着方向盘掉头，"你小子待会儿去哪？"

　　郑源如蒙大赦地看了看表："还不算晚，要不按原计划去看守所。"

　　"那我可送不了你了啊。不顺路。"车窗摇下，汪士奇递出去十块钱，对面收费站的小姑娘探头看了看车里，表情疑惑，大概是从没见过刚进站转脸又出站的人，觉得钱多烧的。

　　"没事，找个车站把我放下就行。"郑源擦了擦车窗上的水汽，窗外一样是低矮的铅灰的天，几个塑料袋高高低低，在街边乏味地打着卷儿。入冬了。郑源摸着自己外套上的水笔痕迹叹了口气，这件衣服也该收起来了。

　　下午五点二十，郑源再次踏进了看守所。

　　汪士奇的面子还是管用的，郑源不咸不淡的"对不起"还没说到第三句，所长已经摆摆手笑了起来："行了行了，都自己人还整这套虚的。"他敲出一支烟，郑源举着火机凑过去点个火，转头自己也点上一根。接下来的几分钟，两个人在一片轻柔的尼古丁烟海中分别聊了聊自家的儿女，又打着哈哈一起骂了几句姓汪的不是东西，等半点的钟声一响，这事儿也就算翻过去了。

再见到吴汇的时候他脸上多了两块瘀青，坐下来的姿势也有些别扭。郑源猜想，这大概也是汪士奇面子的副产品。等吴汇盯上他的时候，他已经坐实了这种猜想，因为那双眼睛里翻腾着的绝对不是友善。

郑源点点下巴，算是打过了招呼："上次的事情咱们算扯平了，也许我还欠着你点儿。"对方冷笑了一声："所以呢，打算来还是吗？"

"算不上，只是上次跟你见完，突然想起了一些事情。"郑源拉开椅子坐下，翻出钱包，从夹层里抽出一张小小的照片——背面朝上，微微泛着黄迹。郑源没有翻转过来，而是直接举了起来，让吴汇看见："这就是你在报纸上看到的杀人分尸案被害人，我的妻子，我儿子的母亲，港北区派出所前户籍警察，叶子敏。"

吴汇的嘴角一撇："你给我看这个干吗？"

"每一个死者都曾经是一个活生生的人，这一点你肯定比我更加清楚。"郑源放下照片，却不急着收起来，还是维持着背面朝上的状态放在膝盖上，手指缓慢而依恋地划过聚乙烯表面。"我跟小叶念大学的时候就认识了，说来好笑，当初要追小叶的不是我，是她的同学汪士奇，就是负责揍你的那个警官。"郑源点点自己嘴角，示意吴汇脸上的伤。

吴汇脸一歪，啐了一口。

"那时候我老去他们学校找他，其实也没什么正经事，就是打个球，喝喝酒，吹吹牛什么的。然后有一天，他跟我说隔壁班有个姑娘对他有意思，每次我们打球她都来，我们就笑他：'难怪你球打得那么臭，原来光顾着盯妞去了。'"

然后汪士奇就会扑过来揍他。郑源心里想着，嘴角浮现出笑意，那些热气腾腾的青春肉体跑过他的脑海，鲜活得仿佛伸手可触。后来小叶到底让汪士奇搭上了话，开始跟他们一帮人混在一起溜冰，登山，郊游，大家开玩笑叫她汪嫂，可她的手，郑源想，一次也没让汪士奇牵过。

"所以我猜你每次来球场看的人都是我。"露营地的火堆只剩一线暗红，像微弱的呼吸，时不时迸起几点微小的火星。郑源大着胆子去看身边坐着的叶子敏，她的脸在黑暗里像一面玉，微微发光。

"自恋狂。"叶子敏翻了个白眼，转头又笑了起来。郑源明白过来，她没有否认。

在火光熄灭前最后的光亮里，他鼓起勇气找到了她的嘴唇。下一秒，他听见了汪士奇的惨叫声。

汪士奇坚持他的受伤是一次意外。"一泡尿憋醒了出去撒，谁知道会踩空。"他嚷得理直气壮，大家也就选择性地忽略了当时他身边散落一地的二月兰和野蔷薇，以及被郑源捡到的礼物盒子。这玩意儿被压在汪士奇的屁股底下，淡绿色的纸壳子裂开了，郑源好奇地看了看里面，一个光面的银色戒指，说不上好看，也说不上贵。

"都摔成这样了，这玩意儿还能退么？"郑源百无聊赖地转着那个纤秀的金属圈。自打汪士奇摔伤之后他就成了专职陪护员，说是陪护，其实也并不干吗，撑死了递个水打个饭，郑源简直怀疑汪士奇就是要故意拖着自己，自从那天起，他就再也没有机会跟小叶见面了。

"还退个屁，你自个儿留着玩儿吧。"汪士奇瘫在床上，没好气地瞪他一眼。

"我才不要，当我要饭的呢！"郑源说着话的档口，戒指滑过了右手小指的骨节，卡住了。

"还说你不是要饭的。"汪士奇看着郑源憋红了脸往下撸戒指，到底笑出声来，"不想还我早说啊。"

这时候郑源的电话响了，是小叶，汪士奇的笑陡然在半路消了音，表情还在，嘴角却先一步撇了下去。

"……嗯，还陪着呢，没别的伤，就是小腿，右边胫骨折了……对不起啊……我也想跟你吃饭的……"郑源低眉顺眼的在电话这边陪着不是，转头就被汪士奇抢了过去："乖，自己吃吧，小爷我今晚包夜。"

小叶气哼哼的声音从听筒里传出来："汪士奇，你烦不烦人，我可是他女朋友。"

"我还是他男朋友呢！"汪士奇挂了电话扔到郑源腿上，眼看着他张嘴要骂，掐着点儿"嗷"了一声。

郑源果然变了脸色，从嗓子眼里挤出一句："腿又疼了？"

汪士奇一扬脸："腿不疼，肚子疼。赶紧的，我要去厕所。"

"你就不能等王雄他们回来再说么。"郑源遥感到自己被要的命运，"我哪扛得动你。"

"人有三急懂不懂，你不帮我我可拉床上了，反正到时候也是你洗。"

郑源斟酌了一下汪士奇不要脸的程度，最终还是站起来蹲在了床边。一百六十斤的体重"哐叽"一下砸在背上，等郑源站直了，发现汪士奇的脚还没有离地。

"哎，之前怎么没发现你这么矮。"汪士奇抱着郑源的脖子，龇着牙笑。郑源半拖半抗着汪士奇向着厕所前进，一听他的笑声，就知道差不多到时候了。他也不是第一次抢汪士奇的东西，穿着开裆裤打架的交情，从变形金刚到圣斗士闪卡再到限量版篮球鞋，汪士奇的武斗永远打不过他的智取，输了照例发脾气甩脸色搞拧巴，少则三天，多则五天，小叶这次估计真是气得狠了，两个礼拜。

"都让你埋汰成这样了，小叶这事儿……就算了吧？"

汪士奇是怎么回答的，郑源有点记不清了，也许无外乎兄弟如手足，女人如衣服之类的假豪爽真屁话。当年大概谁也没把青春期的小女朋友当真，谁知道十五年时间，小女朋友从玩伴变成妻子，变成孩子他妈，再变成墓碑上镶着的一张黑白照片。这个女人留在他们两个人生命里的痕迹，比他们想象的都要深。

"所以那位负责揍我的汪警官在十几年前亲眼看见你抢了他女朋友还一脚踩空摔断了腿。"吴汇不耐烦地抠着指甲，"是，我听着是挺高兴的。不过那也没什么用。郑记者，我现在越来越看不懂了，现在到底是你在采访我，还是我在采访你？"

"提问回答是采访的最低级形式。"郑源靠回椅背，不知怎么的，碰触久违的往事反而让他整个人都觉得轻松起来。"很奇怪，我觉得我们很像，但我一直没办法跟你共情，我以为是我理解不了你的动机。但是后来我想明白了，我能，因为我想复仇。驱使一个我们这样的人去杀人的仇恨，只有在最珍贵的东西被人破坏的时候才会产生。"

肢解少女

叶子敏的死亡源于另一桩死亡。

2004年，市里出了一桩大案，一具完全毁容且切割成数块的尸体被分装在五个电器纸箱里，遗弃在市区五个公交站台。第一个发现的是个住在附近的老太太，家养的泰迪没牵绳，等那狗屁颠颠地刨烂箱子叼着一块肉跑回来，老太太吓得110拨了五遍才拨出去。

那块肉上有个文身，大红色的玫瑰，艳俗得扎眼，汪士奇一度以为这是个被骗色兼谋财的风尘女。可是验尸之后发现，死者年轻，不超过18岁，死前未遭到性侵，本市和周边城市也没有符合特征的失踪人口记录，排除掉情杀仇杀和财杀之后，警方侦查工作进入僵局，星沙市出现变态杀手的说法甚嚣尘上。

当年，还是《法制周报》新晋记者的郑源发表了一篇独家评论，他提出，碎尸与公开抛尸是完全相反的两个诉求，碎尸毁容为的是掩藏身份，公开抛尸却是为了吸引注意，凶手的前后矛盾暴露出了杀人与抛尸可能由不同的人执行这一线索。而且抛弃尸体的五个公交车站看似分散，实际却可以通过几条小路快速互通，这片区域是星沙市最老的城区，规划混乱，除非多年混迹于此，否则不可能如此熟悉路线。他大胆推测，这起骇人听闻的杀人碎尸案也许是本地人所为，团伙作案，夸张的渎尸手段可能恰恰为了掩盖最显而易见的杀人动机。

"那是我最接近真相的一刻。"郑源的手指停在空白的中央，在那背后，郑源知道，是小叶的笑脸，黑发扬起，穿着藕荷色的小翻领衬衫，最上面一颗扣眼上别着一朵白兰花。

"我知道它香，你别忙着嫌弃，我还没嫌弃你身上的烟味呢。"小叶塞了两块钱给路边卖花的老婆婆，得意洋洋地跳到郑源面前炫耀，"你看，好不好看？好不好看？"郑源当然觉得好看，他手里摆弄起新买的相机，快门轻响，作为最好的恭维和回答。

一个月后，小叶的遗像用的也是这张照片。

"我看报纸说，你们两夫妻一起被绑架了。就因为你写了这个？"

"不是一起，是先后。确切地说，是我先接到一个匿名电话，要求我放弃跟进报道，停止与警方合作，我没当真。当天，小叶下班后没有回来，手机关机，24小时后，作为失踪人口立案。"

"然后呢？你和你的汪警官又出去拯救世界了？"

"恰恰相反。"郑源的嘴里泛起一股湿润的苦味。

虽然空气干燥，他却分明嗅到了水汽，那是雨水的气味，来自2004年秋天的瓢泼大雨，没日没夜，昏天黑地，下得人睁不开眼睛。

他站在城郊一座烂尾楼的门口，怀里是报纸包着的十万块钱，旧钞，不连号。他在大雨里疯狂地拍着铁门，下一秒，后脑勺传来一记闷响，然后他就什么都不知道了。

"再醒来的时候我人已经在医院里，脑震荡，肋骨骨折，没人告诉我出了什么事。半个月之后汪士奇才给我看了凶手寄来的照片，据说现场还有一个火盆，里面是被烧掉的十万块现金，还有小叶的结婚戒指。"

郑源呼了口气，仿佛是从心底那股无以名状的恶毒愤恨中稍作喘息。"后来的事情你都知道了，没有线索，没有尸体，我只能往墓地里埋进她最喜欢的一件衣服。有时候我会想，如果让我知道凶手在哪，我会杀了他吗？我会的，不仅杀掉他，还会杀掉他的父母，因为他们生出了这样的后代，还会杀掉他的子女，因为这样的人不配有后代。"

郑源的剖白来得过于真实，吴汇像是被一颗子弹击中了靶心，突然加速的呼吸在死寂中掀起看不见的涟漪。

"我说……"他靠回椅背，一只手搁在膝盖上，"你跟我讲这些，不怕别人提防你？"

上钩了。郑源在心里跟另一个自己击掌，即使暴怒与悲伤还环绕在他的四周。他的预判是对的，吴汇作案的出发点是复仇，那个嗜血的变态不过是个伪装的外壳。现在，获得共鸣让他放松了防备，同理心正在将他一点一点地推向自己。此刻他的姿态就是最好的证明——所有动作跟自己如出一辙，互为镜像。人只有感觉信任的时候才会不自觉地模仿跟他沟通的人。

为了验证这一点，郑源将照片放进口袋里，然后停住不动了，没过多久，吴汇的手也插进了口袋。

郑源牵起嘴角。

小偷

午休时间，郑确一个人待在小池塘边，盯着一潭死水发着呆。老三已经有一阵没找过他了，当然，余威仍在，要不然自己现在一样是被按着打的命。郑确苦笑，摸了摸下巴。

他当然不需要朋友，只是有点无聊。安静很好，郑确想，求之不得。

可惜这安静马上就被打破了。"哐啷"一声，是玻璃打破的声音，从教学楼那边传过来的。郑确站起来，看见一个身影朝自己这边跑过来了，越来越近，越来越近，郑确的瞳孔收缩着，心口突然一跳。

是那个女孩子，小而圆的脸藏了一半在头发里，校服下摆露出一点彩色的裙边，眼睛是一种迷蒙的棕色，有点浅，摄人心魄。郑确第一天转学来的时候就看见过她，轻盈活泼地站在台上领操，只知道是同校，却并不知道是谁。后来，似乎是想什么来什么，只要郑确目之所及之处，常常能看见这个女孩子，一来二去的，就成了一点念想，半梦半醒之间不小心想起来，脸会突然一热。

现在这个女孩子朝他冲过来了，捂着右手，脸色慌张，郑确被心口那点澎湃推了一把，鬼使神差地拦在了她面前。

"……你干吗？"女孩收住脚步，冲他皱起眉毛，郑确低下头去看她的手，掌心被划破了，暗红的血滴滴答答地淌下来，忽然觉得一阵头晕。

"你流血了，先包一下，最好去医院看看。"郑确掏出手帕来，想了想还是没敢说出"我帮你"这种话，只好沉默地递过去。女孩愣了几秒，接过来按在伤口上，一时也没想好要说什么。正在两人大眼瞪小眼的档口，同一个方向传来了保安的喊声："是往这边跑了！站住！"

郑确几乎是脱口而出："你先走，这里有我。"

女孩诧异地看看郑确："你都不问问我干了什么？"

"以后再说，快走吧。"

女孩歪头打量着他，仿佛刚刚才看清了他的脸，接着她掀起嘴角笑了一下："谢谢。"她头也不回地跑了，郑确看着气急败坏跑过来的保安和主任，掏出了折叠刀，咬咬牙，雪白的刃口压进右手掌心的肉里。

等人跑到跟前，郑确的刀已经擦干净放兜里了。他假装满不在乎地昂着头，尽量不去看鲜血淋漓的手。

"就是他！看这儿！我顺着血迹找过来的！"保安一把揪住郑确的衣领子，主任扶了扶老花镜，表情里带上了厌恶："好啊，又是你小子，越来越能了啊！连宣传栏都敢砸？"

"……"郑确张了张嘴，没说出话来。那个女孩子？砸宣传栏？这是哪一出？

"啥都别说了，先回教务处，我们好好聊一聊你干的好事。"主任背着手转身走了，保安还想拎着郑确，被他用力推了一把，一下挣开了。"我自己会走。"郑确捂着右手，摇摇摆摆地跟上去。保安看看自己袖子蹭上的血迹，嫌弃地啐了一口。

经过宣传栏的时候郑确故意走慢了点，他的视线迅速地扫过去，里面是上半年优秀班干部公示，玻璃碎了，沾着血迹，高中部那一排的照片少了一张，像是匆忙间被撕下去的。郑确眯起眼睛，想看清楚下面标注的名字。

"怎么着？还看！还觉得砸得挺好是吧！"保安推了郑确一把，"赶紧走！"

偏偏这个时候，老三抱着个篮球踱了过来。郑确这下倒是真的想赶紧走，可惜天不遂人愿。

"主任好。"老三客客气气地打着招呼，主任的脸色缓和了一点。接着他的视线落到郑确脸上来："这是怎么了？"

"怎么了，毁坏公物！你看看！"主任的手指弹弹玻璃，"现在的小孩子，脑子里不知道想些什么鬼！好好的东西砸成这样！还撕照片！……对了，你来得正好，撕的就是你的照片！"

郑确吓了一跳，他的脑子里朦朦胧胧起了点念头，然而一时乱糟糟的，竟说不出个头绪来。

老三转过头，冲郑确挑起了眉毛。

杀人游戏

汪士奇站在一处幽暗的楼道，面前是一扇锈绿的老式防盗门。

对719线路的排查持续了半个月，通过翻查监控、挨户走访，最终将范围缩小到南城福林街至美西路一带，其间正是星沙市著名的贫民窟——水围新村。如非必要，汪士奇不会来这里，倒不是怕，是十年前的影子拦住了他。

那个被分尸的女孩就散落在这里，五个公交站，五个纸箱，其中一个被狗刨烂了，抱起来的时候滚出一只脚，横截面正对着他的脸，白的是骨头，黄的是脂肪，黑的是血。那时候他才24岁，年轻的脾胃翻江倒海，正是撑不住的时候，一个锋利的声音横切进来，连着一双纤长的手把整个箱子接了过去。

"要吐一边吐去，吐在尸体上算你破坏犯罪现场。"那是同样24岁的程诺，法医，外勤，同事私下里叫她"不插电切割机"。她解剖一具尸体只需要一个半小时，头胸腹三腔开得比男人还好。

这天过后，他打电话叫郑源陪他喝酒，两个人醉醺醺地推演了一遍犯罪现场，推着推着就把前辈们的推论全盘打翻了。他还记得郑源兴奋得耳朵发红，跳上桌子吼了一首《执迷不悔》。下一个周一，郑源的推论登上了《法制周报》，发行量首次突破二十万，再下一个周一，小叶失踪，郑源被绑架，再往后，就是那一晚。汪士奇永远无法绕过去的那一晚。

2004年9月夜，雨水比往年来得更早一些。汪士奇家新抱来一只黑背，窗外雨声如豆，小东西支棱着耳朵刨着门，哼唧着要出去看世界。

"消停点儿吧小祖宗，这么大的雨，溜完回来可就成落水狗了。"汪士奇捞起小狗来，探头往窗外看看，乌云灌着铅，间或闪过隐隐的雷电，让人徒生出一点不安。汪士奇掏出电话，想叫郑源先关会儿电脑，别一不小心真给雷劈喽。第一个电话没人接，第二个电话没人接，打到第三个，话筒那边有窸窸窣窣的声音传来，然后汪士奇听到了他这辈子都不会忘记的声音：

"汪警官是吧，有件事情要麻烦你一下。"

深夜一点，支队会议室惨白的日光灯嗡嗡作响，十几个同事围绕着汪士奇形成了一个半圆。桌上是汪士奇的手机，九点之后再也没有响过。

最后一通电话来自他与郑源，确切地说，是绑架郑源与叶子敏的人。汪士奇背得出他和那个人之间的每一句话，在这里，在这间办公室，他已经将这段通话翻来覆去地回答了十多遍，对接警的下级、对刑警队同事，对亲自前来坐镇的局长兼他爸汪海洋，好像只有不断地重复才能压住从喉咙口直挺挺往上冒的恐慌。

"你是谁？"

"这你不用管，你只需要知道一件事——郑源跟他老婆在我手里。"

"你想要什么？"

"你觉得呢？"

"钱？要多少？"

"汪警官真会开玩笑，你见过跟警察要钱的杀人犯么？"

"……你刚刚是说了，杀人吗？"

"啧，有点聪明啊，这么快就抓到了重点。既然如此不如我们来玩个游戏吧。别太早睡，等我电话。拜拜。"

"郑源与叶子敏的手机关机了，无法定位，根据通话记录，郑源在失踪前应该已经知道了叶子敏失踪的事。"副手徐烨推过一份报告，"他最后一次被目击是在工商银行的柜台，提现十万，之后他的行进路线出现了强烈的反侦查倾向，二十分钟后彻底消失，这期间一直有同一个号码跟他联系，怀疑是有人电话操纵他去往某个目的地。如果确认叶子敏比郑源更早失踪，那他极有可能是收到了勒索电话，为了叶子敏的安全着想，他没有报警，选择独自带着钱去赎人。然而……"

"然而，对方可能根本不是为了钱。"汪士奇喃喃自语，"这人是个疯子。"

"这无法解释他为什么选择郑源夫妇下手，特别是，他还知道你。"汪海洋站起来，拍了拍汪士奇的肩，"找到动机，离答案就不远了。别紧张，再好好想想，你是最了解他的人。"

能是为什么呢？不是钱，不是感情纠纷，郑源那脾气也不可能跟谁结仇。他能惹怒谁呢？一个写罪案报道的记者而已，记者……

郑源最新的报道是南城的少女分尸案，如果是因为写的东西触到了谁的底线——箱子里掉落的断足在汪士奇的眼前一闪而过，他一阵眩晕，手突然抖了起来。

同一时间，刺耳的电话铃声划破了寂静。汪士奇扑过去抢到手机，监听的同事做了个确认的手势，汪海洋点点头，示意汪士奇接电话。汪士奇的手指在免提键上打着滑，摁了好几次才摁下去，他翻过来盯着自己的手掌，全是汗。

"……我是汪士奇。"

"你好啊，汪警官，准备好了么？"

"你想干什么，有话直说，不要兜圈子。"

"没什么，就是想要你陪我来个二选一的小游戏。"那声音带着点恶毒的轻快，"一边是最好的朋友，一边是暗恋多年的对象，我特别想知道，你会选哪一个？"

明明只是初秋的天气，汪士奇却像掉进了冰窖，他张了张嘴，发不出任何声音。

"怎么，选不出来？这样可不好啊，汪警官，这样吧，我们来加一点好玩的，比如，这位年轻有为的郑记者和美丽大方的叶小姐，你选择哪个，哪个就能活下来，剩下的那个，我会把他杀死，切碎，藏到你们永远找不到的地方。"

"你——"

"哎，别急啊，我还没说完呢。"那个声音咂咂嘴，表达着轻佻的不满："别跟我说两个都不选，这样我只好两个都杀掉。反正杀一个跟杀两个对我来说也没什么区别。废话说太多了，耽误大家休息可不好。来来，咱们赶紧开始，你还有 30 秒。"

犯人的声音消失了，取而代之的是一个单调的电子脉冲音，像越来越近的死神的鼓点。豆大的汗珠从汪士奇的额上沁出来，他抬眼看看监听刑警，对方正在焦急地敲打键盘："时限太短，无法定位！"

"排查队伍还在推进！范围太大！短时间内无法确定藏匿地点！"

"车辆排查也有问题，月头就是小长假，现在每天出城的车是之前的三倍，这么几个小时肯定查不完！"

会议室里流动的声音与光影搅和成一道焦灼的旋涡，汪士奇仿佛立在暴风眼的正中间，每一次秒针划过一格，他就觉得自己的理智死掉了一点。直到最后，忍无可忍。

"我凭什么信你！你说你抓了他们，人呢！"

"嘀——嘀——嘀——嘀——"

"你先等等！你听我说！你要什么我都答应你！你别——"

"嘀——嘀——嘀——嘀——"

"你有没有人性！两条人命！凭什么让你这么玩儿！有种你给我滚出来单挑啊！"

"嘀——嘀——嘀——"

"你饶了我行不行，我真的……我真的……"

"嘀——嘀——"

"我……我——"

"嘀——"

汪士奇垂下头，精疲力竭，他像是掉进了深海，被压力挤掉了肺叶里最后一点空气：

"我选……"

汪海洋失色，冲过来一把按住听筒："冷静！不要答应罪犯的任何要求！"

"没时间了！"汪士奇死死攥着手机，眼睛一片血红："我不能眼睁睁地看着他们死！想想那桩分尸案！他干得出来！汪局长！爸！"

在倒计时的最后一秒钟，汪士奇报出了那个名字。

"我选……"

裂痕

郑源的婚礼上，汪士奇生平第一次喝醉。

那是一场无可挑剔的婚礼，阳春三月，草长莺飞，四处都是粉嫩新鲜。汪士奇替郑源系着领结，郑源嗅了嗅，说："你喝酒了？这才几点啊。"

"大喜的日子，今天不喝什么时候喝。"汪士奇低着头，全部注意力维系在郑源的喉结下方一寸开外。"拜托你能不能看着点儿，教了这么多次都不会，下次我要是不在，看你找谁帮忙去。"

郑源伸手在汪士奇后脑勺拍了一记："你还指望我有下次呢！"

汪士奇自觉失言，也扯起嘴角笑了笑。领结系好，汪士奇左看右看，后退一步，又伸手给正了正。

"你们两个差不多得了，这都几点了，大男人换个衣服比我还慢。"柔软的声音从背后传来，汪士奇与郑源齐齐转头，窗外一树粉樱开得正是丰盛，衬得穿着婚纱的叶子敏轻盈得像一个梦。

"马上马上，哎，爸妈有人招呼吗？"

"这不就等你招呼嘛。赶紧的，人都到齐了！"叶子敏把郑源推出了门，汪士奇也准备跟上，看见叶子敏一个眼色，脚不自觉地定住了。

叶子敏"啪嗒"一声扣上了门锁。

"那什么……老郑可能得要人帮忙……我要不要……"汪士奇连忙说。

"不要。你得在这儿,咱们先把话说清楚。"她眨眨眼睛,一点波光漾开在汪士奇心里,教他错开视线低下了头。

"之前的事,你没跟老郑说吧。"

"我没有。我也不会……小叶,你知道我是什么人,不管是为了你,还是为了老郑……"

"不会就好。"叶子敏生生地打断了汪士奇。沉默了几秒,大概是察觉到自己有点过分,浑身紧绷的线条柔和起来:"我不是别的意思,我知道你是好人,但是……"

汪士奇的眼圈红了起来:"要是……要是你不结这个婚……"

"没可能了。"叶子敏挂上楚楚的微笑,左手抚上小腹,"三个月了。我和老郑的孩子。"

她婚戒上的钻石光芒灼灼,汪士奇像挨了一个耳光,落荒而逃。接下来的整场婚宴,他一个人喝掉了席面上三分之一的酒精,最后一头栽倒在灌木丛里,到第二天清晨才被酒店保洁发现,并且在接下来的几年里成为郑源的压箱底笑柄。

"哎你们都不知道,人家保洁大妈路过以为多了个死人,吓得呀,后来大着胆子摸了摸手,还是热的,气得大妈上去捶了他十多记,就这都没把他给弄醒……"

在郑源儿子的百日宴上,郑源说完这一段,大家哄地齐声笑了起来。汪士奇也笑,笑完了揽过郑源的脖子,酒杯凑到他脸前:"来,再干一杯。"

郑源架不住他软磨硬泡,生生干掉一杯白的,完事了咂咂嘴,反手也攀上了汪士奇的肩："哎，最近有料没有？"

"干吗，这么快就想搞个大新闻啊。"汪士奇冲他挑挑眉毛，"我这边都是杀人放火，敢来么？"

郑源笑嘻嘻的："你都敢，我有什么不敢的。可别忘了凤凰岭那次，是谁哭着喊着说有鬼来着？"

"那时候我才几岁？不算不算！"汪士奇恼羞成怒，刚要跟郑源厮打起来，转头手机就响了。"嗯，嗯，知道了，我离得不远，马上就来。"挂了电话，见郑源直勾勾地盯着他，汪士奇摇摇头，叹了口气："下次再带你，成不？今天你儿子满百天，我要把你领走了，小叶该打死我了。"他边说边挪到门口穿起了鞋："再说了，现场要带记者去那还得有手续呢，不能随便进，你先等等，啊。"

郑源忍不住笑起来："行了，我就问问什么案子。"

"不好说，刚刚通报延安东路出了一起车祸，现场有人报案说强奸未遂。"汪士奇接过包，一拍脑袋伸手进去掏了一个盒子出来，扔给郑源："差点忘了，给你儿子的贺礼。"

郑源打开一看，一方精雕细琢的长命锁，纯金的，拿起来只觉得沉甸甸的伏手："我儿子这待遇有点忒吓人了啊。"

"怕什么，老子有的是钱。"汪士奇冲郑源挥挥手，"走了。"

"……没有哪种感情关系要比男人间的友谊变冷、变凉更令人忧伤绝望。因为男女间的关系就像在市场上讨价还价，总是有各种各样的条件。但男人间的友谊更深刻的意义恰恰是无私，我们既不想让对方做出牺牲，也不要求他付出温柔，我们一无所求，只想维持一个无言的盟约。"两年后，已经成为汪士奇女友的程诺手里捧着一本《烛烬》，一字一句地念给对方听，"看，你们的分裂其实并不像你想的，仅仅因为那个案子……也许在更早的时候，在你们还没有察觉的时候，裂痕就已经产生了。"

"裂痕？"汪士奇笑笑，掐灭了手里的烟蒂，翻身搂住程诺的腰，把头枕在她温暖的腹部，"不是裂痕，是债。我欠郑源的，可能一辈子也还不起了。"

失去

雨，大雨，瓢泼大雨。

汪士奇踏着泥泞，一步一步走向凶手指定的地点，雨水席卷天地，打得人摇摇欲坠，他甩甩头，推开了副手徐烨递过来的雨伞。

"随他去吧，已经这样了，至少可以好过些。"汪海洋在对讲机里留下一句，跟在后面的刑警集体放缓了脚步。

汪士奇，徐烨想，警校第一名录取，屡破大案，年轻有为，还是嫡系太子，就为了一个案子，今后半辈子的升迁之路应该也就到这儿了。他看看左右的同事，脸上有讥诮有怜悯，估计心里想的跟他差不多。

而汪士奇此刻心里什么都没有，那里像是开了个洞，四壁皆空，被密密麻麻的雨点砸出空洞的回音。

叶子敏，叶子敏，我选叶子敏。他想，我当然应该选叶子敏，她是女人，弱者，被保护的一方，丈夫的妻子，孩子的母亲，选叶子敏，无论如何是不算错的。但是——另一个呢？他舌头发麻，含在嘴里似有千斤重，他念不出那个名字，哪怕之前的二十年几乎每天都挂在嘴边，呼唤，争执，玩笑，咒骂，老郑，姓郑的，郑老师，郑……

他死了。死透了。在挂断电话的那一刻就已经死了。如果自己够厉害的话，或许能在若干年后找到他的骸骨，但那也仅仅是骸骨了。他可以抓住凶手，送去刑场，就地法办，然而他知道一切的报仇雪恨都没有意义，那个人已经死了，再也见不到了，是他，汪士奇，亲手宣判了郑源的死刑。

四周是一片荒山，他沿着烧荒之后的余烬走到了路尽头，浓如重墨的夜色是死亡的潮汐，徐徐漫过了他的脚背。前方有什么东西在手电筒的反射下一闪一闪，他低下头，发现了叶子敏的婚戒。

戒指放在一个火盆前面，里面厚厚一沓灰烬，依稀可见一点钞票的纹路。再下面是新填的泥土，横竖四尺见方。开掘工作没有耽误太多时间，不到五分钟，一个劣质板条木箱已经露出了顶盖，后面的刑警一拥而上，被汪士奇一喝给拦住。"等等！"他没发现自己声音诡异地打着颤，"我来。"

汪士奇撬碎了箱顶的木板，看着蜷在里面失去意识的身体，突然觉得全身的骨头都失去了连接，他膝盖一软，跪倒在泥泞里。

箱子里面是郑源。

汪士奇不知道此刻自己是该愤怒还是庆幸，是该嚎叫还是咒骂。他唯一感谢的是此刻的倾盆大雨，至少身后十几个同事看不到他汹涌的眼泪。

他就地俯下身去，想把郑源拉起来，昏迷的肉体本就沉重，沾了水更是沉甸甸地往下坠。汪士奇手臂发颤，膝盖在泥地里打着滑，他不敢松手，在他莫名其妙的幻象里，一松手郑源就会坠入地狱。

"汪队……要不……我们来……"随行的侦查员已经看不下去，伸出的手又被汪士奇打回来。"你们滚。"他喉咙里滚动着咆哮，连拖带拽的，到底把郑源弄上了地面。这个认识了十几年的男人此刻悄无声息地歪倒着，头枕在他怀里，脖颈上青白的皮肤沾着血，奇异得发脆，好像扳正一下就会应声迸裂。汪士奇的手颤颤巍巍地贴上去，还好，还活着，虽然那颈动脉在他的手掌里吃力地蠕动，每一下都像是他的责备。

十分钟后，郑源被送上了救护车，汪士奇的手机收到了最后一条来自凶手的信息：

"一个惊喜。不用谢。"

三个同事扑上去才制住了发狂的他，汪士奇的手机摔得稀碎，挂着手铐在刑警队的监房里关了24小时，再放出来的时候汪海洋没露面，是程诺来接的他。

"你估计要问，为什么是我？这么说吧，就算为了小叶，我也得来。"

汪士奇的眼神像是要把程诺盯穿，对方却毫不迟疑地站定了："你爱不爱听我也得说，案子还没结束，小叶的尸体下落不明，你可以选择现在辞职，那就一辈子不用再听这个名字了。"

"你……"汪士奇的喉咙像生了锈，吱吱嘎嘎地挤出了声音，"你刚才说……尸体。"

程诺僵着一张脸："凶手寄来了照片，是小叶。没有指纹，追踪不到发件人，现在刑侦组还在做分析报告。"

"郑源呢？"

"医院，还在昏迷。重度脑震荡，肋骨骨折，估计没少吃苦头。"

汪士奇咬着牙，一道青筋凸起在脖颈："带我去看看他。"

那之后不久，汪士奇跟程诺睡到了一起，似乎只有对着这张冷淡的脸，他才能在血腥到近乎荒谬的现实中找到一点安定。程诺在小叶的案子上帮了他不少，虽然后来还是不可避免的变成了一桩悬案，但他到底是撑过来了。汪士奇说不上程诺有多爱他，她似乎谁也不爱，他们曾经在案件现场、刑警支队、老郑小叶的婚礼、孩子的百日宴一次次地遇见，间或喝上一杯，但也就仅止于此。他知道小叶曾经一度想撮合他们俩，事情过去两年多，汪士奇有一次看着电视顺嘴就说出来了，他并没有别的什么意思，程诺却一下变了脸色，"啪"的一声合上电脑进了房间。

第二天汪士奇就搬了出去。程诺不在，只留了张条子叫他记得把钥匙放到地垫下面。收拾东西的时候他在书架底层抽出一个相框，大学时期的小叶与程诺并肩而立，程诺笑嘻嘻的，一只手绕过小叶的脖子，纤长的手指捏着她的耳垂。汪士奇吹了吹上面的薄灰，心里也灰蒙蒙的，起了古怪，他几乎是立刻站起来走了出去，都没管身后还有一堆东西没拿。

第三章

三朵玫瑰文身

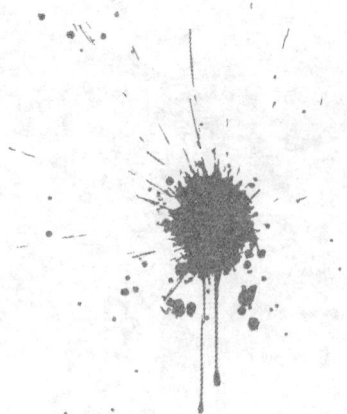

变态

十年了。

汪士奇甩甩脑袋，驱逐掉那些毫无必要的过期自责。他找到了，他胜利了，这才是最重要的。发现吴汇的住址耗费了他大量的时间和精力，南城规划不力，设施老旧，摄像头时有时无，公交车上的监控只能确定他下车的车站，但扫街扫了一大圈，一个对他有印象的人都没有。线索断了，上头施压，他像一个潜泳的渔夫，在茫茫大海里徒然追寻含着珍珠的母贝。就在他一口气差点憋不住的时候，目标却自己送上门来了。

那是一个小到不能再小的案子，由一个快要退休的辅警老孙当笑话讲出来，彼时汪士奇扫街巡查完毕，顺路溜达到附近的派出所，正蹲在门口抽烟。第一句的时候他还在跟大家一起笑，第二句开始他的烟就再没搁回过嘴里。

"那姑娘也是，谁不知道是做皮肉生意的，男人的那玩意儿见了不知道多少个，大惊小怪个屁呀。她倒好，还非要把我给呼过去，说什么遇见变态了，躲在巷子里脱裤子，变态还想强暴她。我问她，那变态人呢？犯罪实施成功了么？你猜那姑娘说什么？"

老孙说得口沫横飞，讲到精彩处，干脆捏着嗓子有样学样："她朝地上'呸'了一口，说：'不中用！裤子都脱了，我冲他骂了一句，他倒是吓得跳起来，屁滚尿流地跑，腿还戳在路边的钢筋上，哎哟，真应该给他戳断了那根东西，断子绝孙！'"

几个围着喝茶的小年轻都抖着肩膀大笑起来，汪士奇也笑，笑完了过去给老孙点了一根白万："叔，方便带我去见见受害人么？"

二十分钟后，汪士奇被带到一处低矮的民宿前，老孙探头进去叫了半天，那个自称"美琪"的姑娘终于一步三晃地走了出来，她肩上孤零零的挂着件蕾丝衬裙，斜斜地往门口一杵，左右扫一眼，雪白的胸脯立刻朝着汪士奇面前戳过来："哟，老孙，今个儿刮什么风，带个这么帅的小哥过来玩呀。"

老孙尴尬地挠挠头："别瞎说，这位是刑警队的汪队长，上次你不是说遇着变态了么，汪队过来了解一下情况。"

"哦哟，刑警队的，怪不得看着不一样。"美琪还要往跟前凑，汪士奇用两根指头顶着她的肩膀，不动声色地给推了回去。美琪眼珠一滚，斜睨着嗤笑了一下："可惜，不好这一口。"

汪士奇从兜里掏出一张照片："仔细想想，你看到的变态是不是这个人？"

美琪和老孙一齐凑上去看，那上面是穿着靛蓝连身工服的吴汇。老孙还在云里雾里，美琪却捂着嘴嚷了起来："人是不是我不知道，不过这个衣服我认得！哎哟，那个乌烟瘴气的烂巷子，也真亏他找的地方，偷偷摸摸的，脱了一半……"

"哪个巷子，带我去看一眼。"

美琪瘪着嘴，脚下不动："哦，说看就看，我生意不做啦是吧？警察查案子也要群众乐意对吧？"

老孙刚要发作，被汪士奇拦下了。他抬起手，指尖抚上美琪的手臂，顺着奶油一样滑腻的皮肤蜿蜒下行，撩起了一线看不见的火花。美琪面露得意，一口嗲气刚要提上去，冷不防臂弯被汪士奇捏住一戳："那你去那个乌烟瘴气的烂巷子，又是去干吗的？"

汪士奇的手指下面是一片青迹，连带着几个细小的针眼。美琪一下缩了起来，支支吾吾半天，汪士奇自己替她答了："行了，又不是来抓你的，以后该戒的戒，约到那里交易就是专为抢你这种人的，还报警呢，下次你不一定有这么好的运气。"

美琪脸上畏缩中掺着点不服气，她水蛇似的身子一拧，从汪士奇的桎梏里挣脱出来："我又没说假话，那里确实有个变态，管得宽啦你这个人！……等着，我去披件衣服。"

美琪领头，带着汪士奇和老孙七拐八绕地进了一条漆黑的暗巷，背光，死胡同，两侧堆满了建筑垃圾。汪士奇慢慢走进去，在一堆废弃的钢筋前面停了下来，其中一根粗糙的截面上有一点暗沉的颜色，用手摸了摸，不硬，发粉，不像油漆，更像血迹。

"他是在这里撞伤了腿吗？"

"是咯，撞得可狠了，我也是佩服他哟，做贼心虚，一边淌着血呢还能翻过墙去。真是，厉害厉害。"

美琪还在一边咋舌，汪士奇已经平地发力，三步两步地蹿上了尽头的围墙。他扒着墙头往下一看，一点微笑从嘴角漾开。另一边虽然空荡荡的，但地上明显浅了一块的印子出卖了他。这里之前肯定堆着不少旧家具，翻过墙来，踩着腐朽的旧衣柜和茶几落地，顺着巷子走到尽头，这个人已经悄无声息地把自己的路线调转了一百八十度。换了衣服，换了方向，怪不得之前的监控永远查一半就跟丢。

汪士奇跳下来，一边掏烟一边拨了个电话出去："徐烨，现在去调10月15号美西路的所有监控，对，反方向……叫你去你就去，那么多废话干吗？……注意一个走路一瘸一拐的男人，是，有伤，服装不明，可能有帽子之类的掩护。"汪士奇点燃手里的香烟，恶狠狠地抽了一口，瞳孔里倒映出一点燃烧的暗红，"还有，去查查吴汇入狱的体检报告，没猜错的话，他右腿应该有个疤。"

影子嫌疑人

　　郑源知道自己挖出了吴汇的真话，但他没有想到吴汇给的比他想要的还多。

　　"你猜得对，我这么干就是为了报复。"吴汇慢慢地吐着气，像是在抽着一根不存在的烟，"只报复一个人，为了不让别人看出来，才有了后面的那些。啊，那句话是怎么说的来着——想要藏起一具尸体……"

　　"最好的办法是藏到一堆尸体里。"郑源不为所动，"可是后面那些都没杀死，除了一个。"

　　"除了一个。"吴汇机械地重复了一遍，突然笑出了声，"郑记者，你信命吗？"

　　命？郑源想，不想信，然而不敢不信。他有手有脚，奋力奔突，却总觉得自己逃不出命运的掌控。命是一条看不见的丝线，缚牢了他，稍不留神就拖着他下沉。郑源不出声，就当自己默认了，吴汇笑笑，眼神里多了点怜悯。

　　"我不想杀别人，我只想杀了她，杀完了她，后面的那些手就软了，没劲了。你知道吗，杀人很累的，电视里看杀人，扑哧一刀，扑哧又一刀，跟切菜似的，我告诉你，都是假的。刀子捅哪里容易死？心脏、肺泡、脾脏……"吴汇的手满不在乎地在身上比画，给虚拟的自己开膛破肚："但是呢，前面全是骨头挡着，梆硬，一刀进去，卡在骨头缝里，嘎吱嘎吱的，下不去，出不来……"

"说这些细节没有意义，我并不是一个杀人爱好者。"

"那你想听什么？哦，我们刚刚聊到哪来着？命？对，是命。我拿着刀，在那个广场上转悠，往左看，往右看，到处都是人，密密麻麻的，跟牲口一样，黑着脸，排着队，从楼里出来，进地铁里去，我刚杀了个人都没人有空多看我一眼。捅五个，捅十个，死不死，活不活，好像根本没区别。不过呢，那个男人送上来的时候，我也不知道怎么的，就是下了狠手。"吴汇眼睑轻颤，脸色似苦若喜，"后来我看新闻才知道，他就是要跟徐子倩结婚的人，哈，郑记者，你知道吗，这就是命，都是安排好的，一点也不错。"

郑源挑眉："那你又是为什么要报复徐子倩？她一个企业老总的千金，总不至于对你始乱终弃。"

"我要是说我报复她，是因为她爱那个男人，你信吗？"

"单方面暗恋？得不到就杀掉？"

"比你想的要复杂，不过，你也可以就这么认为。"吴汇举手伸了个懒腰，"是，我进雪松就是因为她，跟了一年，盯了一年……本来我有更周密的计划，也许能让她死得更漂亮些……哎，现在说这些也没什么用了，机会这种东西是老天给的，身为凡人不能那么挑。"

"这还是解释不了你在高通广场的连续伤人。"郑源低头看看笔记本，"你不跑是准备好了承担杀死徐子倩的事实，但同时你又试图把这个事实藏到一群毫无联系的随机受害人里。手法粗糙，效率低下，一看就是临时起意，是什么让你突然有了要隐瞒的念头？你打算瞒着什么事？还是说……你打算瞒住什么人？"

"你什么意思？"

"我去看过徐子倩的尸体，七刀，从下到上，大部分风格都很一致，唯有一处……"郑源的手指轻轻点在自己的心脏，眼睑垂下来盖住光线，试图穿越牢笼、空气和骨血，介入到吴汇封闭的脑回路里去——他捏着刀，湿滑，粘手，塑胶手柄的纹路烙进掌心，面前是血，背后是人。是的，还有一个人，惊惶，无助，个子高一些，他很重要，他是谁？跃动的光影中，郑源仿佛听到吴汇低哑的一声穿破时空："快走！"

"这一刀不一样。虽然法医不能界定，但我能感觉到。告诉我，这是谁干的？"

吴汇小幅度地挪动了一下身体："谁？除了我，还能有谁？"

"还有另一个人。"

"证据呢？"

"会有证据的。"

吴汇的眼睛里带上一点讥讽："编造这种反转很有意思，但可惜，你只是个记者，不是小说家。"

"不是你。这一刀，无论如何不是你。"郑源口干舌燥，长久的精神对峙让他疲惫，追着猎物跑出二十公里，眼看着胜利在望，人却像灌了铅似的滞重。他摘下眼镜捏了捏鼻梁，声音轻得像叹了口气："你哭了。"

吴汇没有动，郑源抬起眼皮，一字一顿地重复一次："杀人时，你哭了。"

对面的男人脸色迅速灰败下去，郑源捕捉到了这一信号。"你问我要证据，不好意思，没有证据。这个世界上可能人人都觉得自已独一无二，每个人做出的选择、采取的行动都是随机的、自主的，但是我告诉你，不是这么回事。"郑源突然将眼神投向对方隐藏在隔离墙后面的下半身："你大腿上的伤还疼么？"

吴汇一愣，来不及答话，郑源继续往下说："右边外侧，伤得不深，但创面不好愈合，皮肉应该擦烂了。"

吴汇的肩膀硬了，郑源把眼神转了回来，直面吴汇："我为什么知道？因为习惯，你走路的时候总是左倾。为什么避开右边？因为不舒服，短时间的疼痛不足以形成这样的习惯，急性疼痛我们会倾向于赶紧止疼，只有长时间不愈合的创面才会让人产生防备。为什么是大腿外侧呢？因为我们的身体跟精神高度匹配，平时你几乎感觉不到任何器官的存在，但是一旦哪里出了一点异状，一点凹陷，一个疤痕，一颗突出的牙齿，下意识就会去碰触，就像你的手，根本无法克制自己去摸那块伤疤。反应超过理性，习惯超过思维，人类就是这样容易被看穿。"

吴汇低头看自己的手指，它们正无意识地摩擦着大腿外侧，隔着裤子，一块稍硬的皮肤总是让人忍不住沿着边缘抠过去。他有些茫然，再转回来发现郑源已经贴近了冰冷的铁条，下意识皮下一紧，仿佛刚刚发现他柔和的脸部线条下藏着野兽。

"除了疯子，所有人的行为都遵循逻辑，你不是疯子，所以你也不例外。徐子倩心口那一刀不是你的习惯手位，事后无差别伤人不是你的自然反应，你杀不死他们，因为你根本不是这样的人，你害怕，也愧疚，但却不得不做，我看过你杀死袁佳树的视频，虽然看不清脸，但刀进去得太迟疑了，你说你想杀了他，要我看正好相反，但你还是亲手造成了他的死，这种事与愿违足够让你哭出来。"

到这一刻吴汇才真正确认了自己的轻敌，然而为时已晚，郑源的獠牙已经扣上了他的命门。

"十月二十五日下午七点高通广场，你的所有反常，只有在你身边加上一个人才能全部成立。告诉我，他是谁？"

郑源知道自己接近了真相，吴汇张了张嘴，声音却迟迟没有通过喉咙口，他独自在沉默中挣扎着，在冰窖一样的室内额角已经活活沁出了汗。

48、49、50……郑源数着自己的心跳，莫名感觉恐慌，有那么一刻他甚至希望吴汇能说出点什么来全盘否定刚才的话，直觉告诉他，逼出来的答案可能会让某些所谓的事实彻底崩盘，就像他当初经历过的一样。那是比死更残酷的惩罚。

漫长的两分钟过后，汪士奇的电话打断了这段沉默。

"老郑，快来，我找着吴汇他家了。"

四人游

午休时间结束，教学楼里已经三三两两的有了人。老三前脚从教导处出来，后脚就看到郑确一个左拐，朝着自己相反的方向径直走了。他摇摇头，迈开步子把人捞了回来，顺带把脱下来的校服扔到他头上。

"瞎走什么，医务室在这边。"老三捏住他受伤的手："衣服盖一下，血糊糊的，别吓着人了。"

郑确不说话，眼珠子从围墙扫到地面，就是不看老三的脸。

"有什么不高兴的先把手弄好了再说，行不行？"老三叹气："是有多恨我，还专程砸玻璃撕照片。照片呢？吃了？"

郑确听到撕照片三个字一下抬起头来，好巧不巧，眼神正好瞟到对面走廊上站着的人影——是她，衣服换了，受伤的手揣在口袋里，见他看过来，女孩深深地回了一眼，随即走开了。她嘴角应该存在若有似无的一笑，郑确觉得自己没有看错。

就这么一分神，已经足够让老三拽着郑确进了医务室。校医正要忙着出门交周报，见是老三来了，直接把一串钥匙扔他怀里："又是校队啊？你们这些孩子也真是，能不能看着点……自己弄吧，记得填单子，钥匙回头我找你拿。"

校医一阵风似的出了门，郑确被老三按到椅子里，转身在柜子里翻起了消毒水和纱布："你说你，不是连剪子都怕么，弄成这样就不怕了？也不知道图啥。"

郑确看着老三的背影，心里那点热乎乎的歉疚终于战胜了别扭，好歹挤出了一句话："你……又帮我。"

老三直起腰，回头瞪了他一眼："我不帮你谁帮你，难道看着你记过三次直接开除啊？"说完自己又笑了起来，"周老板都要恨死我了。"

"是这样的周主任，那张照片我觉得照得不好，没有突出我本人的气质，所以拜托郑同学帮我想办法换一下，他可能误会了我的意思吧。"老三对周主任说。

确实挺招人恨的。郑确想，那算哪门子的理由。

郑确也笑，笑了两下，终于鼓起勇气进入正题："其实……那玻璃不是我砸的。"

"顶包啊？谁逼你的？"

"帮忙。"

"哦。"老三找齐了东西，转过来坐到郑确身边："手给我。"他握着郑确的手腕，酒精棉球按到伤口上，郑确一阵龇牙咧嘴。"女孩儿？"

郑确想起那天教室里的少女，鸦色的黑发衬着一缕耀眼的红，在老三面前晃啊晃的，像一只骄傲的花雀晃着自己的翅膀，他心里一阵乱，点了点头。

"这么野？你可当心点，别惹上疯的，现在的女孩儿，脑子都有点那个。"老三敲了敲自己的额头，"言情小说看多了，动不动要死要活。"见郑确不接下茬，老三挑眉："认真的啊？啧啧，早恋，不好不好。"

郑确翻个白眼："你自己不也是。"心里还有没说出来的半句：找了女朋友就不搭理我，出息！

老三一愣，回过神来薅了一把郑确的头顶："傻啊你，这能一样吗？"他往郑确的手上缠着绷带，眼睛不看他："……不是因为她。"

没头没尾的半句话，郑确居然听懂了。老三的手还在绕着纱布，一时无话，却并不尴尬，周围的空气慢慢充满了模糊的高兴，让郑确想起小时候吃了水果糖，透过彩色的玻璃糖纸看到的太阳，薄脆透亮，舌尖抵着一点甜。为了让这点高兴停得久一点，化得慢一点，他把一句话翻过来绕过去的含在嘴里，总是差那么一点问出口。直等到老三给他收拾完毕，人都快走了，终于张嘴漏出一个"喂"，没有下文，孤零零地悬在半空，老三看着他窘迫的脸，嘴角慢慢勾了上去："礼拜天要不要去我家。"

"啊？"郑确张着嘴，他知道自己现在的样子一定很傻。

"你不是想知道为什么吗，我带你来看看为什么。"

下午的课郑确上得心猿意马，好容易熬到放学，他照例背着书包踢踢踏踏地走到单车棚等老三。高三放得晚，教室已经亮起灯，窗口还有一排脑袋随着板书一点一点。郑确倚在自行车后座上盯着出神，肩膀被人轻轻点了一点。

"手还疼么？"那触碰很柔软，嗓音也甜，郑确回过头，是她。

"彼此彼此。"郑确不自然地藏起那只手，女孩却把它拽了回来。两人面对面摊开手，一样的绷带，镜像对称，好像有什么秘密被掀开了盖子，郑确的脸突然有一点红。

女孩的圆脸上漾出一个酒窝："你叫什么名字？"

"初三8班郑确。"郑确脱口而出，说完又有点后悔。答得太流利了，一看就是排练过很多次。

果然，女孩脸颊上的酒窝更深了："我知道，我在你楼上，我叫徐婷。"

楼上是高二的地盘，郑确有点意想不到，徐婷看着最多跟自己同龄。她高二，老三高三，这所学校里她比自己多待了两年。这么一想，中午那块碎掉的宣传栏玻璃突然带来了延迟的刺痛："啊，所以你去撕照片……"

徐婷竖起手指，在嘴唇边比了个"嘘"，焦糖似的棕色眼珠左右转转，神神秘秘地打开钱夹给郑确看。她用着一个珊瑚色的三折钱夹，中间有一个透明塑胶的照片夹层。一般这个年纪的小姑娘都会在那里放上偶像男孩的贴纸什么的，徐婷的钱夹里也有一个男孩，头发浓密，眼神清亮，嘴角蓄着一点笑意，是老三。

郑确回过味来。前几次若有似无的眼神交汇不是无缘无故的，是了，徐婷看他的时候，次次都有老三在场。他是傻的吗？她都豁出去偷照片了，他居然还能想不到？对，也有可能因为讨厌，但是谁又会讨厌老三呢？他体育好，成绩也不差，脸更是……郑确沮丧起来，他倒不怕输，只是仗还没开打就输了，到底有点意难平。

而徐婷已经握着他的手摇了起来："可别忙着说出去啊。我知道你跟他关系好……你不会说的对吧？"

这已经是擅自把他划到闺蜜级别的要求了，但是郑确仍然没有办法拒绝。做个朋友也好啊，郑确对自己说，做朋友，起码能站得近一些。他这么想着，勉强对徐婷点了点头。放课铃响过了，老三也朝着这边走过来，郑确刚要打招呼，余光看见一个影子半路闪出来，一下黏住了对方。她没穿校服，不是本校学生，但郑确仍能认出来，那一缕红发在路灯下仍然招摇，刺痛了他的眼睛。

徐婷一无所知，只顾低头收拾自己的钱夹，郑确鬼使神差地来了一句："礼拜天我要去他家，你一起来么？"

徐婷抬起头，眼睛一下子亮了起来。郑确再一次尝到了那种模糊的高兴，只不过这一次，嘴里泛起了一点苦味。

刑房

郑源赶到水围新村的时候已经过了晚上八点，老式楼道里没有灯，汪士奇打着手电下来接他："怎么这么久……快，这边这边。"

"跟吴汇聊得正在点子上，要不是你催，估计人都招供完了。"郑源有点嫌弃，还是抓住了对面伸过来的手。十年前的脑部受创影响了他的视力，特别到了暗处，除了蓝就是黑，一团团模糊的雾气，这地方没有汪士奇牵着，他等于盲人骑瞎马。

"他都说啥了？"

"坦白了，不是什么无差别杀人，一开始就是冲着徐子倩去的，后面那几个他原本打算杀了混淆警方视线，没下得去手。"

汪士奇的手微微一震，郑源知道他又在嫌恶。这个人有点精神洁癖，听不得荒唐的犯罪理由。"不过我还是有点疑问，他说他对徐子倩是暗恋心态导致占有欲产生，但是他们俩的社会关系八竿子打不着，要说大马路上一见钟情，那也太扯了。所以我觉得第二犯罪人的假设……"

郑源话音未落，脚下突然被什么东西一绊，眼看着要栽到水泥地上去。幸而汪士奇扑救及时，一只手打横拦腰给捞了回来。郑源脸撞在一片粗糙的羊毛混纺织物上面，樟木混着烟丝的凛冽气味扑面而来，他恍惚了几秒，隐约记起以前汪士奇身上似乎是皂香，来自一块方方正正的老式国产皂，蜜黄色，收在露天水泥盥洗池的一角，汪家的保姆总在那边开个龙头，"哗哗"地搓洗一家人的衬衫。"你们这些皮猴子见天入地的，洗衣机顶个啥用，还是手搓的干净。"老阿姨嘴角叼着根香烟，冲郑源招招手："你也来，身上那件脱给我，我顺手一把搓了。"初夏的太阳明晃晃的，他和汪士奇打个赤膊围着池子互相撩水，泡沫溅到脸上不一会儿就干了，一小块皮肤微微紧缩，像一个温柔的吮吸。

现在那种香皂应该早就停产了吧。郑源想，就算有，那个院子也是回不去了。

他还在出着神，那块织物一下震动起来，哼笑伴随着浑浊的低音滚过，标准的胸腔共鸣："老郑，脚软是肾亏啊，得治。"

去他的，是谁支使他起早贪黑，为了个没头没脑的案子四处打转，到现在连饭也没顾上吃。郑源心里不忿，手上却加大力气捉紧了汪士奇的胳膊："少废话，赶紧带路。"

两人小心翼翼地绕过挤满楼道的煤炉和废报纸堆，眼前豁然大亮——一盏雪白的应急灯挂在门口，锈绿色的老式防盗门被强行撬开，像黑洞洞的真理之口。

"头儿，上哪去了，正找你呢。"徐烨一边摘着手套一边迎出来，看清楚汪士奇背后牵着的人，愣了一下："你……"

"老郑呀，不认识了？人家刚回来，还在法制周报，这次也是来写报道的。"汪士奇松开郑源，趁着他转头环顾客厅的档口凑近徐烨的耳朵："少大惊小怪，不该说的别说。"

徐烨咧咧嘴。他当然认识郑源，何止认识，简直记忆犹新。当年汪士奇第一次把他带进现场，大家还以为来了个大学生，一地的制服白大褂里就他一人背个双肩包，穿个套头帽衫，一脸奶气。汪士奇前脚说完证物分析，他后脚就接了句"不对"，接下来头头是道地反驳了一堆，汪士奇也不生气，就抱着手臂看着他乐。切，一个记者，徐烨想，又不是名侦探柯南，嚣张个啥呀。当然，他也见识过他的狼狈，昏迷着，淌着血，埋在荒山野岭的土坑里，把汪士奇吓得六神无主。不知道为什么，虽然彼时郑源生命垂危，但徐烨觉得现在的郑源才是真的奄奄一息。他努力在郑源身上寻摸着人的气味，而郑源的脸转过来，眼珠像镶嵌在面具上的磨砂玻璃，连视线都是毫无生气的。"方便的话……我想看看卧室。"

是了，就是这样了。徐烨在心里盖棺定论：他还活着，但已经像死了很久了。

秘密

　　吴汇的家是 20 世纪集体宿舍时代的遗留产物，楼层矮，挑高低，红砖垒的外墙在时间的侵蚀下变成斑驳的褚石色，窗户漆成墨绿，而后是石青暗黄的墙皮，一层层剥落下来，衬得玻璃也雾蒙蒙的发灰。进到门洞里，密密麻麻的房门两两相对，分散在幽暗走廊的两侧，每一户都是同样的一室一厅，有孩子的家里会封上阳台，凑合成下一代的书房兼卧室。星沙市的新城区建设如火如荼，这栋楼却连同南城一起被丢入了遗忘的角落，里面的住户老的老走的走，轮到吴汇住进来的时候，整一层里除了他已经没了别人。

　　"我问过了，房主无亲无故，年纪也大了，五年前就进了养老院，房子丢给一家中介做代理，估计这破屋能租出去就谢天谢地了，他们除了每个月让吴汇往卡里打钱，人都没来见过。"徐烨提着手电在前面开路，光柱扫来扫去，映到的除了一张饭桌、两把不成套的塑料凳，其余就是白墙灰地，家徒四壁。"所以呢，基本也排除了买凶杀人的预推，屋子里没找着藏钱的地方，看这样儿他也没处花。"

　　郑源一言不发。汪士奇还憋着没发话，他知道，精彩还在后面。

　　果不其然，等推开卧室的木门，郑源就知道汪士奇为什么心急火燎地找他来了。比起客厅近乎空无一物的无聊，卧室简直就是美梦成真的大礼包，或者用汪士奇的话说，完美地反映了居住者的精神状态和犯罪动机。房间不大，十平左右，一张一米宽的老式铁架床放在角落，靠头的地方拴着一副简易镣铐，郑源戴上乳胶手套上前去摇了摇，四个床脚用螺钉焊死在了地上。"教科书式的变态犯罪倾向，"汪士奇用手电挑起一边镣铐给郑源看："德标工业铁链加皮革，纯手工打造，看来这位嫌疑人口味有点重。"

郑源不说话，仔细打量着家具的布局。即使对于这间怎么归置都显得拥挤的小房间来说，现有家具的摆放也实在是太不科学了，床贴着窗户，衣柜却背靠着床头，柜门冲外，似乎故意在阻隔着床上那个人的视线。床尾的地方摆着一把陈旧的扶手椅，劣质人造革因为磨损而皲裂，露出下面米黄色的粗糙纤维。总共就这么三样东西，挤挤挨挨地集中在房间的同一侧，靠门的这边空无一物。郑源上去移了移扶手椅，死沉，挪开一条缝就能看见地板上浅了一线的灰尘印子，证明这东西从来没有挪过地方。

"这间就是嫌疑人打造的禁闭室，结合口供与我们掌握的信息，吴汇应该在早于半年前就盯上了徐子倩。案发当天，他大概打算持刀挟持对方带到这里，完成他的绑架监禁，但因为被害人的挣扎呼救导致他反应过度，这才演变成行凶杀人。"汪士奇拉开衣柜，招呼郑源过来看，衣柜没有挂衣服，寥寥几件外套胡乱的堆在柜子下方，正对面的高度贴着十几张照片，组成了一个简陋的十字，正面，侧面，背影，远景，统统都是徐子倩。

"绑架监禁？然后呢？他想要干吗？"郑源抽抽鼻子，凑过去仔细打量着照片，粗糙的相纸，应该是网络打印四毛钱一张的便宜货，用透明胶草草地贴上两个角，像素一般，不像专业设备，也许只是来自一台过时的国产低端手机。郑源想象着吴汇拍下这些照片的瞬间——没有刻意美化，没有特别关注的角度，呼吸均匀，表情镇定。这些照片里没有感情。

汪士奇差点笑到噎住："他要干吗？他还能干吗？老郑，我记得以前那些个什么禁室培欲你也没少看啊，一把年纪了，怎么突然装起纯洁来了？"

郑源没有理会他的嘲讽，他重新走到床边，顿了顿，突然和衣躺了上去。

"哎哎哎，你干吗！"徐烨急了眼，被汪士奇拦了下来，"别急，别说话，先等等。"

狭长的铁床上面是棕榈的床垫，上面铺着老旧的蓝白格子床单，平整、温柔，细软得打滑。郑源的手指摩挲着身下的织物，接收到一种郑重的清洁感，仿佛是对躺在这张床上的人表达着怜悯和抱歉。作为一个大龄单身底层蓝领的卧室，这张床太过干净了。郑源思考着吴汇有洁癖这件事情的合理性，慢慢闭上眼睛。少顷，一点特别的气味从枕头上缓释出来，木香，烟草，汗味，似曾相识。郑源晃晃腿，轻轻一踢床前杵着跟守灵似的汪士奇："喂，你喷的什么香水？"

徐烨转头看着汪士奇的眼神里写满了惊讶，汪士奇干咳了一声，表情有点不自在："什么呀，就我妈去了趟意大利，带了一堆瓶瓶罐罐回来，瞎喷着玩儿的。"他低头查手机，半晌才翻出聊天记录："叫什么来着？k……k……krizia？这是男香，男人用的香水！不懂别瞎笑……"

郑源的手枕到后脑勺："你们觉得，吴汇去过意大利么？"

"还意大利呢，他有没有去过省会我都怀疑。"

"这就对了。"郑源翻身坐起来，转移阵地，一屁股跌坐到床尾的扶手椅里面。徐烨并不知道他说的对是什么对，只知道再由着他这么胡来自己的饭碗很快就要保不住了。"大哥，"徐烨口气软下来，跟个苍蝇似的搓着手，"差一步我的取证就做完了，咱们别破坏现场行不行？"

郑源并不起身，反而变本加厉地在椅子里腾挪，压得里面老旧的弹簧咯吱作响。这里有跟衣柜里一样的气味，来自廉价的地毯清洁剂和84消毒液，一个清洁工人应该有的味道。这才是吴汇的"床"，一个真正的栖息地。郑源看看对面的柜子和床褥，心里渐渐有了主意。

"拍照，指纹，鞋印，血迹还没来得及验，发光氨还没上你就来了。"徐烨指指一边的紫外线灯，眼瞅着郑源一伸手就捞了过来，"啪嗒"一声打开了开关，在椅子周围前前后后地扫了个遍，紧接着是床沿，床脚，再到柜子跟前。"喂，别瞎弄，我都说了发光氨还没上了，你这样是看不出来的……"徐烨跟在郑源屁股后面直打转。

汪士奇抱臂在一边看着，突然笑出声来："他不是在看血迹。"

徐烨反应过来，紫外线灯确实还能拿来看别的。当初上课的时候老师怎么说的来着？"凡射过，必留下痕迹"，但他不明白郑源看这个到底有什么意思。

"我有了一个答案，但是，也许并不是你们想要的答案。"郑源把紫外线灯还给徐烨，缓步踱到房间正中央，除了看守所那些对谈里不小心逸出的蛛丝马迹，这是他最接近真实的吴汇的一刻。尽管他一度打算靠拙劣的模仿把自己打扮成一个反社会变态，但这里的气息和郑源第一次见到的他百分百吻合：平静、矛盾、克制，一个殉道者，一个苦行僧。

"吴汇不是一个性变态型罪犯，也许他盯上徐子倩有别的理由，但绝不是你们预判的性需求。"郑源指指床头，"按照性变态犯罪的逻辑，猎物都是经过精心挑选的，对他们有特殊意义，如果徐子倩是猎物，这张床就是为她度身打造的笼子，在猎物没有到来之前，这里不会允许任何人占用，尤其是，占用的还是个男人。"

"没这么玄乎吧，你怎么知道有男的睡过？行，就算有男的睡过，还不能是他自己吗？"

"不可能，因为他月收入只有两千块，不可能在枕头上留下高级男香的味道。"郑源拍拍扶手椅，"这儿才是他每天晚上睡觉的地方。"

汪士奇摸摸下巴，一丝玩味出现在脸上："你知道你在说什么吗？"

"我当然知道，我在全盘推翻你，没有什么跟踪绑架囚禁侵犯，一开始就没有，试想一下，如果吴汇真的对徐子倩抱有扭曲的性冲动，照片应该贴在他最方便看到的地方，而他会缩在自己的安全区里尽情意淫，然而很可惜，照片藏在了柜子里，张贴得过于潦草，没有仪式感，而整个屋子，你们也看到了，没有精液的痕迹。"

"就算推翻了这个预设，也不代表吴汇没有过绑架徐子倩的计划，要不然这张床你要怎么解释？"

"还记得我的第二犯罪人假设吗？"郑源转过头，眼睛里突然泛起一点光亮，有什么久违的东西被点燃了，"也许犯罪现场还有第二个人，被吴汇禁锢，隐藏，保护的，是个男人。"

徐烨从来就不喜欢郑源，对他这个工龄超过二十年的警察来说，刑侦是一门专业学问，是建立在证据、口供、分析、鉴别上的科学技术，而像郑源这样的人——也就是所谓的"民间推理家"，却总能把这门学问搞成玄学，撇开眼前板上钉钉的现场不谈，竟来来回回地扯什么气味、直觉、逻辑、认知！徐烨瞄了瞄汪士奇，脸色没什么变化，估计心里的吐槽比起他只多不少。说到底也是身经百战，破过的案子没有一百也有八十了，外行领导内行这种事情年轻的时候还好说，反正半斤八两，都是一瓶子不满半瓶子晃荡的主儿，现在还来这一手，那叫当场打脸，是可忍孰不可忍。

而毫无自觉的郑源还在滔滔不绝："加上一个男人，那一切就说得通了。之前我们犯的最大的错误，就是将一些看似合理的因素硬凑到了一起，这就像拼拼图，也许形状对得上，但图案全是错的。为什么他会用假身份？为什么他会无差别攻击路人？为什么他的目标是徐子倩？为什么会有不合理的刀痕？为什么会有这间古怪的房间？也许这些线索并不指向同一个案子……"

"不。"汪士奇终于开口了，他走近郑源，眼睛对着眼睛，脚尖对着脚尖，斩钉截铁地对他说："不！"

老式筒子楼里没有暖气，郑源站得久了，周身冻得发沉，一阵阵过电似的麻痹感从脚趾头尖窜到小腿，等听到这一声"不"，那麻痹感陡然加重，连带肩膀都硬了起来。郑源嗅到了危险，然而汪士奇的影子压着他，让他一动也不能动。

"老郑，你没有掌握全部资料，所以推论有偏差也是正常的。我告诉你，吴汇不仅是杀害徐子倩、袁佳树的凶手，他还是一个连环肢解杀人犯。"

郑源的眼前升起一团迷雾："连环？肢解？……不，这不对，这不符合侧写……证据呢？受害人呢？"

"第一个受害人，十年前的南城车站少女分尸案。最近的一个受害人，算是未遂吧，今年高通广场遇刺的徐子倩。虽然她没有被分尸，但按照这间屋子的布局来看，如果她被劫持成功，肢解分尸是早晚的事。"

"我记得你说的是连环杀人，那至少有三个相似案件才能当作连环案件处理。"

"有，那个被害人……"汪士奇的声音低了下去，对接下来要说的话表示抱歉："决定这个案子成为连环杀人案的关键被害人，是小叶。"

那名字像一个符咒，瞬间抽干了郑源的镇定。

"老郑，我知道你很难接受，毕竟这么多年过去了，之前也一直按照报复性杀人在查……但是，错了就是错了，现在找到真凶也不晚。"

"不可能！你凭什么跟我说这个就是真凶？我不信！"他用力摇头，一缕额发乱糟糟地戳进眼睛里。

这大概是徐烨第一次听到郑源大声说话，那把柔软的南方嗓音拔高了，有一种绝望的好笑，徐烨吓了一跳，不知道当劝不当劝，这时候汪士奇转过头放了话："你先出去，我有话要跟他说。"

徐烨如蒙大赦，赶紧夹着尾巴出溜到客厅，走之前他犹豫了一秒要不要关上门。还是算了，他想，看着点儿好，到时候命案现场再搞出第二桩命案，不合适。

"我来告诉你他为什么是。"汪士奇打开手机，一张一张的给郑源看照片："厨房你还没进去，在那里发现了国产帕罗西汀，这是……"

"抗抑郁药，副作用大，容易乏力腹泻。"郑源冷着脸打断："对，我吃过。你想证明他有精神问题？我告诉你，只有偏执型妄想症才容易导致肢解性犯罪，抑郁症在历史上并没有相关案例支持。"

"抑郁症也分单相双相，也会有暴力倾向，没有案例不表示没有可能性。"汪士奇寸步不让："你的病，我比你更清楚。"

郑源的反驳卡在了喉咙里。汪士奇说得没错，至少曾经没错。小叶的案子之后，守了自己三个月的是他，研究资料帮自己一步一步做复健的是他，接送孩子上下课批改作业做饭烧菜打扫房间的也是他。等汪士奇把他硬塞到第五个心理医生的办公室里之后，郑源终于打定主意，一走了之。他不是第一次受汪士奇的照顾，可以说他就是被汪士奇一家从小照顾到大的，但这一次，就这一次，他感受到了从来没有过的压力。

"除去抑郁症的因素，还有别的。根据我对雪松大厦清洁部门的员工调查，吴汇性格孤僻，特别不擅长跟女性打交道，其中一个跟他较为熟悉的员工作证，吴汇提到过他从小没有母亲，父子关系也不好。学历不高，只能从事较为底层的临时工作，这些特征都符合连环性犯罪的侧写。从十年前那两个案子起我就等着凶手再次犯案，因为肢解性犯罪不可能一次收手，只会越来越严重。他等了这么久才出手，一方面可能是当年我们追得太紧，另一方面，可能他也在一直寻找下一个符合他标准的作案对象。"

"就算你说的是吧。"郑源头痛的捏了捏鼻梁，气势弱了下去，"判断连环犯罪的三个要素不用我教你吧？犯罪手法、犯罪特征、被害人选择。手法和特征我都暂时存疑，因为从头到尾我们能看到完整犯罪现场只有第一个案子，小叶只有局部照片，无法确定肢解习惯。至于被害人选择，无名少女在16-18岁之间，没有失踪人口报告，推定无父无母无业；小叶24岁，已婚已育有工作社会关系正常；徐子情27岁，富二代，海外留学多年。这三个人年龄身高

长居环境社会背景全都不一样，你打算怎么把他们联系起来？总不
会说是长得像吧？"

"老郑，我还是那句话，你没有掌握全部资料，这三个案子有
共同点，而且是非常显著的共同点。"汪士奇深呼吸了几次，像是
下定了某种决心："还记得吗？十年前的无名少女，后腰骶骨部位
有个玫瑰文身，最近遇刺的徐子情，后腰骶骨部位有个玫瑰文身，
还有……小叶……"

郑源霎时间慌乱起来，他哆嗦着嘴唇，几乎马上就要站不住。

"小叶也有，骶骨部位，玫瑰文身。"汪士奇低下头，等待着郑
源的拳头，"……老郑，对不起，我……"

郑源怔怔地盯着汪士奇，仿佛第一次认识他。他想不到吗？未
必，只是他根本不愿意往那一边想。小叶是顶忌讳露出那个文身
的，泳衣只有连身的，买下装会谨慎的绕过低腰款式，曾经还去医
美咨询过怎么洗掉，不久之后发现怀孕了，这事儿也就搁置了。所
以，汪士奇怎么能知道小叶那个文身？只有一个理由，小叶和汪士
奇，他的老婆，他最好的朋友……

郑源举起手，汪士奇条件反射地缩了一下，然而对方只是一把
推开了他，跌跌撞撞地跑了出去。

"老郑！"汪士奇回过神来，扯着嗓子叫徐烨拦人，徐烨正抱
着手机打斗地主，眼看着人擦着边儿跑了，他不耐烦地拉住汪士奇
劝："又不是小孩子，跑了就跑了呗，你越追人越起劲。"

"你知道什么！"汪士奇摔开他的手夺门而出，"他眼睛看不见！"

话音未落，黑漆漆的楼道里传来一声闷响，徐烨的脸僵住了。

分歧

郑源再睁开眼睛的时候人已经躺平。白墙，白被单，白炽灯，灰白色矿棉板吊顶，一个接一个的正方形，乏味地延伸出去，这画面再熟悉不过。

"醒了？"一个男声在左侧响起，郑源转过头去，是徐烨。

"汪士……"郑源条件反射地想找汪士奇，猛然记起来他说"老郑，对不起"的那张脸，又把话给咽了回去。

"汪队有急事回局里一趟，让我先照看一下你。怎么样，要不要喝点热水？"徐烨过分殷勤地站起来忙活，晃嘟半天发现壶是空的，眨巴眼睛咳了两声，原样又给放了回去。

"我怎么了？"

"摔楼梯下面了，轻微脑震荡，右腿胫骨骨裂。"徐烨见郑源掀了被子要动，赶忙上前按住了，"不是，您还是先躺会儿吧，这伤也不轻，万一再有个三长两短，汪队得把我生吃喽！"郑源铁青着脸不说话，徐烨小心翼翼地瞟他："……那什么，要是你想见他，我给他打个电话……"

"不用了。"郑源把头别到一边，"不想见。"等看见了自己腿上打的石膏，心情又恶劣了一点，"以后也不想见。"

这话也没法接啊。徐烨挠挠自己的圆寸,心想我掺和的这都什么破事儿。

徐烨来来回回买了三趟水果,两趟烟,打了六趟开水,上了四趟厕所,到底把汪士奇给盼来了。他哭丧着脸赶紧迎上去:"头儿,你总算来了,那什么,先说好啊,您这位朋友不高兴可不怪我,一醒来就这样,我可算哄够了,你……"

"我知道,"汪士奇的手放在把手上,垂下眼睛,"怪我。"

居然没骂人?徐烨想。

"没事,你回去吧,这里我看着。"汪士奇转过脸冲徐烨点点头,"辛苦了。"

徐烨想再说点什么,临到嘴边说不出来,叹了口气,把手里的水壶塞到汪士奇的手里,走了。

房里没有开灯,汪士奇轻手轻脚地进了门,放下水壶在病床前面站了一会儿。窗户外面月光雪亮,郑源闭着眼睛,睫毛投下一点淡青色的阴影,随着呼吸暗暗起伏。汪士奇鬼使神差地伸手上去,隔着一点距离,感受他皮肤蒸腾上来的微热,没过多久,那阴影颤了起来,闪动两下消失 了,取而代之的是郑源浓黑的眼珠。

汪士奇烫着似的收回了手,想揣进兜里,上上下下摸了半天也没摸着。

郑源坐起来,干巴巴地开了口:"你大衣呢?"

汪士奇这才想起来刚刚走得急,外套扔在局里了,身上就一件薄毛衣。

"我……"他局促地搓了搓手,"你……"

"你要是来说对不起的,那就算了,我听了太多了,听够了。"

郑源伸手开了灯，倒了一杯开水给汪士奇，"都过去那么久了，其实也没什么，是我太冲动。"

"你别这样，我知道你生气。"汪士奇不敢接，"你泼我脸上都行，好不好，你这样我害怕。"

郑源捏着杯子不动，透明玻璃后面看得到渐渐烫红的掌心，汪士奇赶紧给抢下来。

"你叫我来帮忙查这个案子，一开始就是为了这个吧。"郑源冷笑，"你早就锁定了吴汇对不对？十年前的案子了，还这么上心，好容易找着个嫌疑人就往死里凑证据，我现在是知道为什么了。"

"我知道你会这么想，可以，你就当是为了这个吧，"汪士奇打定主意骂不还口，"我欠你的，你想要什么，要我条腿还是要我条命，我赔。但是你答应我，先把这个案子跟完。"他努力保持平静，眼尾却红了起来："只有找到凶手，我才可以安安心心去死。你明白吗？"

郑源不明白。作为他的玩伴，同学，搭档，他现有的大半个人生里都是他，他以为自己了解，然而并不。同样的，他也不了解小叶，不了解那个跟他宣誓白头到老的女人，他自诩能看透这个世上大部分的人心，等轮到自己的时候，一败涂地。

郑源又等了一会儿才重新开口。"我想回去了。"他说，"医生说接下来没什么检查了，老待在这里也没意思。"

"行，我去安排，手续弄完，过两天应该就能出院。"汪士奇出乎意料的没有阻拦，他站起来，把床头柜上的水壶杯子药瓶一样一样地挪到地上去，等都挪空了，退远一步，朗声说："这段时间你住我家。"

郑源很想抄起什么东西扔他脸上，如果他现在能够得着什么的话。"我用不着！我回我自己家！谢谢您了！"

"你家那破楼电梯都没有，你打算怎么上去？"汪士奇边往外走边掏手机，"就这么定了，我去你家给你拿点换洗衣服。卓一波那边请好了假，你儿子我也安顿完了，他嫌我家远，这段时间先让他住校。"

他接通了徐烨的电话："喂，老徐，人提回来了么？嗯嗯，行，我知道了……"临到关上门，又探头进来补了一句："我知道你不高兴，反正横竖都是不高兴，在我家起码还有个人骂，对吧？想开点，早点睡，等你腿好了，想跑多远跑多远，我不拦你。"

郑源气得发抖，等人关上门走了好久才想起来骂一句。无人回应，只有日光灯的整流器嗡嗡作响，填满了病房的寂静。

禁忌

　　汪士奇将接郑源回家的日子选在了周末。车停在医院门口，轮椅推到车边，他开了门，静默地退到一边，等郑源自己挪上副驾。郑源一辈子也就坐过这么一回轮椅，经验有限，一起身轮子就往外打滑，坏的那条腿梗在中间，好几次都要立不住。医院里家属病患进进出出，个个往这边侧目，大概都在怀疑两人的关系。说是亲朋好友，都这样了还不伸手也是稀奇，说不是，站在旁边那人的眼神似乎又太殷切了些。郑源颤颤巍巍地扒着门，心里明白得很。对于他来说，很多时候不伸手才是一种分寸，偏偏汪士奇又是一个特别没有分寸的人，这么多年下来，事事被他插手插得习惯成自然，对方突然选在这时候上道了，郑源不知道自己该笑还是该哭。

　　"喂，帮帮我。"郑源到底折腾累了，一屁股跌回去松了口。他都不用回头，第一个字出去就知道汪士奇已快步趋近，架着他上了车，关门，折叠轮椅，扔进后备箱，插钥匙点火，一气呵成，像是已经排练了很多次。

　　"今儿这天，都掉到零下了。"

　　"嗯。"

　　"医院里伙食不好吧，家里有菜，回去吃点好的。"

"嗯。"

"腿怎么样了？"

"还行。"

出门赶上晚高峰，车刚上环路就堵死了，汪士奇的话有一搭无一搭，小心翼翼地闪避着危险区域，车里的密闭空间把两个人压得很近。太近了，漫长的等待时间又将这其中最后一点空气挤压殆尽。郑源缩在自己厚重的羽绒服里，盯着前面蒸腾的尾气，被对方的瑟缩搅得心烦意乱，忍不住想露一爪子："……什么时候的事？"

汪士奇手一抖，喇叭突然响了。前面的司机没好气地探出头骂："瞎哔哔啥！没见全堵着么！"汪士奇气势汹汹地对骂回去，关了窗却只敢通过后视镜间接看他一眼："啊？你刚刚说什么……我……"

"别装傻了，赶紧说吧，说完了你我都能松口气。"郑源转过头来直面汪士奇，逼迫着对方回以注视："不然我怕我半夜提刀把你给剁了。"

兴许这句话太有画面感，汪士奇一个没忍住想乐，短促的嗤笑之后想到自己的立场，硬生生地又给憋了回去。

"老郑啊，这个事吧，其实也没你想的那么……"

"结婚前还是后？"

"啊？"

"我说，结婚前还是后。"

这有关系吗？汪士奇有点茫然，但还是老老实实地答了："前，前多了，差不多大三那时候。"

大三，距离他俩结婚还有一年，距离他们确定关系也是一年，一个尴尬的中点。郑源回想了一下大三时的自己。新闻系实习早，他正忙着起早贪黑地给卓一波跑腿写边角料新闻，为了毕业能留在《法制周报》操碎了心。小叶呢？他不知道，他们一个礼拜见一次面，匆匆地在报社楼下碰头吃个饭，然后她就要赶末班车回宿舍了。激情过去，恋爱关系趋向于稳定和无聊，他承认自己不太上心，但这也不是汪士奇掺和进来的借口。

"我知道你不相信，但……你听我说，我们俩，就一次……是！我是喜欢过她！但是我拿我脑袋担保，真的，就一次，之后我们都没再联系过。"汪士奇的脸涨得通红，一点青筋从颈侧凸起来，郑源知道他没有说谎，正因为他没有说谎，所以事实才更难接受："所以……是她找的你吗？"

汪士奇等了很久才找到开口的勇气："也是，也不是。"

2001年夏，汪士奇的暑假一如既往的悠哉。郑源去了《法制周报》实习，几个外地室友也纷纷回了老家，他抱着台电脑没日没夜地打《传奇》，一个月下来近视深了一百度。汪海洋难得回一趟家，推开门看见满地的泡面盒子差点没气到晕过去。"你小子能不能有点出息了！"他把昏昏沉沉的汪士奇拎起来，一脚踹到门外："明天起去局里实习！敢缺一天勤打断你的腿！"

说是实习，其实也就是换个地方坐着发呆。局里大案要案不可能真让个警校学生参与，偷鸡摸狗的小案子也用不上他，汪士奇一天天的闲得心里起腻，实在没办法，只好下楼去停车场拉单杠跑圈，临到下班再被徐烨用车顺回去。等跑到第五天的时候，事情突然来了。

"小汪！"徐烨开着辆破夏利，火急火燎地怼到他后脚跟："快快快，上车！"

"怎么了？急着回去打牌啊？"汪士奇擦着汗挤进后座，徐烨转过头喜滋滋地冲他眨眼睛："不忙，先跟我出个案子，扫黄打非，嘿嘿嘿。"

汪士奇翻个白眼，他顶看不上徐烨这个人，当警察好几年了，还是一副吊儿郎当的混混嘴脸，升职加薪永远没戏，只配被汪海洋打发过来给自己当临时监护人。这要换任何一个谁估计都得炸，偏偏徐烨过得好好的，闲时打打牌喝喝酒，最大的爱好就是碰上扫黄了蹭去过过眼瘾。一言以蔽之——猥琐。

两人在一个低调的招牌门口停了车，徐烨的同事已经在门口站了一排。汪士奇抬头看看，锈铜色镂空的"胭脂"两个字古朴细腻，衬着一盏昏黄的射灯，不像声色场所，倒像个艺术画廊。"听说这次突击检查，扫黄是幌子，真正是来查这个的。"徐烨比了个手势，汪士奇明白过来，这地方估计藏着毒窝，他的神色紧张起来，徐烨倒是一脸喜不自胜："高级会所，难得有机会进一次，可得看仔细咯。"

木门里面是一道小楼梯，下去之后才知道别有洞天，迷幻的音乐随着袅袅轻烟翻腾四散，到处都是人，柔软的，妖娆的，男男女女，媚眼如丝钩来绕去，汪士奇傻站着，冷不防屁股被人捏了一把，他浑身一激灵，刚转过头大灯咔嚓就亮了。"警察临检"的吆喝从四处响了起来，舞池里一帮人哭的哭叫的叫，歪七扭八地蹲了一地，就在这个时候，他看见了小叶。

这是他第一次看见打扮成这样的小叶，也是最后一次。烟熏眼影和暗红的唇妆让她看上去比实际年龄成熟了不少，该露的地方露着，不该露的地方也差不多露完了，汪士奇吓了一跳，趁着场子里乱哄哄的档口冲过去一把把人拽起来："你在这里干什么？跟我走。"

小叶不做声，脚下也不动，汪士奇还想再拉，一只手从背后揽住小叶的腰给抢了回去："你谁呀？"

那人头发剃得很短，花臂，脸颊瘦削，声音低沉，但汪士奇还是能看出来是个女人。这个女人把下巴戳在小叶的锁骨上面，不怀好意地冲着汪士奇笑："知道她是谁么，就瞎碰。"

"张焕，你别这样。"小叶不动声色地把对方的手拿了下来，往汪士奇身边凑了凑，"这是我同学。"

"哦，同学？好。"张焕回头看看后面挨个排队盘查的阵仗，转头对汪士奇挑起眉毛，"你小子是跟大部队一起进来的吧。"

汪士奇看看小叶，对方给他使了个眼色，轻微地摇了摇头。"……啊，没，刚在门口遇见我叔，不对，我表哥，我、我以为来玩儿呢，就跟着进来了。"

汪士奇撒谎的功力奇差，几十个字说得吞吞吐吐，断句都断不利索，没办法，毕竟活着二十年顺风顺水，实在没什么撒谎的必要。张焕半信半疑，眼看着盘查的队伍近了，她横下心来，把小叶往汪士奇怀里一推："我不管你是谁，想办法带她出去。她跟这里没关系。"

汪士奇还想问什么，张焕已经迅速退开了，紧跟着徐烨的手就拍到他的肩上来："瞎跑什么呢！这儿执行任务不知道吗？"徐烨转到正前，一打眼看到了缩在汪士奇怀里的小叶，脸上的表情顿时精彩起来："……哟，这是怎么回事，你小子，公器私用啊。"汪士奇没空纠正他乱用成语，他有点明白过来张焕的意思，不管今晚这是扫黄还是扫毒，小叶的名字都不应该出现在名单上面，要不然等回了学校，轻则大过，重则开除，学位证是怎么都别想拿到手了。再说了，就算什么都没查出来，要是老郑知道他女朋友在这儿……

想到这里，汪士奇的胆子突然壮了起来。

"徐哥！"他一脸严肃，声音也不抖了，"这是我同学，一时好奇被朋友带过来玩儿的，咱们学校你也知道，查出来这种事情，以后可没法混了。你帮个忙，让她走吧。"

徐烨看了叶子敏的学生证，又眯起眼睛上下打量了一番："小姑娘家家的，玩点啥不好，跑到这里混。喂，我问你，没沾什么不该沾的吧。"

叶子敏眼泪汪汪地摇头，汪士奇替她答了："怎么会呢，年年有体检，有问题早查出来了，她呀，最多喝点酒，白的都不行，最多啤的。你要是不信啊，回头我约上大家一起喝两盅……"

"行了行了，"眼看汪士奇越说越没边，徐烨不耐烦地挥了挥手，左右看看，随手抄起沙发上一件衬衫扔到小叶头上："衣服穿一穿，脸擦一擦，待会跟着我出去。哎，你说你们这闹的……"

小叶隔着衣服捏了捏汪士奇的手，悄声地说了句"谢谢"。

徐烨把车开到警校后门，汪士奇跟着小叶一起下了车："徐哥，前面还有一段路呢，车开不进去，我先送她，回去自己打车就行，你别等我了。"徐烨的牌局催得紧，乐见其成，一脚油门就轰走了，汪士奇要是知道接下来会发生什么，估计打死也不能下这个车。

宿舍晚上十点半关门，两人踏上那段窄窄的林荫道是十点二十五分。汪士奇火急火燎地往前赶，倒是小叶一步一挪，并不很着急的样子。汪士奇回头催她，小叶瘪了瘪嘴："脚疼。"她伸出纤白的小腿，锥子似的鞋跟像是要滴下血来，几根系带在脚面上勒出细细的红痕。汪士奇叹了口气，走到小叶面前蹲下来："上来吧。"

小叶有些意外，她踌躇了两秒，然后一段暖热细软缓缓压上了汪士奇的后背。生平第一次跟女性的躯体贴得如此之近，汪士奇隐隐地觉得有哪里不妙，但又说不出来到底哪里不妙，正张着嘴发傻，小叶的气息在耳边一湿："愣着干吗？"

仿佛输入了一段指令，汪士奇机械地迈起步来，走出一段，又是一句："谢谢你。"

汪士奇庆幸这段路没有路灯，看不到他脸红得要烧起来。"没、没什么，帮老郑照顾你嘛，应该的……"

听到郑源的名字，小叶"哼"了一声，不再说什么。两个人沉默地到了宿舍门口，一把大锁横亘在铁门之间，已经十点三十一了。

汪士奇踹了踹大门，回头替小叶担心："这怎么办？要不我送你去老郑那儿？"

加班太多，郑源也不住校了，自己在报社旁边租了个房子，按说再合适不过，小叶却一脸要哭的样子："不去，去了他也不搭理我。"

听着像是吵架了，但是老郑的家事，他汪士奇也不好插嘴："那……"

"没事的，你回去吧，我随便找个网吧待着。"

汪士奇想想她这一身衣服打扮，去网吧那还不是羊入虎口。左右不是，最后硬着头皮来了句："要不去我家？"

小叶迅速地点头应允了。事后想想，似乎有点守株待兔的意思。

汪海洋照例不在家，汪士奇他妈更不用说，不在家很多年了。小叶进了门先去洗澡，汪士奇赶忙把自己一团乱的房间收拾起来，该藏的藏该铺的铺，忙活完了一头汗，听到背后小叶软润的声音："今晚睡这儿啊？"

汪士奇回过头，脑子里"轰"的一声——小叶站在门边，什么都没穿。

"够了。"郑源的声音横插进来，汪士奇捏着方向盘，紧张的看他的脸色。对方倒是不生气，只是有点恹恹的，在座位里缩成很小的一团。

"是你说要听的，我……"

"我听够了，我困了。"郑源不再看他，额头抵着窗玻璃闭上了眼睛，"先睡会儿。"

汪士奇没再说什么，伸手调大了暖气，继续陷入与堵车的抗衡中。

郑源再睁眼天已经黑透了，他坐起来，发现自己已经躺在汪士奇的卧室，轮椅支在一边，上面放着他的羽绒服。"冰箱里有菜，醒了去热一下吃，我先回趟局里。"汪士奇狗爬似的字贴在台灯上，郑源头一阵疼，扯下来一把揉了扔进垃圾桶。

客厅留了灯，见郑源摇着轮椅出来了，那只老黑背尾巴在地板上摇得砰砰作响，忽地一下人立了起来就要舔他脸。"好了好了，知道了知道了。"郑源手忙脚乱地招架了一阵，先转到门边一压把手，果不其然，锁了。再去到厨房，刀架还在，刀集体失踪，连刨果皮的刨刀都没留下，郑源抬头看看窗户外面焊实了的防盗网，恍惚又回到了小叶刚出事那会儿——那时候，汪士奇就是这么关着他，拖着他，无论如何也不准他死。

但其实死了又有什么所谓呢？说是为了他，其实……

郑源愤愤地驱使轮椅撞到了门上。两次。

临近半夜，汪士奇轻手轻脚地开了门，发现郑源还坐在桌边等他，黑背的头搁在他膝盖上让他挠着，舒服得直哼哼。人没有打招呼，狗也没有，汪士奇自己脱了鞋进了屋，等走近了，才看见桌上并排放着他的配枪，六发子弹，一把菜刀，一把剔骨刀，一把剪子，郑源手里一点银光反射——是那枚戒指。当年郑源又是水又是油的，到底褪了下来还给他，他转头就扔了，耗到半夜，到底意难平，打着手电又给找了回来，一晃到现在。

"敢锁门就别怕我乱翻。"郑源坦然地转着戒指，"顺带一提，保险箱密码太好猜了，劝你赶紧改掉。"

汪士奇后背一阵发凉，他抢前一步上去把桌上的东西统统扒拉到手里，转了一圈没地方放，最后扔进了壁橱，手忙脚乱地上了锁。郑源的声音追在背后："放心吧，真要死有的是办法，有水有电，你家煤气还没停呢。"

汪士奇心里原本就不好受，听了这话，火腾地蹿上来，他掉头过去一把撑住郑源的轮椅，头顶头地逼近了他："老郑，你不能这样。"

"我为什么不能？你能，你这两天忙坏了吧，我不在，顺顺当当地提审吴汇，怎么样，罪名扣上了么？新案旧案一并解决，恭喜啊，功劳簿上是不是又要记上一大笔了？"

"是啊！我审得可顺利了！开心得很！怎么着！"汪士奇的嗓门也高了起来，"徐子倩的案子破了！十年前那个分尸案也破了！对，还有你老婆！我们就睡了！她睡的我！她为了瞒住那天晚上的事睡了我！她算准了我不能往外说！她喜欢女人你知道吗？她喜欢的女人还是个毒贩你知道吗？她跟你结婚就是因为你好欺负！"

郑源没说出话来，他的眼睛像受惊的鸟一样惊惶，左右想躲，却无处可躲，只能深深地低下头去。汪士奇伸手扶住他的肩膀，迫使他继续面对自己："我知道我平时挺不是东西的，但我从来没想害你，谁想害你我会跟他拼命你明白吗？小叶对你好，给了你一个家，给了你一个儿子，所以我什么也不能说，她死了，你也不想活了，我还得查清楚这个案子，五年，十年，上头都快停我职了我也得查下去，我是为我自己吗？我是为了给你一个交代！"

汪士奇的话坚硬锋利，扔到对面却像石沉大海，半点反抗的水花也没有。他有些后怕，喘着气，空悬着一颗心，直到大颗的眼泪从郑源的眼睛里涌出来，划过脸颊。他触电似的撤回手，说："你别哭，我……"

"我知道。"郑源耷拉着眼角，声音压抑在喉咙里，"我一直都知道。"

汪士奇没去深究他知道的是什么，心里先加倍难过起来。他是老郑，是他身边陪了二十多年的朋友，他不应该被这样对待，自己原本应该保护他，谁承想一步错，步步错，一直把他送到了今天这个局面。

汪士奇直起身来，拍了拍郑源的肩："先去洗把脸，好好睡一觉。今后不会这样了，我保证。"他打开包，把一个文件袋和一把钥匙轻轻放到郑源的膝盖上："这是所有案件资料，明天起来再看。之后你要走，要寻死，要杀了我，我不拦你，这是壁橱钥匙。"他说完这些，莫名浑身松快，像是预先交代了后事。等到站在喷头下面冲凉的时候，甚至久违地哼起了歌。

转变

汪士奇以为自己死了。

枕头疏松，大被绵软，他在煎蛋的香气里爬起来，摇摇摆摆地去了客厅，电视机播着早间新闻，桌子上有粥有菜，郑源坐在靠窗的位置，拈着条培根喂着他的狗，太阳光把他头发的颜色映得有点浅。他看着他眼角温柔的细纹，恍惚觉得自己一定已经死了，在睡梦里被郑源一枪崩了，上天堂了，要不然不能突然这么好过。直到看到对面坐着的徐烨他才醒过神来——等等，他的天堂里没有这么猥琐的人。

"汪队。"徐烨冲他点点头，表情有些不自然，估计没想到是郑源给他开的门。汪士奇强撑着眼皮荡到椅子边坐了，刚刚伸手捏起一根油条，旁边郑源的声音响起来："刷牙了么？"

"……没。"

"先去刷牙洗脸。"

汪士奇"哦"了一声，又站了起来，摇摇摆摆地荡进卫生间。挤牙膏的时候，外面有人讲话，他把水流开到最小，竖起耳朵细细地听，是徐烨的声音。

"……我知道你一片好心，但是说到底你也不是警察……吴汇已经招了……现在按连环杀人案重新立案。"

听不到郑源说话，汪士奇叼着牙刷关了水龙头，索性贴到了门边上。

"……姓汪这小子我看着进的警队，当年那是什么势头，少年英才啊，现在这么多年了，就挂在这一个案子上……你……你跟他交情比我深，这眼看着就要守得云开见月明了，你就帮帮忙吧。让他顺顺当当破了案，老局长也能松一口气……"

半晌之后郑源答了话："我知道了。"就这一句，之后又是电视机里"嗡嗡"的新闻播报音。汪士奇有些困惑，耳朵贴得更紧了些，冷不防卫生间的门让人一把拉开。

"听够了？"

汪士奇吓得一口牙膏沫子咽了下去。他站得笔直，赶紧摇摇头，眼珠子转转，又点点头，郑源一脸懒得跟他一般见识："收拾完了赶紧出来，菜都凉了。"

汪士奇再走出卫生间徐烨已经走了，只留下喝了一半的红茶。他推开杯子坐下，郑源递了一只碗过来："趁热。"他低头喝粥，眼角却瞟着对面，郑源鼻梁上架着眼镜，一只手搁在打开的卷宗上，他已经全部看过了。

"想说什么就说吧，不用鬼鬼祟祟的。"郑源慢悠悠地端起杯子啜了一口咖啡，"想听我的意见？"

汪士奇赶忙点点头，郑源的手指头敲了敲下面厚厚一沓的记录，说："如果需要给吴汇定罪，这些应该还不够。"他拣出几页来铺陈到桌子中间："以连环凶杀肢解案来推定，没有凶器，没有目击证人，只有他本人的招供证词，想要服众，你需要关键证据。"

"你……"汪士奇小心翼翼地看他，"你不反对了？"

"你找上他有你的理由，在没有找出支持我论点的证据之前，先顺着你的思路走也并不是坏事。"郑源靠回椅背，手指交叉抵在下巴上，目光恢复了锐利和审慎："但我并不会停止反驳你。准备好了么？"

汪士奇不自觉地坐直了身体。

"第一个疑点：你说三个被害人的共同点是后腰上的玫瑰文身，可是这个图案本身非常普遍，很容易被女性选择，特别是一些风俗行业的从业者，这些女人平时就生存在灰色地带，也许连名字身份都是假的，就算失踪死亡也没人会在意，如果凶手对有玫瑰文身的女人有偏好，为什么不选择更容易的下手对象？"

"我想的跟你恰恰相反，这可能正好是他选择这三个被害者的理由——拥有玫瑰文身，却都是世人眼中的正常女性。我怀疑嫌疑人也许被类似的女人伤害过，所以会偏执的寻找符合条件的受害人，这也解释了他为什么等了这么久才对第三个人下手。"

"接下来的疑点在年龄，虽然身份证是假的，但按照骨龄鉴定和本人供词，确定年龄在25岁左右，南城少女肢解案和小叶的案子都发生在2004年，这时候吴汇最多14岁，这个年龄完成这么复杂的有组织力犯罪似乎太过勉强。"

"年龄不是犯罪的阻碍。现在记录在案最年轻的杀人犯只有10岁，来自利物浦，1993年合谋诱拐并虐杀了一个2岁幼童。有预谋，非临时起意，目标为陌生人，全都符合有组织力犯罪的侧写。"汪士奇点了点桌上吴汇出租屋所在地的地图，"大部分凶手首次性犯罪的地点离家或工作地点最近，而且在案发后喜欢回到作案地点，用回忆满足自己。第一次案件发生在南城，吴汇现在的住处也在南城，我很有理由怀疑他是在寻找过去的记忆。”

“那么第三个疑点来了，如果那间屋子是吴汇特地为绑架肢解徐子倩准备的，为什么房间里找不到任何肢解工具？按照你们的推断，他至少是第三次犯案了，作案手法一定会进化得更加完善。第一次的少女肢解案有报告，切口平整，骨骼断面清晰，事先经过放血，要做到这些他起码得准备好两种以上的刀具、防水塑料膜，还有最关键的，分装尸体用的纸箱。这些都是凶手的签名，然而那间屋子里连一把菜刀都没有。”

“囚禁地点与分尸地点不一定一致。比如说你被绑架的时候……”汪士奇说到郑源，嗓子突然哑了一瞬，摸了根烟点着狠狠嘬了两口才继续说下去，“那时候是在一座荒山上找着的你，凶手很狡猾，对周边地理环境也很熟悉，星沙市是个小盆地，周围荒山野岭多得很，他不一定会在自己的窝边犯案。”

“这就涉及最后一个疑点，也是最重要的一个。当年被绑架前，我跟杀害小叶的凶手通过电话，声音不对。”郑源紧盯着汪士奇，“据说后来他还把电话打到警局里去了，如果你也听过，你一定知道，那不是吴汇的声音。”

汪士奇一下哑了。他说得对，每个人的声纹都是独一无二的，不仅是声音，还有吐字习惯和遣词用句。他可以把审讯录影拿去跟当年的电话录音做个比对，不过其实完全没有必要，那个轻佻欢快的腔调他一辈子也忘不了，而吴汇就算再怎么变声和伪装，都不可能变成现在这把迟钝喑哑的嗓音。

见汪士奇说不出话来，郑源叹了口气，趋近前去把最后一点咖啡灌进喉咙里："赶紧吃吧。吃完了咱们出去一趟。"汪士奇的勺子掉进碗里："啊？去……去哪儿？"

"去局里。你知道徐烨今天来是干吗的吗？"见汪士奇一脸疑惑，郑源用卷宗打了一下他的脑袋，"听壁脚都听不好，他说，吴汇刚刚招供，有一样关键证据能证明他跟之前的案子有关。他还说，吴汇想见我，只有见了我他才会说出证据在哪。"

重新开始

郑源一路上没什么话，给他家狗的好脸色一点也没匀给他。看他这样，汪士奇倒是放心了一点，昨晚他说了那么过分的话，转回头要是人还能跟他有说有笑，那他才是真的完蛋了，现在起码明摆着不高兴，那就还有救。汪士奇暗自庆幸着，一边搜肠刮肚地试探对方的态度。"那什么，如果你不想去，那也不用勉强，毕竟那也是小叶案子的嫌疑人……你别听徐烨的，他知道个屁。"

"你哪只眼睛看见我不想去了？"郑源在座位四周摸索："你烟呢？"

汪士奇抬抬屁股，郑源从他裤子后兜里掏出一包烟来，"啧"了一声。

"嫌弃啥，总比你的中南海好抽吧？"汪士奇看着他轻车熟路地摸出火机，说，"给我也来一根。"

两人点着了烟，各自吞吐，车里再度陷入短暂的寂静。白雾氤氲，郑源开了一侧窗户缝，在呼呼的冷风里缩着脖子。前窗倒映着一点汪士奇的影子，细看他也不年轻了，脸上有了属于中年人的疲惫和担当。过去郑源一直当汪士奇是个小孩子。实事求是地讲，也确实比他小个一岁多点儿。

刚见到他的时候多傻，又呆又愣，话都说不利索，那时候是自己罩着他胡天胡地，没有想到最后小孩子长大了，自己反倒是被罩着的那一个。他已经认识了汪士奇小半辈子，他的父母、妻子、孩子、同学、同事，谁都没能陪着他这么久。躲去晋州的最后一年，一个四十多岁的女领导拉他看过一场话剧，单位赠票，晦涩又凄惨。他心不在焉地坐了两个小时，只有一句台词进到了心里：在我们的一生中，遇到爱，遇到性都不稀罕，稀罕的是遇到了解。

　　"说得太对了！太好了！你说是不是！"女领导噙着一包眼泪，保养良好的纤手捏上他的大腿，他迟钝地点点头，突然想给汪士奇打个电话。

　　然而最终也还是没有打。

　　"你不冷吗？"汪士奇顶着风开了一千米，到底受不了，不由分说地关了窗："一点儿二手烟，吸一吸不会怎么样的，待会儿再吹感冒了你就等着死吧。"

　　郑源的眼睛干干的，却莫名有了想哭的心情。他伸出手去捏着汪士奇的后颈，剃得短短的发茬在掌心刷过，触感还跟小时候一样："……谢谢。"

　　"干……干吗？你别这样啊老郑，"汪士奇果然慌张起来，手和脚都变得大而多余，放哪儿都不是，"那什么，昨天那事儿吧是我不对，你别往心里去啊！我不该就这么跟你胡说，当时吧我也是连猜带蒙的，说不定，说不定……"

　　"没什么说不定的。"郑源顿了一下，还是说了出来，"我不是说了吗……我一直知道。"

汪士奇吓得一脚刹车踩下去，轮胎在水泥路面擦出刺耳的噪音。"你你你——"

"你看着点儿开，我可不想跟你死一块儿。"还好时候尚早，马路上空空荡荡的。郑源耐心地等着他重新启动，从车到脑子。两分钟之后重新上路，汪士奇终于回过神来，像是被捅开了开关，嘴里跟倒豆子似的滔滔不绝。

"你小子可以啊！瞒得滴水不漏的！"

"你怎么知道？她自己跟你说的啊？"

"什么时候？不会是结婚前你就知道了吧！"

"她怎么跟你说的，说了是跟谁么？"

"你……"

我怎么能觉得他长大了？郑源在心里抽自己耳光，没好气地顶回去："你现在是觉得很好玩吗？"

汪士奇迅速把后面的话吞了回去。又是一路无话。

二十分钟后，审讯室。

这是郑源与吴汇坐得最近的一次，从看守所换到这里，只隔着一张狭窄的暗褐色旧木桌，没有隔离，没有看守，吴汇的手铐松松垮垮地拷在前面，随意地搁在桌子上，只要他想，随时可以扑过来掐住郑源的喉咙。

"你害怕吗？"吴汇微笑着，像是接上了郑源的脑波，"你坐着轮椅，行动不便，没有武器，汪警官人在外面，你说，如果我现在攻击你，胜算有多大？"

"扼颈会导致机械性窒息，死亡速度很慢，算上我反抗的时间，你最少需要五到七分钟，在那之前，我想汪警官应该已经把一整个弹夹都打光了。"郑源同样微笑着说。

一个多礼拜不见，这个男人的状态再一次滑进了深渊，眼窝深陷，眼眶血红，周身散发着疲惫的气味。他大概已经好几天没睡过了，也许比起前面漫长的车轮战审讯来说，与郑源的面谈已经是难得的宁静。

郑源迟疑了一下，刻意把声音放轻了一些："如果你需要休息一下，我可以……"

"不用了。"吴汇收起了笑脸，但郑源觉得他现在才算真的友善起来，"你的腿怎么了？"

"没什么，一点小伤。"郑源不打算细说，比起寒暄，他还有更重要的事情要做，"来吧。我人都在这儿了，你的底牌呢？"

"看你的样子，似乎并不期待我的供词。"

"不是我期不期待的问题，客观上来说，不管是你之前的供词还是新的这套，统统有漏洞，而且不是一两个。你叫我来，无非是在找机会给圆回去。"郑源的钢笔敲着桌面，"还记得我说过的吗？你身边的另一个人，你还打算替他瞒多久？"

"我不知道你在说什么。"

"别忙着否认。"郑源的声音低下去，似乎感觉有点抱歉，"我去过你家了。"

"……这里还有谁没去过吗？"吴汇慢慢地翻了个白眼，"所以呢？你们找到什么了？"

"你是一个称职的清洁工，但是有些痕迹，不是那么容易就可以清理掉的。"郑源知道现在的每一句话都会被录音录像，他说得再轻也没什么用，但他就是不自觉地放轻了声音，好像这样偷窥的负罪感会减轻一点。

"那张床是为他准备的吧？你不用回答我，我知道你也不会承认。"郑源抬手压住吴汇的反驳，"坐在那把椅子上看着他睡着是什么心情？平静还是折磨？你用钢链锁着他，又为他的镣铐选了很软的皮料，如果他像我预料的比你高比你壮，那为什么你能锁住他？或者说，为什么你要锁住他？"

郑源低头看着自己的笔记，借以错开对面焦灼的视线："我知道这可以引发很多有趣的联想，但对于你，我觉得只有一个原因……他吸毒，你在帮他戒。"

单面镜窗口外，徐烨一下张大了嘴："他他他他怎么知道的？"他把两张检验报告塞到汪士奇手里，"我还说呢，不可能啊，吴汇这小子体检啥也没验出来，那这玩意儿是给谁喝的……"

"什么玩意儿？涉毒了？"

"不好说……你自己看吧，刚出来的，他家的杯子里验出了美沙酮。"

第四章

四个意外线索

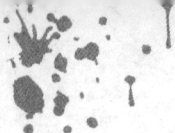

活着的幽灵

老三的家是一幢二层小洋楼，闹中取静，门口的梧桐已成合抱，绿意盈盈，看得出家底殷实的痕迹。郑确站在门口想想自己一身文化衫跶拉板儿，突然失去了按门铃的勇气。"要不咱们还是下次吧。"他有点不敢看徐婷。

对方笑嘻嘻地刮了他一下脸："咦，干什么，来都来了。"她大大方方地伸手出去揿那个黑亮的电钮，揿得起劲了，低哑的铃声一阵紧似一阵，一会儿就听见老三的声音响起来："来了来了，别催。"

大门打开，两边都是一阵惊诧，老三是没想到郑确旁边还有个女孩儿，郑确是没想到老三在家是这般光景：一样是文化衫跶拉板儿也就罢了，外面那条围裙是怎么回事？

一阵隐约的鸣笛声传出来，老三一拍脑袋："你们先进来，随便坐啊，我还烧着水呢。"郑确和徐婷随着他踢踢踏踏的步子进到屋里去，发现客厅比想象的要空，沙发和电视柜倒是有些气派，但除此之外也就没有什么了。墙上空着几块画框的痕迹，地板也积着薄灰，像是被人搬走了很多东西。角落里胡乱堆着些纸箱，外面印着花花绿绿的洋文，似乎是药品，郑确不好细看，只能跟徐婷大眼瞪小眼地干坐着。

"哎，你说，他们家这是什么情况？是不是出了什么事情？"见郑确不出声，徐婷把声音掐得小小的，侧过头来捏了一下郑确的手。他一阵心慌，不知道该不该妄加揣测，直到厨房里老三叫了一声："郑确！过来一下！"郑确如蒙大赦，逃也似的溜了。

等进了厨房郑确才知道老三在忙些什么——水槽里的碗堆了一尺来高，老三埋头扎在一堆沫子里奋力洗涮，看着狼狈又滑稽。见郑确呆呆地盯着他看，老三抬起腿来踢了踢他的屁股："去，冰箱里有可乐，自己拿。"想想又补了一句，"给你小女朋友也拿一个。"

郑确有点喜欢"小女朋友"这四个字，尤其是从老三的嘴里念出来。他没再忙着否认，倒是似乎突然找到一点跟老三平起平坐的资本——老三有小女朋友，我也有，老三有不为人知的狼狈的生活，我也有。啊，对了，老三的小女朋友呢？似乎并不打算出现的样子。也好，一个女孩子已经不好招架了，何况俩……郑确拿了可乐转身出来，老三冲他一乐："你笑什么？"

"啊？没有啊？"郑确莫名其妙，一抬眼在窗玻璃上看见自己的投影，嘴角确实扬得过了头。他脸一红，硬着头皮没话找话："没想到你还会做家务。"

"这不是没办法么，我不做谁做。"老三态度坦然，仿佛一个高三学生周末在家当清洁工天经地义。郑确没好意思问他爸妈去哪了，倒是老三自己毫不介意地说了出来："我爸妈去年离的，搬了一堆东西，就留了个房子。不过也好，这房子贵着呢，还是爷爷那辈留下的产业，也不知道他是精啊还是蠢。"

郑确点点头，顺着他的话聊下去："我家反过来，就剩我爸了……不过有也跟没有差不多。"两个男孩子眼睛里同时黯淡了一下，直到老三摸了一袋婴儿米粉出来，就着开水调了一碗稀糊糊，郑确再三确认自己没有看错："……你不会就吃这个吧！"

"什么呀，"老三苦笑，踌躇了几秒才说出下半句，"还记得我跟你说过的弟弟么？"

郑确心里一抖，又想起剪头发那天教室里老三阴沉的眼神："啊……你不是说，他已经死……"

"家里让说的，不让传出去，估计是觉得丢人吧。"老三搅合着手里的米糊，有一搭没一搭的吹着气，"一年前出的车祸，脑组织外溢，救回来之后就傻掉了，话也不会说，东西也不会吃，成天淌个口水，脾气也大，只能关楼上，我妈出去忙了，吃喝拉撒就我来管。"

郑确整个人都缓不过神来，一句话的开头跟个复读机似的翻来覆去："所以……所以你……"

老三伸手过来揉了揉他脑袋："别多想啊，我弟可比你帅多了。"他的嘴角短暂地上翘，而后又飞速地扯下来，有那么一瞬间，他的灵魂好像离开了这间厨房，去到了某个金灿灿的时空，浸泡在安宁和喜乐里，再回来的时候却加倍感觉沉重，"当时具体情形我也不清楚，家里不让我跟去，但我隐隐约约听到了，他好像是被同学欺负才……"

郑确这下终于把前因后果串起来：他并不是什么故人的替身，但确实受到了善意的庇护。老三的弟弟是活着的幽灵，盘桓在兄长的周围，意外地引导他帮助了一个毫无关系的自己。郑确半是感动半是惊愕，他小心翼翼地看着老三的眼色："那，我能不能见见他？"

"叫你来就是让你见见的呀！不过谁让你还带个小姑娘的，这下难办了吧。"老三叹口气，突然听到客厅里传来一个中年女人疲急的声音："我回来了——"

"咦？怎么这个点儿回……"老三眉头一皱，一边嘀咕着一边端着碗迎出去，竭力提起愉快的腔调："妈，今天有朋友来家里玩，都是一个学校的，这个是郑确，那姑娘是……那姑娘叫什么来着？"老三回头询问跟在后面的郑确，却看到他的视线越过了自己盯着客厅，一脸莫名的茫然，再转过来，发现哪还有什么姑娘，就一个小开本摊开在沙发上——《颅脑伤复健治疗手册》。老三的妈"啪"的一下拍上那本册子摔进抽屉里，抬眼盯着郑确看，那是一张美人的脸，但表情绝称不上友善："不是说了别往家带人么？你倒好，一个两个的，书还念不念了？"

人是郑确带来的，自然也感觉最尴尬，看老三沉下了脸，他赶忙走到前面去想道歉，还没来得及开口，突然听到外面又急又响的一声：

"砰！"

那是郑确一生中从没听到过的声音，很近，很硬，很闷，沉重到脚下的地板都跟着颤了一下，就一下，但那震颤让郑确莫名心慌。他张着嘴，迷惑地看向一边的老三，对方也是一脸古怪，这阵诡异的静默直到老三的妈突然变了脸色才被打破。她一把推开郑确，疯了似的往楼上冲，郑确跟跄两步朝后栽过去，勉强被老三揪着领子提溜住了，还没等站稳，一声凄厉的尖叫从二楼传了下来——是徐婷的声音。

突然袭击

郑源知道吴汇不可能那么容易妥协，甚至可以说，从见第一面开始他就确认这个男人会死死咬住最终的真相，无论拷打还是利诱都不可能让他轻易松口。所以，当吴汇露出几乎算坦诚的表情，郑源已经大大地意外了。他当然没有欣然承认，但也没再兜着圈子否认，他就是坐在那里，塌着肩，一字一顿地冲着他说："然后呢？"

"什么然后？"

"然后那个男人呢？他好了吗？他过得好吗？"

吴汇的眼睛里有一点不确定的期盼，郑源倒真心希望自己能给他答案。"我不知道什么然后，我不是上帝，我只是懂一点犯罪心理，如果你告诉我他是谁，他的成长历史，他的情感经历，我也许能推导出一个大概的模型，但是你什么都不会告诉我。"郑源的声音里含着无奈，"仅有的线索就像是一个器官组织的切片，心脏也好，肺叶也好，我只能看出这个切片有没有病变，但你让我根据它画出一张人脸来，抱歉我做不到。"

郑源看到了吴汇脸上真切的失望。那失望让他不忍，一点荒唐的同情心驱使他再说点什么。

"不过就着这些切片，也是能了解一点点琐屑的，关于那个男人，也关于你。"

吴汇没有表示反对，郑源就继续说了下去："我没有记错的话，算到今年为止，全国吸毒人数已经到了 234 万，这其中绝大部分都是靠家人和朋友协助进行强制治疗。我猜测过这个男人是不是你的兄弟，但是不像，血缘手足会表现得更亲密，而你对待他的方式是带着点距离的感情，唯一的床，过于整洁的铺盖，这种刻意讨好只会产生在仰视的关系之中。他身上带着高级香水的气味，应该是个讲究生活品质的人，显然与你不在同一阶级。更有钱的人会倾向于更积极的解决问题方式，现在吸毒罪不至死，高级戒毒所比疗养院还舒服，他是怎么样走投无路才会通过你来强制戒毒？或者我说得再直接一点——"

"有钱人怎么会跟穷鬼当朋友。"吴汇直挺挺地把话接下去，"这么说吧，如果真有这么一个人的话……我们不是朋友。"

"我从来没说你们是。"

"那你可就自相矛盾了。家人不是，朋友也不是，那我们还能是什么？"

"你是不是觉得我会蠢到说你们是情人关系？"审讯室里暖气不足，郑源的手指有点冻僵了，他呵了呵气，哆哆嗦嗦地把一张照片推到吴汇面前——那是吴汇家的衣柜，徐子倩的照片陈列其中，一个拙劣的私人影展，郑源用钢笔在上面画了个圈。"为什么这些照片会在衣柜里？为什么衣柜会摆在背对床头这么奇怪的位置？因为你不想让屋子里的另一个人看见。如果他不认识徐子倩，看不看见有影响吗？毕竟他是一个有严重毒瘾的囚徒，自顾不暇，应该很难对你偷拍一位年轻女性表达什么意见。"

吴汇的瞳孔收缩了一下。若是放在平常，郑源应该能接收到这个危险信号，但是答案近在眼前，他忍不住忽略了那一闪而过的杀意："我只能大胆推测，他认识徐子倩，不但认识，而且关系相当密切。就目前的关系网看来，唯一符合条件的似乎只有她的夫……"

郑源遭遇过一次动物袭击。不怕人笑话，是猴子。公园一个晨练的大爷牵来的，以前属于一个耍猴的山西人。猴子不年轻了，一头乱毛，铁链绕着脖子磨出一圈秃，但毕竟小个儿，大眼睛，抓着一块梨啃着，看着还是人畜无害的样子。一帮穷孩子没去过动物园，绕着猴子围了个半圈啧啧称奇。彼时郑源正是七岁八岁狗都嫌的年纪，肚子里的坏水一阵一阵的，一下没憋住，手里的弹珠"啪"的一下砸中了猴尾巴。

后面的事情郑源一辈子都忘不了——他都没看清那猴子是怎么动的，只知道它上一秒还在原地，下一秒已经骑到自己脑袋上，伴随着一瞬模糊的残影，他的脖子上多了七个洞，汩汩冒血。痛感来得很迟，但持续了很久，当吴汇扑过来掀翻他的时候，郑源的眼前又闪过了那只猴子的利齿。

"要弄死你办法多得很！"吴汇死死压住他，一只手攥住他的头发让他动弹不得，郑源的钢笔不知何时到了他手里，笔尖戳着动脉，坚硬冰凉。同一时间审讯室的门"砰"地撞开，汪士奇带着两个人冲进来，三把枪同时指上了吴汇的要害。

"先等等！"郑源在汪士奇扣扳机的前一秒举起了手，"我没事！别冲动！"

汪士奇的枪口纹丝不动："我数三下，自己起来，不然我就开枪——"

吴汇突然俯身到他耳边，声音低到接近耳语："别再查下去。"

郑源惊讶地转头看向他，对方的眼睛里是货真价实的祈求。

"一！"

"求你……就当可怜我……所有人都已经付出代价了……别再查下去。"

"二！"

"去感恩堂的圣母像，那里埋着他们要的证据。"

"三——"

脖子上的力道陡然一松，吴汇举起手站起来，下一秒就被汪士奇揍翻在地。拳拳到肉的闷响让郑源想吐，他大口喘着气，拽了一下汪士奇的裤脚："够了。"

"不揍一顿不能好了，跟我玩花样！"汪士奇揍红了眼。郑源又拽了一下："你好歹先让我起来吧。"

汪士奇这才愤愤地收了手，同事赶忙一拥而上把吴汇押了出去。"你没事吧？"汪士奇伸手摸摸郑源脖子上的墨迹，还好，没破。"腿呢？碰到没有？"

郑源躺在地上摇头："哪都挺好，就是发型乱了。"

汪士奇终于笑了一下，紧绷的神经也跟着放松下来。轮椅摔到了一边，他扶起来重新调了调。郑源抱着他的肩膀起了身，小心翼翼地坐回座位里去。

"说真的，哪儿疼别憋着啊，这也不丢人。"

"脸疼，行不行？"郑源拍着袖子上的灰，"不过他也不是真的想杀我。"

"你又知道了，下次是不是得刀捅你肚子里才算数啊。"汪士奇皱眉，"对了，他刚刚跟你说了什么？"

"啊？"

"别装傻，当我瞎呢。"汪士奇捡起了郑源的钢笔，墨胆摔劈了，漏了他一手，他抬手要扔，被郑源要了回来，他翻过一张照片，在空白处写下那个地址。

"这什么？感恩堂？"

"市里面一个小教堂。你去看看吧。他说，证据就在圣母像下面。"

坠楼

上到二楼的楼梯是深蜜色的木纹，古典大方，配着同色的木质踢脚线和扶手，十八级，一个小转弯，然后再九级。未来的无数次，这段楼梯在郑确的噩梦里循环回放，有时他全身被绳索束缚，有时腿脚沉如铅块，有时什么感觉都没有，偏偏那楼梯被无限拉长，任他怎么紧赶慢赶，都始终抵达不了那个命定的终点———扇半掩的小门，缝隙中溢出滞重的灰雾，一个拉长的女声如同坏掉的收音机一样反复重播："你……是你！"

郑确知道这是那天，永远没办法逃出去的那天。那天郑确跑得很快，老三跑得更快，楼梯的木质踏面悾悾乱响，让人徒生出摇摇欲坠的错觉。二楼是一条狭窄过道，四扇炭黑的木门沉默相对，只有最末一扇门不祥地半掩着，通过它，郑确瞥见徐婷跌坐在地板上，背对着他们，只看得见肩膀和手腕细细抽搐。远些，是洞开的玻璃推拉门，被风扬起的纱帘，小阳台树影斑驳，阳光正好。再远些，教堂的砖红屋顶衬在一片深绿的树海里，一漾一漾，像碧涛里悠闲摆荡的一条船。礼拜日，细细的唱诗声随着暖热的熏风盘旋在空气中，恬美如一场绵长的午睡，世界在此刻静止，直到老三的妈，那个美丽的，端庄的，冷冰冰的中年妇人，突然发出了一声号叫。

那不像人类能发出的声音，倒像是一匹被长矛贯穿的野兽，尖锐的啸叫混合着嘶吼，从胸腔里延绵不绝地呕出来，不成调，不成句，痛苦得几乎永远不会结束。她手扒着栏杆，歇斯底里，朝楼下俯身成一个怪异的角度，仿佛从腰中间对折成了两半。老三走过去拽住徐婷的胳膊，颤抖着问："我弟呢？"

徐婷不说话，半转过脸来，满满都是泪痕。老三猛地一把拽起她，咆哮着吼出了声："问你呢！我弟人呢！"

徐婷扭着胳膊挣扎，声音也刺耳起来："关我什么事！他……他自找的！"

郑确脑子里一团糨糊，恍惚觉得自己应该做点什么，却又不知道到底应该做什么。他茫然又着急，拼尽全力挡到徐婷与老三之间，想让他们好好说话："你们别这样，到底怎么了……老三你先松开……哎，徐婷你别哭啊……"

这场拉架短暂而无用，还没等郑确反应过来，老三他妈突然扭过头，像发了狂的母豹撞开两人，直直地扑向徐婷，她的头发散了，丝丝缕缕的粘在额头上，手指死死卡住徐婷的脖子，嘴角堆起一层白沫，郑确耳边轰隆作响，是她一声大过一声的重复：

"你！是你！……怎么是你！你害他一次还不够！你还我儿子！你还我儿子！"

徐婷的后脑磕在地板上，一下接一下的闷响。老三慌忙去拉，死都掰不开他妈的手。郑确也想帮忙，老三用力推了他一把："别看了！快走！"

“可是！”

“你先走！不然到时候说不清！快！”

郑确模模糊糊地懂了一点老三的意思：徐婷好像认识老三他弟……老三他弟因为同学出了车祸……徐婷偷了老三的照片……徐婷接近他……徐婷利用他和老三的关系……徐婷……徐婷……

徐婷不是偶然出现在这里的。郑确的脑子在狂奔中颠出了这句话。早一点、晚一点，他提议，她提议，只要老三跟他足够亲近，他总能带着徐婷来到老三家。徐婷利用了他，可是，徐婷究竟为什么要这么做？她想尽办法来到这个目的地，唯一的目标只有一个，但是，并不是他误以为的那一个。

郑确冲出了老三家的大门，一片刺目的红让他几乎睁不开眼睛。左手边，水磨石的地面洗得发亮，一个少年打开双手，仰面朝天躺着，好像是在小憩。他的头发剃到铲青，一道巨大的创疤横贯其间，脸上身上都有些浮肿，一种久不见阳光的苍白。他的眉目与老三五分形似五分神似，如果健康起来，也许能如他一样明亮。但他永远没有这个机会了，他从二楼小阳台坠落，身下暗红色的血迹洇染成一个扭曲的圆，头颅偏向一边，没来得及闭上的眼睛正对着郑确。黑眼珠，白眼球，微张的嘴唇，血，血，血。

郑确心跳如擂鼓，他不敢停下，不敢细看，只能徒然地摆臂向前，左脚右脚，左脚右脚，踏踏踏，踏踏踏，小街窄巷的门脸在两边飞速后退，他不知道自己跑了多久，跑了多远，直到面前再没有路。他抬头，一尊石塑的圣母正低头看他，脸上挂着陈年的水渍痕迹，仿佛淌下慈悲的泪水。郑确突然一下没了力气，他瘫软在她的脚下，喘着气，淌着汗，视线一片模糊。不知道过了多久，一个嬷嬷提着水桶从后面杂物房里绕出来浇花，她看到郑确，吓了一跳，嘴里"啊啊"做声，伸手指指他的脚，又指了指自己手里的桶。郑确顺着她的手指怔怔地看过去——右脚上的鞋不知什么时候跑丢了，光着的脚板已经磨出了血。嬷嬷蹲下身，舀起一瓢清水帮他冲下伤口上的泥土和碎石，迟钝的痛蹿上来，郑确抱着手臂，发着抖，终于哭出了声。

证物

汪士奇不信教，佛教，道教，基督教，管他的什么教都不信。七岁以前他在澳大利亚，老妈忙着生意，把他塞给一个信主的寡妇，每天十点上门，六点离开，中间的八个小时是她孜孜不倦的布道时间。吃饭要祷告，睡觉要祷告，玩玩具推小车去院子进厕所无时无刻要感谢主，除此之外她吝啬于给年幼的汪士奇哪怕一个笑脸。汪士奇试着向主祈求过三次：首先是请主带走这位冷冰冰的阿姨，未果；第二次他希望生日收到一把小手枪，未果；第三次，连他睡前想吃一根巧克力棒的需求主也没有满足。汪士奇揉着眼睛，终于彻底背弃了这个挂在墙上的大胡子男人。

而现在汪士奇站到了大胡子男人他妈面前——他妈的雕塑。南方普遍信佛，天主教在星沙市是个异数，比如这间感恩堂，若不是郑源写下的地址，他活到这么大也没踏入过这个地界哪怕一步。院子里风景倒是不坏，古朴的小洋楼掩映在四季常绿的植被间，一个黑衣修女踱步出来，慢吞吞地给他们打开了门。"圣母玛利亚的雕塑我们这里有三座，礼拜堂里面的最新，门口有一尊是奥地利的哈维尔爵士捐的，大理石塑像，还有一尊旧的在后院。"

汪士奇和徐烨在她的引导下进了礼拜堂，淡粉色挑高的穹顶尽头立着蓝裙白脸的玛利亚，温柔慈祥，是所有人的母亲。徐烨还在对着拼花的彩色玻璃啧啧称奇，汪士奇的视线已经飘出了窗户，外面是一小片绿地，一尊旧而小的塑像立在其中，应该是面前这尊华丽圣母像的姐妹。她背对着整个感恩堂，面向一片树海，从汪士奇的角度只能看见一个后脑勺。他盯着那石像上的苔痕，心思一动，推开门就迈了出去，跟这尊雕塑面对面的那一刻，他知道了——就是她。

"喂，不是这么邪乎吧，说是就是啊。"徐烨撑着一把锹，哼哼唧唧的拖着不动手："你现在怎么越来越像他了。"

汪士奇哑然失笑："像什么？"

"神棍。"徐烨瞅瞅旁边一脸不高兴的修女，悄悄压低了声音："话别说这么死，人在旁边盯着呢，到时候挖不出来，丢人的是自个儿……"

"别操心。给我。"汪士奇一伸手把铁锹夺了过来，挥起来就插进了草皮里，用力补上一脚，再一压，枯黄的草地上赫然一个黑洞洞的窟窿，第二铲，第三铲，窟窿逐渐加大，汪士奇挖得嗨了，索性脱了外套，甩开膀子大干快上，等挖出那个包着塑胶袋的朱红色漆皮坤包时，他的头顶已经蒸腾起了淡淡的白气。

"还真有啊！"徐烨嘴里的烟屁股惊得掉了下来，枯草沾着火星就着，他连吹带踩地赶忙给灭了。汪士奇戴上手套，小心翼翼地拽出了那个包，小巧，细长的背带，侧面挂着一串塑胶公仔，金属锁扣已经锈死了，打不开。汪士奇把包放进徐烨撑起的证物袋里，得意地拍拍他的肩："怎么样，值得给一根吧——不要那个破烟，来好的。"徐烨一听，嘀嘀咕咕地抽回掏着中南海的手，转而到里怀兜里摸出了一包云烟，一边往外敲着一边发问："诶，到底怎么看出来的，说来听听呗。"汪士奇捏着烟嘴抽了一根，指指圣母像面前的树林："这还不简单，这破地方三面都有墙，正面的铁门上锁，唯独背后这块靠着个小山包，没有隔断，要进来只有这一条路，三座塑像一座在屋子里，一座在前院，就这儿最近。"汪士奇剩下半截没说出口——确实是直觉，像老郑一样的直觉，他们不知不觉之间已经越来越像了。

他的答案糊弄过了徐烨，对方点点头，眯着眼睛拍了拍眼前的雕塑："这么说起来也挺邪的，你说这像屁股对着人，这么不讨好，谁会来拜她呢？"

话音未落，一支掸子"啪"的一声敲到他手上，徐烨吃痛回头，发现背后不知何时站了个嬷嬷，阴沉沉地盯着两人看。

"嬷嬷不高兴了，你们查完了吗？完事了快走。"修女也开始轰人，汪士奇和徐烨无法，只得提着袋子先出来，临到门口还被嬷嬷兜头浇了一瓢水："不准抽烟，嬷嬷不喜欢。"

修女在一边翻译着嬷嬷的手语，汪士奇和徐烨不敢多话，哆哆嗦嗦地逃回到车上，各自骂着，七手八脚地脱衣服擦头发，临了看看手里的战利品，到底松了一口气，神经分分地大笑起来。

笑声被一只伸过来敲车窗的手打断，徐烨摇下来一看，是之前那个修女。

"嬷嬷让我转达一下，她好像见过那个埋包的人。"修女皱着眉，一脸不想牵扯上任何关系的样子："大概是个十几岁的小孩。"

徐烨眉毛倒竖起来："早不说？"

修女往后一躲，嫌弃的感觉更甚："我哪知道，人家一把年纪，本来也该糊涂了。再说了，咱们这是修道院，蒙主恩赐的清静地方，怎么能跟什么杀人案扯上关系？"

"不想扯也得扯了。"汪士奇从旁边探出头："麻烦您让那位嬷嬷做好准备，我们马上派画像师过来。"

杜蔷薇。16 岁。星沙市南城。

郑源坐在投影仪前面，墙上是放大的身份证照片，马尾辫少女，胶原蛋白满溢的双颊暗含着笑意，再给她十年，也许会成为街头擦肩而过的可爱白领中的一个。郑源的脑内画面鲜活，而他痛恨这种鲜活，他知道自己永远不会有遇见她的一天——这张照片与十年前第一桩肢解案的被害人颅骨复原图九成九相似，那个少女带着年轻人特有的无畏，辍了学，文了身，背着个廉价的挎包在城市里兴奋走跳，以为未来是无尽的自由，却冷不防一脚踏入了自己的命运：失去名字，失去面孔，失去身份，被遗弃在公交站台，七零八落。

蔷薇，玫瑰，玫瑰，蔷薇，十年了，他们终于有了第一个被害人的名字，远在天边，近在眼前。知道了她是谁，也许就能知道，为什么小叶会落得跟她一样的下场。

然而，然而，他仍然不相信。吴汇拿出了铁证，但他仍然不相信。

汪士奇像是知道了他脑子里在想什么，他走过来捏了捏郑源的肩膀："别想了，这个案子既然在吴汇这儿出了线索，势必是要追着查下去的。"汪士奇说得对，案子能破才是最重要的事。

郑源叹口气:"还找着了什么吗?"

"同事又去了一次,地毯式搜索外带录口供,没了,多的一点都没了。"汪士奇切换了一张照片,指着上面的登记表,"感恩堂挺小的,全部在职人员就仨,一个神甫,兼职的,平时不在,一个是那天给我们带路的修女。这两人都是新转来的,任期内都没见那个塑像下面有什么异常。还有一个嬷嬷倒是待了很久,可惜又是个哑巴,根据手语转述的画像太含糊了,基本用不上。"

汪士奇又切了一张照片,这次是挎包里的物品,两把钥匙,一只小唇膏,一盒盖子上贴着花的粉饼,一个荧光色魔术贴钱夹,里面放着两张老版一百块人民币和几张零钱,夹层里有科比的贴纸。

"还好这小姑娘没什么品味,买的东西不是人造革就是塑料,倒是防水防腐蚀,十年了差不多一点儿也没降解。"汪士奇点点那把钥匙:"按身份证上的地址找过去,钥匙对不上,人说这房子当年就是租给杜家的,早就转手了。"

"亲人朋友呢?"

"也是她命不好,听邻居说,她爸杜志强是个赌棍,输了钱回来就打她妈,没过两年把她妈打跑了,连夜跑的,连个电话号码都没留。后来这姑娘就惨了,勉勉强强读完初中,高一时爹输了牌跟人打架,一不小心把人弄残了,因故意伤害罪进了监狱。她爹一关,她没多久就辍学跑了,邻居都当她出去找她妈去了呢。我去牢里见了杜志强,现在还没出来,要不是我们去查,都不知道自己闺女已经死了。"汪士奇瘪瘪嘴,露出一点厌恶的神色,"当然,他也并不在乎。"

"十六岁,就算是辍学逃家,社会关系也复杂不到哪里去的。"

郑源摸着下巴陷入思索："半大点女孩子，也没什么资产，钱包里两百块都在，杀她不可能为了钱，能让她遭遇不测的，也就只有感情了。"

"按你的意思，吴汇说不定认识她？"汪士奇也跟着一起摸下巴，"这么想想倒是……如果吴汇是连环杀手，杜蔷薇就是第一个模板，要是他们当年有过一段……"

"我也没说一定是吴汇，说不定是另外那个呢？"郑源点点鼻子，做了个吸毒的手势，"十年前，都是中学生，从学校查起说不定有线索。"

"嗯。"汪士奇翻翻文件夹："杜蔷薇辍学前就读于本市二十三中初中部。哎，你儿子不就在那儿吗？"

郑源愣了一愣，点点头，右眼皮突然一跳。

香水

最近几天汪士奇泡在二十三中翻找着杜蔷薇案件的蛛丝马迹，郑源宅在他家写着吴汇的稿，敲一段删一段，磕磕绊绊，总不是特别顺遂。期间儿子破天荒的主动来了个电话，支支吾吾的，没说两句又给挂了。郑源不明所以，打算叫汪士奇顺路给捎点钱过去，手机刚接通那边的大嗓门儿就响了起来："那孙子不是答应了不跟你告状么？"

郑源手一抖："怎么了？"

"不就你家小子星期天回校晚了，翻墙进来的，多大点事你说，批评几句就完了，那破班主任非得吵吵着找家长，找就找吧，叽歪半小时，我都叫他不要给你打电话了……"汪士奇兜了个底儿掉，发现郑源迟迟没有接茬，这才回过神来："啊……你不知道啊……"

"汪士奇！"郑源一阵头疼，"我是他爹还是你是他爹？叫他来听电话！"

"我是干爹，怎么也算半个吧。"汪士奇那边毫无愧疚，"能怎么办，也不能临时把你从家叫出来呀，跟你说你又要急。"

"你又知道我急了？"

"你听听，没急你冲我嚷嚷什么呀。"汪士奇说完这句没声儿了。郑源听到一阵窸窸窣窣的杂音，接着一声"谢谢汪叔"，再然后是远去的脚步声。他叹了口气："你还敢给他钱。"

"我要是不给，你又该催着我给了。"汪士奇咻咻笑了起来："老郑啊，听我一句，你也别太拘着他了，男孩子，皮实点儿好，你想想我们这么大的时候，什么破事儿没干过……"

"行了，你就惯着他吧，以后犯了事你去捞，专业对口。"郑源捏着鼻梁，透过镜片看着手里的笔记："你那边查得怎么样了？"

"哎，别提了，麻烦着呢……我还是回来再跟你细说。"汪士奇匆匆挂了电话，听筒一阵单调的忙音，郑源摘了眼镜，对着屏幕上闪烁的光标发了一会儿呆，等意识到自己毫无头绪之后，他终于决定出去走走。他知道他必须克服使用轮椅出门的障碍，否则就只能一直等在客厅，等到汪士奇有空的时候才能带他出去遛遛。

我又不是汪士奇养的狗。郑源一边在心里暗骂着一边套上了羽绒服，等乘着电梯下到一楼的时候他简直有点越狱的快感了。户外的空气冷而清新，郑源振奋地滑出去两百米，然后意识到自己并没有车。

而最近的地铁站在一公里之外。

这次一时冲动的外出以郑源在寒风中等了半个小时的出租车，又花了十分钟努力爬上后座，再等待司机七手八脚地帮他收起轮椅而告终。整个行驶过程里他在心里骂了自己一百二十次，并发誓痊愈之前再自己一个人出门他就是全世界的孙子。

不过这一趟也不是全无收获。

他去了高通广场。连续伤人案之后，郑源第一次踏足这里。很奇怪，之前调查了那么久，他却一直抗拒亲自过来走走。还不是时候，他想，这里是一场大戏的舞台，但戏是假的，人才是真的，他不想为了一场表演出来的虚假凶杀而分神。不过联系起了吴汇和袁佳树之后，这里的意义就变得微妙起来。

广场上没有多少人，现在是上班时间，寒风萧瑟，按说也不算奇怪，郑源却疑心是吴汇案子的后遗症——一朝被蛇咬，十年怕井绳。中国人在避险方面总有着过于发达的谨慎细胞。再说了，就算不怕模仿犯，死过人的地方终究是有些不吉利的。郑源的轮椅行驶到广场中央，那里并排放着袁佳树与徐子倩的黑白照片，下面一圈摆着卡片蜡烛和鲜花，应该是之前悼念活动留下的。花朵已经半萎，他伸出手去拨弄了一下，黄脆的枯叶碎了一地，也是很久没人来过了。郑源正想着，一个女声在背后响了起来："你也是来祭拜的？"

郑源转过头去，看见身后站着一个年轻女人，短发高个，素色大衣，手里拿着一支郁金香，虽然没有化妆，也能依稀看得出姿容艳丽。他莫名觉得有点眼熟，却又说不清在哪见过，直到那女人打量一眼他的轮椅，又补了一句："你……你也是受害人？"

郑源一下子反应过来她是谁——陈淑曼，高通广场连续杀人案的最后一个受害者，袁佳树用命救下的女人。她一头大波浪剪短了，人也瘦了不少，难怪第一眼认不出来，更重要的是，作为当时袁佳树见义勇为的目击证人，她只是简单的到警局录了口供就再也没有露过面，没有一家媒体采访得到她，据说是应激性创伤太深，独自躲去了外地。郑源知道自己逮到了一个好机会，也知道现在亮明身份没有任何好处，他咳嗽两声，顺着把话接了下去："哎……感觉还跟昨天一样，没想到热闹了一阵子，这事儿大家也就忘了。"

"哼！他们什么都不懂！"陈淑曼抬头看看，已经有三三两两的目光朝这边投射过来，她放下花，冲郑源紧张的一笑："你想不想一起坐坐。"

他们约去了附近一家咖啡馆。

在角落的皮沙发里落座之后陈淑曼明显松了口气，也许是店里昏黄的灯光救了她。郑源懂那种不安全感，小叶刚出事的时候，他也时时有藏进影子里的冲动——他人即地狱，哪怕是最纯良的关怀也让他觉得恶心，他只能逃得远远的，等待时间将经历压扁，稀释，最终成为薄薄的一片回忆。陈淑曼的声音放得很轻："哎……刚出事的时候，有那么几秒我还挺兴奋的，你知道吧，英雄救美，跟拍偶像剧一样。"她视线飘忽，竭力打捞着稍纵即逝的幸运感："……他那么高，那么帅，冲过来拉我的时候那么有劲，我还以为……我还以为……"

陈淑曼脸色苦甜参半，郑源以为她是悲哀于这样一个不平凡的英雄最终不能跟她修成正果，又或者知道了袁佳树已经订婚的消息，但他没想到陈淑曼说出了完全出人意料的话：

"谁能想到他们是认识的呢。"

郑源心里发颤，表面还是不动声色："啊？真的假的？我记得警察跟我说的是随机选择被害者……"

"我们随不随机不知道，他肯定不是随机的。那两人推开我之后还说了话呢，他一直在说：对不起……"

"他？凶手吗？"

"是那个救我的人，袁佳树。"

说话间服务生走过来送喝的，陈淑曼立刻抿紧了嘴唇，戒备地缩进靠背里去。郑源在短暂的沉默里打量着她，乌青的眼圈和抖动的眼皮暗示着她的心烦意乱，如果只是作为一桩伤人案的幸存者，这样的反应似乎过激了些。服务生放下杯子离开，陈淑曼这才缓缓坐直了身体，喝了口热茶。郑源觉得这是个机会："除了说对不起，他们还说了什么吗？"

"哎，当时我也吓蒙了，脚发软，爬都爬不起来，就顾得上叫，哪里还听得见什么……不过呢，后来的事情，估计说出来你都不会信……"陈淑曼低头转着手机，良久之后才算打定了主意："那把刀，是袁佳树抓了那个人的手，自己捅到心窝里去的。"

"你……你确定没看错？"

"没有，保证没有。他就这么突然一下，那个杀人犯也吓坏了，眼泪都出来了你知道吗。等人倒了，他自己拿着刀站在原地，半天没有动弹。"她断断续续地说完，表情诡谲起来："哎，我看你跟我一样才告诉你的，可别对外说啊。"

郑源觉得周身一凉："你为什么不跟警察说这些？"

"他好歹救了我一命，大家都把他当英雄。我这么说，那他还算什么。"陈淑曼突然伸出手来，握紧了郑源搁在桌上的右手："反正那人也是杀人犯，多一桩少一桩也不冤，你说对吧？"

陈淑曼的话像一枚尖刺戳进郑源的神经，他好像明白了吴汇故弄玄虚这么久，想做的究竟是什么。对方似乎察觉到自己的失态，讪讪地收了手，为了掩饰尴尬，她转头从包里掏出一小瓶香水，在耳后喷了两下。香氛浓郁，郑源没忍住打了个喷嚏，陈淑曼有些抱歉地笑了一下："是不是太香了？其实我已经很久不用这个牌子了，不过今天到这里来，还是想带上……你知道吗，那个袁佳树，他的身上也是这个味道，我当时还在心里笑呢，一个大男人，怎么用女士香水，谁知道……"

陈淑曼的声音黯淡下去，郑源将视线落在那个透明的玻璃瓶上，黄底上一个简洁的黑标，不认识。他掏出手机，陈淑曼警觉起来："你要干吗？"

"啊……你这个香水挺好闻的，想拍下来照着买一个，改天送女朋友。"陈淑曼半信半疑，郑源一按拍摄键，转手就把照片传给了汪士奇。

这天最后是汪士奇把郑源接回的家，用郑源的话说："再出去打车不如直接撞死我。"汪士奇无法，横跨了大半个城区赶过来，等到了咖啡馆门口时针已经指向了晚上九点，他看着郑源面前摊了一桌子的蛋糕盘子哭笑不得："你好歹也吃点正经东西吧。"

"少废话，赶紧走。"郑源的轮椅驶过来轧汪士奇的脚，被他一闪身躲过了："我当了一天的残疾人，当够了。"他话音未落，一个服务生紧张地跑了过来："先生需要什么帮忙吗？是不是要去洗手间？"汪士奇打量着郑源微妙的臭脸，大概明白他在这次小小的冒险里吃了什么亏：别人的善意对有些人来说是很重的负担，对郑源尤其如此，估计桌上这堆蛋糕都是郑源的被动报恩，还好店里不用给小费，否则他下半辈子的老婆本都得打发出去了。汪士奇心里好笑，握住郑源的轮椅把手，不动声色地把服务生挡在一边："没事没事，打扰了，这位病友脑子不好，我得送他回去吃药。"还没等服务生反应过来，他已经一阵风似的把郑源卷出了门，冲下小坡道，然后甩开腿撒欢地跑。轮椅在马赛克镶嵌的地面颠得"喀啷"作响，郑源吓得抓紧了扶手大喊："汪士奇！你要干什么！"

"你听说过吗？只要绕着广场跑得够快，这个螺旋就会转起来！"汪士奇的头发挟着风，像一匹猎犬一样推着郑源狂奔。

"停下！你再不停下我要叫人了！"

"你叫呀！你倒是叫呀！"郑源当然没脸叫，只能咬牙抵抗那股眩晕感。汪士奇跑了大半圈才消停下来，一屁股跌坐在地。郑源气得踹了他一脚："你疯了！"

汪士奇朗声大笑，喘出的热气在夜色里冻成白烟："你啊，偶尔也得活得放松点。好不容易舍得自己出门了，还不赶紧开心点四处转转。"郑源不说话，汪士奇抓住扶手，脸上浮现出坏笑："哎，你今天出来，不是真的为了去那家破咖啡馆吃蛋糕吧。我可看见了啊，照片里那个女的……"

"我是见了人，不过，应该不是你想的那种。"郑源给他看手机里偷拍的照片，是陈淑曼的侧影，立在咖啡店窗外伸手打车："还记得她么？"

"谁啊？"汪士奇笑嘻嘻的凑过去打量："长得不错嘿！你小子，到底有多少个前女友瞒着我？"

"前个屁女友。这是陈淑曼，今天她跟我说了一个完全不同的故事，那天在高通广场，袁佳树不是被吴汇刺杀的，他是自杀，她亲眼看到了。"

"……"汪士奇的笑凝住了，半天才接了下茬："这你也信？"

"为什么不能信？"

"那她怎么不在录口供的时候对我说？"

"她是有苦衷的，她……"

"够了，老郑，投入是好事，投入成你这样可就是魔怔了。"汪士奇头疼不已："你不是都答应我按吴汇是凶手的线查了？我当初带你进来查案是想让你亲自抓住凶手，了却这些年的心结。你怎么跟他聊着聊着真成斯德哥尔摩了。我知道你心好，但是你不能总站在嫌疑人那一边吧，就算你自己不想报仇，那小叶呢？"

郑源的眼神暗下来，半晌，伸手糊噜了一把汪士奇的头顶："回去吧。"汪士奇知道自己的话他没听进去，灰溜溜地拍拍屁股起了身。手一插兜摸着了什么，想了想，咔啷一下扔郑源腿上。对方捏起那个纸盒看看，哑然失笑："你怎么给买回来了？"

"不是你让我买的吗？"汪士奇推着轮椅："特地微信给我发图，还以为你急着要呢。"

"傻呀你，我是叫你帮我查查这是什么牌子。"郑源拆开包装嗅了嗅，没忍住又打了个喷嚏："我没事买个女人香水干什么？"

"谁知道呢，万一您心血来潮要泡个姐什么的……反正我现在是二等公民，什么都得依着您来。万一再不高兴了，跟我要死要活的……"

郑源听出他话里带酸，悄悄地开了香水盖子，等他过来开车门的时候，冷不防喷了他一头一脸。

"姓郑的，你不要太过分！"汪士奇愤愤地揉着眼睛。郑源在一边笑："是你叫我开心点的。"

"那就拿我寻开心吗？！这什么味儿，这么香！"汪士奇皱着眉头嗅着自己的衣襟，冲郑源挥了挥拳头："我不欺负残疾人，等你好透了一起算账。"

"也别等我好透了，现在就算吧。"郑源按着门把手不进去："我还是想救吴汇。"

"神经病。救他什么？这么多条人命不是他杀的？广场上七个人不是他砍的？"

"伤人，证据确凿，罪有应得。杀人，太多东西解释不清，不能妄下定论。"

"怎么又是妄下定论了，口供，物证，犯罪现场，你不能全装看不见吧。他没罪？现在随便一个案子拎出来都够他枪毙好几次了！"

郑源抓住汪士奇的胳膊："所以呢？你觉得枪毙他的目的是什

么？是真的要惩罚他作恶还是急着给围观群众一个交代？是，徐烨都告诉我了，你们压力很大，上头催得紧，个个盼着早点结案，但是你想过吗，这样不明不白地送一个人去死，我们跟那个连环凶手又有什么区别？"

汪士奇咬着腮帮子，沉默不语。

"记得吗，开始的时候你问我活着的理由，我说不出来。现在我想到了，我要活着，但不是为了报仇，恨一个人支撑不了一辈子。不过如果我有下半生的时间，我会试着去了解，了解恶人之所以作恶的理由，了解一个人必须杀死另一个人的动机，只有知道了为什么，我才有机会朝前走，否则我永远会活在不明不白的恐惧中……你知道吗，这些年每天走在路上，我看到的每一个人都像凶手，好像随时会再冲过来，杀了你，杀了我儿子，或者杀了我。"郑源声线颤抖："相信我，我比任何人都希望那个凶手是吴汇，希望野兽已经被关进了笼子里，但是如果没有，那个人就还在我们身边，跟我们进同一个车站，搭同一部电梯，背靠背坐在同一家餐厅里……你可以那样活着吗？你能吗？"

郑源的话让汪士奇叹了口气："你想怎么办？"

"我想再见吴汇一次。"郑源语气坚定："就我和他两个人。"

主动出击

"真打算这么干啊？"程诺的手按着一个文件夹："你可想清楚了，袁佳树是市里发了见义勇为证书的人，三十万奖金，捐出来一座希望小学，就差上感动中国了，现在跳出来验尸有意义吗？"

"我是不想查，可惜家里有个非要查不可的。"汪士奇强行把文件夹托过来，手指头敲着封面不打开："你已经知道结果了，对吧。"

程诺面无表情："海洛因。不过我还是那句话，人不能用两分法来看，他吸毒，并不代表他就不能去救人。"

"那是当然。但是有些事情，换一个角度看确实是会不一样。"汪士奇终于揭开了那份新出炉的检验报告，一行行毒理检测数据触目惊心。"袁佳树，28岁，国内无亲无故，与未婚妻徐子倩留学相识，回来后一直在徐家的雪松集团任高管。"汪士奇露出一个坏笑，"哎，海洛因可不像别的，贵着呢，这么大一笔毒资，你说他的未婚妻是知道呢还是不知道。"

"你想暗示什么？"程诺眯起眼睛，"徐子倩的尸体早被领回去烧了。"

"对，就是领得太顺畅了，这么急，你不觉得很奇怪吗？"

"你是想暗示我，徐家第一时间火化徐子倩，是为了掩盖她也一起吸毒的事？"

"一起？不一定，但是这位徐小姐应该不像我们想得那么简单。"汪士奇慢悠悠的合上文件："前几天为了那个杜蔷薇的案子我去二十三中翻档案，晦气得很，居然有一大半都让水给泡了，又是霉又是烂的，啥也看不出来。当时闲得无聊，想顺手查查徐子倩和袁佳树的学籍联系，这一查不得了，有趣的事情出来了……"

"怎么？他们是同学？"

"不，比那有趣多了……根本就没有徐子倩这个人。"汪士奇压低了声音故作诡秘，程诺却完全不为所动，他只好清了清喉咙，自个儿把话接下去，"咳，反正就是都查遍了，她登记的教育背景是康定路小学，培萃中学，初高中直升，可是这两所学校里并没有她的学籍记录。我当时脑子一热，又去调了她的户籍档案，真的改过，但改之前的原件全都不见了，成年以前一片空白，问起来就一句，非正常损毁。"

"改身份改到这个地步，确实是有点意思了。"程诺的嘴角勾起一点笑意，"所以呢，你接下来打算怎么办？她不是犯罪嫌疑人，不好说查就查吧。"

汪士奇站起身，得意地眨眨眼睛："那是当然，但如果不是为了查案呢？"

下午一点，雪松大厦一楼大堂。

"站住！谁让你们往里进的！"

听到一声呵斥，汪士奇的脚步停下来，老老实实地等着自己以及轮椅上的郑源被四个身形魁梧的安保包围。

"别紧张啊大哥，过来做个采访而已，不至于这样吧。"汪士奇笑嘻嘻的，可惜对方并没有跟他一起笑的打算。"你是警察吧？"

"他今天不是以警察身份过来的。"郑源掏出记者证，慢条斯理地开了腔："你看，我腿都这样了，请个朋友推我一把不犯法吧。再说了，就算他是警察，怎么就不能来了？难不成，你们这里有什么不能查的东西？"

郑源的话明显激怒了对方，眼看着几个人就要动手，背后一个威严的声音响起来："闹什么呢？"安保们回头一看，气焰瞬间矮了下去，站成一排，毕恭毕敬地低下了头："徐总。"

郑源抬头看着走近的男人，脑后见腮，天生反骨，人有些胖，但并不显得亲切。徐雪松，一手带起整个雪松集团的大佬，传说早年走私起家，新千年之后洗白上岸，成了本市知名企业家。他上下打量一眼两人，对着郑源开了口："你就是那个记者？"

"对。我约了今天下午的采访，关于令千金在高通广场连续杀人案里的遭遇。"徐雪松闻言，脸颊肌肉细微地一抽，郑源看在眼里，话锋一转，说："我知道，斯人已逝，提起这件事会让您很痛苦。外面的新闻重点都在袁佳树身上，关于他如何见义勇为，如何舍生取义，但对于徐小姐却着墨甚少，我觉得，一个人的行为不应该孤立来看，徐小姐能与这么优秀的青年相爱，生前必然也是一对伉俪，甚至可以说，徐小姐对袁佳树的正面影响同样是造就英雄的重要条件。我觉得忽略掉这一点是很可惜的，所以我给您的助理打了十一通电话，希望您能配合我为徐小姐正名。"

"就算是这样，我记得我也并没答应你今天的采访。"

"是没有答应，所以我才想来这里碰碰运气。"郑源堆起笑脸："就算您不接受采访，能采访到徐小姐的同事、下属，也是很有价值的——当然，是在大家的午休时间。这个，您总不该反对吧。"

徐雪松直视郑源的目光，最终点了点头："我给你们一个小时，跟我谈，完成采访就离开。公司里因为这件事波动很大，记者们来来往往也很多次了，我不希望员工再受到骚扰。"

徐雪松说完，转身走了，一个高挑的女秘书走过来接待。她跟得紧，郑源不好说话，他对汪士奇撇撇嘴，汪士奇立马一个搭肩就贴到了秘书身边："这位姑娘，看你有点眼熟啊，咱们是不是在哪见过？"汪士奇眼神不偏不倚地落在她套装里的领口边缘，女秘书像是感觉到什么不对劲，突然遮着胸一拧头先走了，汪士奇笑嘻嘻地收回目光，冲郑源比了个"V"。

半路，汪士奇弯腰在郑源耳边晒笑："够能的啊，这都是哪里掰出来一套一套的，我都快给你唬住了。"

郑源低声说："少废话，等会儿就看你的了。"汪士奇缩了回去，脸上仍旧是笑嘻嘻的，这个笑容一直保持到郑源在总裁办公室里落座，接过一杯茶，终于打开笔记本的一瞬间。

"哎哟，不行，肚子疼。"汪士奇突然拧着眉毛捂着肚子"嗷嗷"直叫。徐雪松皱着眉，让秘书领他去洗手间。郑源担忧地望向门口，只来得及捕捉到汪士奇若有似无的一笑。

即使郑源早有心理准备，当真面对徐雪松的时候也不免吃了一惊——对面的男人完全不像刚刚死了独生女儿的样子，他的脸皮像一个金属的面具，每一条纹路的牵动都是机械的，冷的，没有人气的。他说起徐子倩的种种过去就像在宣读财务报表，不管郑源怎么旁敲侧击，始终匀速而有条理。这样寡淡的垃圾问答持续了一个小时，直到郑源拿出了一张照片，那是吴汇拍到的徐子倩，唯一一张清晰正面，她面对镜头，视线落在靠右的地方，风扬起她的头发，缎子般闪闪发亮。郑源说:"这是凶手拍下的令爱。27岁,正是一生中最好最美丽的年纪,他下了如此毒手,您为什么毫不追究?"

如果郑源是一个摄影家的话,他确信那一刻就是一个决定性瞬间,因为在那微妙的百分之几秒,徐雪松的面具悄悄松动了一点,他轻喘了一下,低声说:"这都是命。"

郑源还想追问,时针指向下午两点,徐雪松分秒不差地站起来,用行动示意采访结束。郑源慢吞吞地收了半天东西也不见汪士奇回来,只好摇着轮椅转到洗手间门口,冲守在那里的秘书小姐抱歉一笑:"真是不好意思,我这朋友太不着调了,让您等这么久。"他一边用力锤门,一边高喊对方的名字。

不多时,满头大汗的汪士奇终于钻了出来,伴随着抽水马桶雄浑的水声:"啊,真是,昨天不该去吃老油火锅,一不留神就着道了。哎哟这拉得我,肠子都快穿了……对不起对不起。"汪士奇作势要握女秘书的手,对方不着痕迹地躲了过去,掩着鼻子把两人送到电梯口,任汪士奇怎么劝都不愿意往里进:"你们自己下去吧,左拐就是大堂,直走就能出门,我还有事,就不送了。"

电梯门徐徐关上,上一秒汪士奇还是一脸虚脱,下一秒立刻把腰杆直了起来。"喂,怎么样,演技不错吧。"汪士奇笑得得意,郑源却是有点后怕的样子:"不错个鬼!我真是中了邪才会同意你去爬窗户,19楼啊!这要是摔下去,明天的头版头条就直接改上你的讣告了。"

"怕什么,建筑图你也看过了,旁边就是徐子倩的办公室,翻个墙的事儿,能有多难。"

"翻墙是不难,关键是后面呢?看见什么了么?"

"何止看见,我都进去了。整个办公室都收拾过,很干净,有点太干净了。"汪士奇抽抽鼻子，"满屋子的消毒水味儿，地毯也给撤了，露着下边的水泥砖，东西也收拾得七七八八，这可不像刚死了女儿该干的事儿啊。不过……"汪士奇把手腕伸到郑源的脸前，把郑源吓了一跳："你干吗？"

"不干吗，闻闻。"

郑源凑过去一嗅，表情更迷惑了："你还真用起那个女士香水来了。"

"什么呀，不是……"汪士奇把郑源的轮椅掉了个个儿，兴奋的跟他面对面，"这是在徐子倩办公室里找到的香水。"

"啊，味道一样。"郑源的眉头舒展开一点点："陈淑曼说她在袁佳树身上闻见了这个香水味。也就是说，袁佳树在遇刺当天用了徐子倩的女士香水……可是……"

"你想问为什么对不对？那就得想想香水可以用来干吗了。现在的香水是用来臭美的，但以前的香水可是用来掩盖气味的。"看到郑源难得的茫然，汪士奇心里好笑，也伸手弹了一下郑源的脑门，"还不明白吗，香水能盖住血的味道，地毯被收走，隔壁就是卫生间，吴汇呢，正好是这里的清洁工……"

郑源的眼睛睁大了："你是说，袁佳树和吴汇合谋……在办公室杀了徐子倩？"

"问我干吗，你不是打算跟吴汇二人世界么。"汪士奇坏笑："我都安排好了，你可以当面去问他。"

救赎

"其实你不必这样的。"吴汇看着面前揭开的一溜打包盒,烧鸭双拼晶亮流油,鲫鱼萝卜汤浓香色白,饭菜香气在寒室中袅袅上升,让空气都暖了几分。郑源递过一双筷子去:"难得有机会请你吃一次饭,附近只能买到这个了,别嫌弃。"

"我哪有什么资格嫌弃。"吴汇掂起筷子,径直避过荤腥,挟了一点青菜配着饭嚼了起来,青筋在太阳穴凸出,随着咀嚼缓缓起伏,间或喉结滚动一下,脖颈上的皮肤一阵紧绷。他吃得艰难,郑源看得也难受,他把肉菜往对面推了推:"多吃点,都是你的。"

吴汇抱歉地笑笑:"好久不吃肉了,吃不下去。"

"……"郑源半天说不出话来。当记者这么多年,什么都见怪不怪,爱人相杀,手足相残,大部分时候他是隔着一点距离在观察,悲剧是鱼缸里的弱肉强食,隔着玻璃和水,连手指尖都打不湿。唯有吴汇,他靠得太近,防备太松,那些平常看不见的细节陡然放大,甚至能从自己身上找到同样的伤痕。也许他真如汪士奇所说,有点斯德哥尔摩的倾向,但那不仅是同情,吴汇之于他也许更像一面镜子,他们在一些微妙的地方很像,而郑源在查清真相之余,更想通过这些微妙看清一点自己。

"你好久不来了。怎么样，东西拿到了吧，定罪了没有？"吴汇扒着饭，漫不经心得仿佛不是在谈论自己的死期。郑源支着腮冲他笑："你是我见过最急于被定罪的嫌疑人。"

"伸头一刀缩头一刀，早死早超生。"吴汇仍然满不在乎："我这样的人，活着也没什么意思。"

"所以你就用死亡成全别人？"

郑源说出这句，看到吴汇的眼角微微抽了一下，他心下了然，点了一根烟，等待对方先把面具重新戴好。"对不起，说好了今天不聊案子的。"他弹弹烟灰，把烟盒的开口转向吴汇，"来一根？"

"谢了，我不抽。"

"你这个……年纪，很少有不抽烟的。"郑源没说出口的是——阶级，底层蓝领，前途无望，香烟和劣质白酒是最好的麻醉剂。"讨厌吗？"

"倒也没有。"吴汇吃完了，慢慢收拾着快餐盒子："有些人吸烟的样子很好看。我不行。"

郑源哑然失笑："这有什么好看不好看的。"

"有。怎么没有。"吴汇反驳的时候微微低了低头，郑源疑心他脸红了："……总之我是不行的。"

所有的含混其辞里都有故事。郑源当然知道这一点，但是他不忍心揭穿："什么不行，你是没有狐朋狗友带坏，我第一支烟是小学六年级抽的。"带坏他的狐朋狗友，毫无疑问，只有姓汪的那个东西。"也不知道从哪里搞来的，铁盒'三个五'香烟，只有一根，划火柴的时候那手抖的，点到第三根才算真的点着。"

废楼墙根，阴天，心跳，硫黄，火，潮湿的过滤嘴，嘴唇和牙齿，拙劣的吮吸，呼出的第一口白雾是来自成人世界的提前预警——烟味发涩，刀一样的刺喉咙，少年郑源头昏脑涨，隐约听到汪士奇在一边吐着口水骂，他不懂这么苦而缥缈的东西怎么能卖得比糖还贵，只有等到很多年以后他才会明白，成为大人的重压，不是一点糖分就可以抵御得了的。

"你能有这样的朋友真好。"吴汇垂下眼睛，语气里透出羡慕。

"每个人都有的。只不过有时候意识不到罢了。"郑源掐灭烟蒂，摩挲着食指上的茧痕："你也有。"

吴汇一下子戒备地靠上椅背："……你又知道了。"

"其实我不知道。"郑源自嘲地笑笑："就当我给你瞎编个故事吧。我的故事。"

郑源的故事开始于 2014 年。

马航失踪，岁月号沉没，埃博拉爆发，ISIS 扩张，同一年，一个在破旧城区的年轻人，我，也许是去上夜班，也许是完成了繁重的机械劳动准备回家躺倒，不管怎么样，那一天我没有按照自己的轨迹周而复始的运转，因为夜半幽暗的后巷，我撞见了另一个年轻人。

他穿着讲究的外套和鞋，却瘫倒在垃圾堆旁边，脚下是呕吐的痕迹。这一带环境很乱，黄赌毒俱全，我不知道对方是沾了哪一点，又或者已经死了，我知道的是这里的闲事不能乱管，所以我踮着脚，小心翼翼地想要从侧边绕过去。哪知道楼上突然吵吵嚷嚷的，醉汉的呓语伴随着急促的拍门声，紧跟着"哐啷"一响，有什么东西碎了，狗叫声此起彼伏，那人一动，受了惊扰似的转过脸来，我心里扑通一下：居然是他。

我认识他，他是……一个老相识。我们很多年未见了，他甚至不一定记得我。他明显已经神志不清，我踌躇了一下，直到巷口传来夜游的不良少年们大嗓门的笑闹声。我看到他手腕上金表的反光，衣兜里皮夹的一角，太清楚把他留在这里会是什么下场。

于是我带走了他，连同他的汗水，呓语，混沌的意识，沉重的身躯，通通安置到我那间狭窄的卧室的狭窄的单人床上。即使如此狼狈他还是香的，睫毛颤动，像一只飞蛾投下的暗影。我拿到了他的皮夹和金表，摘戒指的时候他的手忽然一动，抬起来划过我的太阳穴，脸颊，耳垂。"你啊……"他含糊地吐出两个字，复又陷入昏迷，我的手却停下了——他眼睛里有什么东西让我想到了从前。

我想，他还是我认识的那个他，哪怕我在他的手臂摸到了细密的针孔，哪怕他刚醒来就狠狠地揍了我。他疯了，他狂躁，呕吐，抽搐，在地上不停打着滚，高大的身躯弯折成一个扭曲的角度。我找到了黑市里的买卖人，他们说这是海洛因戒断反应，熬过最开始的 72 小时戒断高峰就好了。买卖人说他打进去的剂量足够弄死一匹马，同时意味深长地告诫我少掺和这些有钱人的私事。但那不是别人，那是他，我不能不管。

于是我从他们那里买了美沙酮，黑市价，贵得咋舌。国字头的治疗中心只要十块钱一剂，但我没办法让他冒那个险。我不知道他的来路，尿检，核查，身份证，样样都可能让他翻不了身。安慰剂效力有限，我只能把他锁住，他不闹了，手和脚都像断了似的绵软，忍受不住的时候就用头磕床头的铁栏杆，一下，又一下，血迹伴着空洞的回音。我怕他自杀，只能抱着他的头，一遍一遍叫他，跟他说：是我，是我啊，你看一看我，想起来了吗？他偶尔会有半刻清醒，含含糊糊地叫一声我的名字，那是这么多年以来我所有的，最好的时光。

我以为我可以治好他，然而太难了。黑市里的人说过："走板的还好说，用笔的死路一条。"走板是吸食，笔，就是注射器，海洛因已经汇入他的血脉，沉进他的骨血，蛀空他的灵魂。我问过他为什么会走到这一步，他的表情变得颓然，他也许跟我说了理由，也许没有，但我知道，他是无辜的，毕竟他曾经是那么好的人，有人将这样的命运强加到了他的身上。

　　不管那个人是谁，我都要杀了他，或者，她。

伤痕

郑确度过了最惶恐的一个礼拜。

整整七天，没有老三，没有徐婷，学校里人头攒动，他却像掉进了荒原，望不到边际，只有无穷无尽的水泥路延展在他低垂的头颅之下。他与他们不在一个班，甚至不在一个年级，他不敢踏上全是陌生人的楼层。终于踏上一次，却又不知道该问谁：他们人呢？还好吗？还来上课吗？直到失联他才反应过来，自己没有他们任何一个人的电话号码，他唯一能做的只有趁放学蹭去报刊亭，挨个翻阅本市的日报晚报都市报。

老三的弟弟死了，郑确想，就算没死，也是坠楼了，这么大的事情，应该是要上新闻的。他一边怕看见，一边又想看见，第二只靴子悬在半空中，迟迟不落，让郑确在温暖的晚风中抖成了筛子。

"不买就不要乱翻。"看摊子的老头面露嫌恶，伸过一把木尺子，"啪嗒"一声敲到郑确的手背上，他低头看看，手背一条红迹，手指头却是全都黑了，冷汗混着油墨，抹得纸面一塌糊涂。郑确说不出话，他一无所获，只能勾着头，踢着石子慢慢走远。

孤独的人是可耻的，但只有麻烦来了才能知道孤独的可贵。郑确孤零零地游荡了几天，麻烦终于找上了门。

"你小子挺狂啊。"大东肥厚的手掌拍上郑确的肩，像是盖上了一枚烧红的印戳，"看到我招呼都不打了。你三哥没教你文明礼貌啊？"

打招呼也是挨揍，不打招呼也是挨揍。被欺负惯了的郑确已经明白了这一点，左右是遭罪，不如为自己留一点尊严。他梗着脖子，努力让自己不要那么快倒下。

"估计没法教了，老三自己也不是什么好货。"

"强奸犯的哥哥，能好到哪里去。"

"强奸犯死了，兄弟要接班了！"

跟班们粗野的喉咙轮流起哄，大东咧着嘴笑出来："哎你们说，是不是物以类聚人以群分？咱们揍他一顿，算不算替天行道？"

郑确的心抽紧了，一把揪住大东的衣襟："你瞎说什么？"

"我看你是吃错药了。"大东眼神阴沉下去，他伸手上来，一根一根硬掰开郑确的手指，"敢碰老子的衣服，很好。"

还没等郑确反应过来，右脸袭来的一记重击已经让他摇摇欲坠。膝弯挨了一脚，接着被按进小池塘的淤泥里，迟到了半个学期的一顿打，最终还是难以幸免。郑确抱着头，一声不吭，他在适应，等待，甚至还有点小小的分神——痛感是会逐级下降的，跟快感差不多。第一下最痛，第二下次之，第五下跟第二十下之间已经分不出太大区别。郑确被一群半大小子围着，目之所及的全是蹬向自己的小腿，鞋帮上乔丹的标志闪闪发亮，估计本尊一辈子也想不到，自己签名的球鞋竟然会如此没有体育精神。

之后郑确再次想起自己裤兜里的折叠刀。同归于尽，他想。也好，越是年轻，死越是一件容易的事。他的手摸到了钢制的手柄，打磨成弧状的表面细腻光滑，底部一个凸起的圆点，只消轻轻一按，锋刃就会出鞘，帮他划开另一个人的胸腹。谁呢？郑确抱着头，在混乱中辨别大东的位置，三，二，一，他终于找准了空隙，一刀扎在大东的腿肚子上。

刀很锋利，几乎是滑进了皮肉，像是烧红的铁片滑进黄油。大东甚至还多踹了他一脚，然后，终于察觉到不对的他低下了头。

郑确拔出刀子，血几乎是立刻就喷溅了出来。不像电视里虚伪的糖浆番茄酱，真正的血液腥臭，浓稠，让人恶心。郑确抹了一把脸颊飞溅的血星，缓缓从地上爬了起来。围殴的半大小子们呆了呆，心照不宣地一齐退后了两步，只剩大东一个人跌坐在地，发出杀猪般的号叫："血！血！快！快叫人啊！杀人啦！"

只要看见郑确的眼神就知道他没有夸大其词。光受伤是不够的，郑确下了决心：我要他死，今天，现在，没有商量的余地。男孩子们落荒而逃，只剩下郑确，郑确的刀，和郑确的猎物。他没什么表情，眼珠子藏在眉骨的阴影下，直瞪着目标，只瞪着目标，不快不慢，一步步朝着对方靠近。大东已经不叫了，他的脸上浮现出预知自己命运的麻痹与空白，死亡越靠越近，七点的报时钟"喔喔"敲响。太阳落山了。郑确的刀尖已经对准了大东胸前第二颗扣子。

这时候，一双秀气的白色匡威踏进了这片禁地。女性的声音柔软清甜，却出乎意料的难以拒绝。她说："够了。"

郑确感觉自己被圈住了，温暖的肉体从背后束缚了他，像一个拥抱，制住他拿刀的手。他迟钝的转头。

是徐婷。

大东终于有点回过神来，嗓门陡然拉高："你……你……你来得正好！救命啊！他要杀人啦！快报警！"

徐婷的眉心皱在一起："是不是男人啊你，打人还有理了是吧？快滚！"大东还想说点什么，郑确往前又踏了一步，他"嗷"了一声，一瘸一拐地跑了。

"你别拦着我。"眼看着大东跑远，郑确说着狠话，手却终于抖了起来。徐婷掏出手帕给他擦脸："你还真打算搞出人命来啊。"

徐婷没有穿校服，身上也没有书包，她靠得很近，头发里甜蜜的香气蒸腾起来，白色的小裙子在风里摇曳。郑确有点恍惚："你怎么来了？"

"我的学校，我为什么不能来。"徐婷抿抿嘴唇，吞下了弦外之音："……我不来，你就成少年犯了。"

"那又怎么了？我要杀了他。"

"杀人哪有那么容易。"徐婷擦完了他的脸，转而又接过郑确的刀，仔仔细细地拭干净缝隙的血渍，把刀刃折回鞘里："你为什么要他死？"

"他欺负我。"郑确的眼睛红了："他……他乱说老三。"

"他说什么了？"

"他说老三的弟弟是强奸犯，他……"

徐婷的手停下了，折叠刀被放了回来，郑确觉得手心一冷。

"你怎么知道他是乱说。"她的眼尾微微上挑，莫名有点肃杀："你知道上个礼拜在他家到底出了什么事吗？"

郑确有点震惊，徐婷居然敢主动提起这件事："我……你利用我，你一开始就想接近老三……"

"对，因为我认识老三的弟弟。不对，说认识太便宜他了。"徐婷倒是答应得干脆："知道他以前出过车祸吧？那你知道他是怎么出事的么？"

郑确耳鼓里突突直响，一阵热流从背后漾下去。他的直觉感应到了不祥。

"一年前，他想跟我谈恋爱，我不答应他，所以他约我出来，说是好好谈谈，其实打算来硬的。"

郑确的眼睛睁大了。

"我害怕，挣脱他跑了出去……在追我的时候，他被一辆货车撞了。"

致命

解开一个手机的密码锁需要多久？

半小时。

刷机，越狱，密码破解工具。我也在黑市干过，在那里，苹果手机是一种硬通货，是锂和硅做的黄金，没人关心来路，只关心型号和成色。眼前的这个手机，新款上市，锃亮板正，脱手只需一眨眼。

解开一个手机的密码锁需要多久？

五秒钟。

这是他的手机。趁他睡着，转到了我手里。我摩挲着外壳，土豪金——他们这样叫它，光滑的后盖仿佛能磨平指纹。半个小时前，他刚刚熬过一轮反应，大汗淋漓，窝在床上深一口浅一口地喘着气，突兀的铃声突然响了起来。

他在我这里锁了一个礼拜，这是第一个打来找他的电话。我从他的外套里摸出手机，屏幕上的名字像是一团火，忽地把整个外壳烧得滚烫，那是一个女人的名字，他备注她为：妻。他当然已经结婚了，否则那颗沉甸甸的婚戒从何而来。但是，但是……我捏着手机心里发慌，抬眼看见他艰难地睁开了眼睛，他看着我，嘴唇一张一合："别接。"

别接？

我直愣愣地瞪着屏幕，直到它重归一片漆黑的寂静。再抬头看他已经彻底昏睡过去了，两天以来的第一次，我不好叫醒他。

但是，妻？

他正当壮年，有钱，有妻子，有家庭，也一定有房有车，每了解他更多一点，我就更不懂他，他几乎已经有了所有我想要有的，为什么却放任自己差点死在贫民窟的垃圾堆里？我想要了解他，却不知从何下手，他不说，我只能去问他的手机。指纹锁没反应，没关系，有的是人可以破解密码，我攒着那台小机器打开大门，也许是迎面的夜风的气味，也许是天际的那颗星的亮度，我想起了什么，心里一动，抬手输入了一组数字。

五秒钟，屏幕亮了，壁纸上的星空纤毫毕现，我的心冲到喉咙口，堵在那里，久久不能下咽。

他一直记得。他用一个属于我们的密码，把我不在其中的人生解锁，摊开在我的面前。

我看了他的相册，他很少拍照，仅有的几张似乎都是别人拍的他。打球，跑步，低着头，专心写着什么，发顶浓密乌黑。他跟她也有合照，笑容淡淡的，揽着脖子，揽着手臂，背景应该是外国，我从没有见过那么灿烂的城堡和蓝天。

我找到了他的公司，通过他通讯录里存的座机电话。接通后一个甜美的女声询问："雪松集团，有什么可以帮您？"我的心脏跳到喉咙口，搪塞着挂了。雪松集团，我想，那就是我的目的地。

我在高通广场下了车，繁华的商圈气息让我瑟缩。雪松大厦矗立在尽头，金属光泽的玻璃外墙像一头怪兽的鳞甲。到处都是人，来的，走的，跟他有关的人就藏在这成千上万的人流中。我走进去，没两步就被保安拦了下来。"干什么的？"他说，捏着我肩膀的手劲很大。我在惶恐中瞥见了招聘清洁工的牌子，这一定是神的安排。

我的新工作让我轻易地接近了他的妻子。她的办公室，她的书本文件，她的香水牙线备用丝袜，她上锁的最后一层抽屉。我在吸尘器的巨大噪音里跟踪她，偷拍她，一点一滴地拼凑起她的样子。她很美，跟他格外般配，可她似乎并不为他的失踪而着急。她上班下班，妆容精致气色如常，偶尔有个男人来找她，掏出一个纸袋，一递一送之间眼神勾连，指尖交错时她还会露出愉悦的笑容。他都那样了，她怎么还能笑得出来？我不懂，我趁着换班撬开了她的抽屉，纸袋打开了，我找到了一小袋白色粉末和注射器。

是了，只有她，除了她，没有别人能让他走到这一步。

我小心翼翼地掩盖着自己的出行路线，到家之前一定会去暗巷里换下那身靛蓝色的连体工装，我把所有跟她有关的东西藏进衣柜，我不想让他察觉我的去处，此时此刻却不得不将一切摊牌：我告诉他，离开那个女人，是她在害你，害死了你，她还有下一个。他不说话，在沉默里吃完了我之前削好的水果。然后他说："热死了，我想去洗个澡。"

我解开了他的镣铐，一个小时之后，他消失了，连同我给他的换洗T恤，还有埋在果皮碎屑下的折叠刀。蒸腾的水汽像是他遁入虚无的残响，我拧好龙头，关上卫生间的窗户，没有追出去，心里知道有什么事情已经滑向了无法挽回的深渊。我没有费心去找他，反正一天之后，他就出现在她的办公室里面，他们也许吵架了，也许没有，等我窥见的时候，那把刀子已经滑进了她的胸口。

我全权帮他处理了接下来的事情。放在隔壁的垃圾车不算宽敞，装下她娇小的身躯倒是正好，在那之前，我把刀刃拔出来，擦掉指纹，握着刀柄直直切进了她的脾脏，她的胃肠，她的肺，要成为共犯，这是必需的手续。他吓坏了，满手是血，颤抖如无辜的羔羊。

"血……血……血的味道……"他喃喃着，神经质地交错着手指扭紧，我替他擦了，把洗干净的衬衫递到他面前，随手喷上桌面的香水。

我跟他说："走吧，没事的，这里有我。"他换好衣服，嗅嗅自己的左肩，梦游一般地走出去了，而我又等了一会儿，我得掩盖地毯上的血迹，还得保证他清清白白地活下来，光是清洁是不够的，我想到了一个计划。

要藏起一卷有血迹的地毯，就把它塞到一堆待回收的脏地毯里。要藏起一个被害人，就把她藏到许多个被害人之间。杀人的是我，其他被我杀死的人就是最好的佐证。如果屠杀是从雪松大厦一楼后门吸烟区"遇害"的徐子倩开始的，那就没有人会去查十九楼的办公室发生过什么。

下班时间，人人神经松懈，我成功避开了耳目，放好了尸体，冲进了人群。但我终究还是个凡人，临到头了，我才发现我没办法真的杀死谁，哪怕是不认识的路人甲乙丙丁。我知道我周身染着血，看上去癫狂又夸张，但那些倒地呻吟的可怜人十有八九也不会死。我拼尽全力地表演，只求警察能够来得再快点，而他能够走得再远点，我没想到他能折返回来，眼睛里写满了震惊。

他那么善良，一定以为我疯了，不择手段，残酷冷血。但他推开了我挟持的那个姑娘，他抓住了我的手，轻轻地说："对不起。"

对不起？

何来的对不起？

对不起我救了他？对不起我帮他复仇？

对不起我们的重逢，对不起我们的记忆，对不起我们的初遇？

哦，他用我的手、我的刀杀了自己，这才是真正的对不起。他让我看着他的眼睛黯淡下去，摸到他的肉体逐渐冰冷，感受他的呼吸不再继续，这个世界再也没有他了，这恶行里有我一份，这才是真正的对不起。

要藏起一个被害人，就把她藏到许多个被害人之间。万万没想到，最后连凶手也一起藏了进去。

我为这巨大的荒谬淌下眼泪，然后大笑出声。

她的秘密

　　一滴水顺着晶莹的玻璃杯壁滑下来，滴在原木色桌面上，汇入了一小摊水渍。郑确口干舌燥，却又纹丝不动，面前的香草冰沙化成了一杯浑浊的奶油汤。

　　"喝呀。这个超好喝的。"徐婷用眼神示意他面前的冷饮，见他不动，转而低下头，示范似的自己吸了一大口，她包着吸管的嘴唇晶莹欲滴，是胶原蛋白与新款唇彩的交互作用，衬着背后明亮奢华的镜面墙壁和大丛的鲜花，郑确觉得自己在看新一季少女偶像代言的冷饮广告——夸张的满足，诚恳的做作，天真与诱惑互不相让。"别怕，我请客。"郑确一缩，是徐婷虚握住了他搁在桌上的手。

　　他倒是挺开心能得到徐婷的碰触，母亲去得早，又与其他亲眷失联，他的世界里缺乏异性，女性特有的、较高的掌心温度让他莫名感觉安全。但是等他看着徐婷的脸的时候，那种安全感又消失了。郑确模模糊糊地感觉到，徐婷也许并不像她看上去那么娇柔，她才16岁，已经经历过早恋、非礼、车祸、流血、死亡，此刻却在沙发上晃着腿，微笑着向他推荐心仪的甜品。那种若有似无的漠然让郑确如坐针毡。

　　"别说这个了，你叫我过来，不是为了说老三家的事吗？"

"对呀，怎么，生气了？"徐婷歪一歪头，试探着郑确的反应，浅棕色的瞳孔像洋娃娃一样无辜。

"没……只是……"郑确挣扎半天才从那蛊惑人心的视线中挣脱，"我不明白你到底想要什么。"

"我想要什么？哈哈，我呀，非要说的话，应该是想要公平吧。"徐婷将碎发别到耳后，嘴里笑着，脸上却没了笑意，"星沙不是大地方，我的事情你之前听人说过吗？没有吧！因为他们家有钱，他爸是建筑局里管事的，留下案底不好看啊。他们家要面子，就可以不管我的死活，拿点钱就可以和解，我家里人同意，我可不会同意。"徐婷往嘴里送了一块碎冰，骨碌骨碌地滚过牙齿，说到这里，咔嚓一下咬碎了："你知道吗，过去这么久，我做梦都会梦见他又过来找我了，他恨我，要杀了我，他骂我是个婊子。我睡不着，白天一个字都读不进去。"徐婷的眼睛里开始聚集泪水："要是我一开始不借给他作业就好了。"

那本作业是高一英语上册的句型练习。早自习开始，徐婷早早在第五排落座，绘着粉嫩卡通的练习本上二十六个字母排列组合，誊抄得清清楚楚，静候着课代表一声令下交给小组长收齐。还差十分钟，徐婷的背后被一根手指戳了戳："喂，帮帮忙，英语作业借我抄下。"

后排是个高挑白净的大男孩，入学不久，徐婷还没来得及认全班上的同学，他笑起来有点好看，头发乱乱的，脸上还带着滑稽的睡痕。徐婷没有多想就把作业递了过去，然后，他们就算认识了。

"同心和我，就是一个班上的朋友，你知道吧，不讨厌的那种。"徐婷搅和着面前的饮料，嘴唇一开一合。同心，同心，这个陌生的名字从她嘴里说出来似乎有种特别的魔力，那天坠楼的尸体突然有了实感，从电影似的虚假画面变成了活生生的人。郑确嗫着腮帮，好像咬到了一颗酸柠檬。听徐婷的口气，她似乎并不讨厌老三的弟弟，那她为何又会对他的追求如此抗拒？郑确搞不明白，但徐婷身上的谜团已经够多了，他决定先放过这个也许永远搞不明白的部分。

徐婷与同心，按徐婷的说法，是"普通朋友"。徐婷自认没什么特殊暗示，偶尔给带带早餐，送两张 CD，围观打篮球，约出来互相抄抄作业什么的，都是正常交往范畴，虽然同学们看在眼里，时不时地要起哄拉手，体育课结对练习也自动把他俩送作一对，但说起来都是玩笑，做不得准的。"但是不知道为什么，同心就误会了，以为自己是我男朋友了。"徐婷的语气生硬起来，大概是终于接近她不想触及的回忆。"你是不是觉得我装相？但我真的想好好读书，不想那么早谈恋爱。我回绝了他几次，明里暗里都有，但是他呢，跟着了魔了一样，就是不肯放手。"

徐婷回忆，最后一次是白色情人节，同心送了一盒巧克力，徐婷没作他想，拆开来跟另一个相熟的男生分了几颗，同心突然就生气了，两个男生在教室后面打了起来。徐婷气不过，上去扇了同心一个耳光，那之后他们没有再说话，迎面撞见了也要绕道走，徐婷没说什么，但心里总归有点过意不去。

然后就是那个周末，同心难得传来了简讯，说是有事情要跟徐婷讲清楚。她有点高兴，以为终于可以消除误会了。吃过午饭，她第一次去了他家，走进客厅才发现空无一人，门从背后关上的时候，徐婷后知后觉感到了一点害怕。

"然后我就跟着他上楼了……对，就是那个房间，你看见的，他……他哄着我，一边就压过来解我的衣服扣子……我……

我……"徐婷像是陷入了崩溃，大颗的眼泪源源不断地涌出来，在桌上砸出啪嗒啪嗒的声响。郑确手忙脚乱地找纸巾递过去，凑得近了，少女脸颊蒸腾的湿热仿佛伸手可触，郑确心里气急——怎么能，怎么会有人对这样的女孩子做出这样的事情，让她坐在这里这样的哭！这下子老三再怎么良善，那光辉也辐射不到他弟弟身上了。同心的坠楼画面又在郑确脑子里回放了一遍，这一次，是怀着报复的恨。

"我当时拼命反抗了，他打我，我就咬他……但是……我没有办法……"徐婷咬着嘴唇，仿佛痛苦已经满溢到极限："之后趁他不注意，我跑了出去，他大概怕我告诉别人，发了疯似的出来追我，然后，哼，应该是报应吧，一辆货车开了过来，他没看见，一下子撞飞出去了。"

光是寥寥几句郑确也能听出那其中的惊心动魄。徐婷的脸上闪过一丝阴沉的笑意，看在郑确眼里，是大仇得报的快感。"我爸跟我说他死了，陪了一条命，这事情我也有不对，就不立案。我是想不通，我有哪里不对？因为跟他做朋友？因为信了他去了他家？"徐婷的声调愤怒地拔高："我之后多长时间担惊受怕，谁都不知道，跟谁都不能说。好不容易过了一年，我以为这事情终于可以忘了，结果……"

结果徐婷从老三家附近经过，好巧不巧，看到了小阳台上站着的人。

化成灰她也认得他，他没死，他还活着，徐婷的噩梦回来了。这个人迟早要找上自己，哪怕对方并没看见她，徐婷也觉得自己被瞄准了。

"我不打算下半辈子继续担惊受怕，我得做点什么。"

老三是难以接近的。徐婷跟过他一阵，知道了他在社会上有个女朋友，野，不学好，文身染发打耳洞，粘他粘得死紧。徐婷试探过，他虽然并不认识她，但似乎也对低年级的小妹妹没有太多兴趣，别说打交道，连多看两眼都有限。她没灰心，再跟下去，就出现了郑确。

"我不是故意要把你卷进来的……但是，我……我是真的没有别的办法了。"徐婷停止了哭泣，眼泪却没干，她泪盈于睫的样子很美，她也清楚知道自己的美，她不去擦那些泪珠，只透过它们楚楚地瞥着郑确。她是骗了他，但是谁又忍心责怪她呢？郑确摇了摇头，心里突然闪过一个念头：徐婷要报复老三的弟弟，徐婷通过他找上了门，徐婷见到老三的弟弟，对方跳楼。这一切来得太过流畅，作为受害者的徐婷似乎不费吹灰之力就坐拥了胜利。为什么她一露面他就要去死？老三不是说了，他弟弟已经傻掉了吗？

大概是看出了郑确脸上的怯意，徐婷站了起来，俯身凑近郑确的耳畔，奶油味的气息送来了轻柔的短句：

"你不会说出去的对吧？我可把秘密都告诉你了。"

她耳后的头发翩然滑落，扫过嘴角上翘的弧度。那是一张笑起来很好看的嘴，适合宣布一切让人高兴的消息。

"是我把他推下去的。"

郑确慌张地站起来，从口袋里抓出一把零钱扔在桌上，跑了。

危险关系

"烟缸已经满了。"这是吴汇打破沉默的第一句话。

郑源举着打火机的手顿了一顿:"啊,没事,倒这里,待会我去扔。"他撑开外卖的袋子,吴汇帮忙倒着烟灰,一不小心拂了一根筷子到地上,他俯身去捡的侧影落在郑源的眼里:"咦,你打过耳洞啊?"

吴汇下意识地摸了一下耳垂:"哦……好早以前了,瞎玩的。"

"你倒是胆子大。"郑源短促地笑了一声,"烟都不敢抽,这你又敢。"

"不知道烟有什么好抽的。"吴汇在烟雾缭绕中吸了吸鼻子,"不过你这个不难闻。"

"薄荷烟,跟抽空气差不多,也就占着点好闻的便宜了。"郑源门齿一扣,唇间发出一点微弱的脆响,这是他从汪士奇衣柜里翻出来的进口货:"过滤嘴里面有个小珠子,咬碎了薄荷味儿更重。"

"原来是这样。"吴汇伸出手,郑源以为他想看看,把烟盒转了过来,吴汇却摆摆手,枯瘦的手指探到烟缸里捻起了一截烟头,那是刚掐进去的,过滤嘴上的湿痕还在。郑源心里翻起一点古怪,仿佛那手指触到了自己的嘴唇。

吴汇轻轻冲烟头吹了一口气,微亮的暗红从边缘复燃了起来,又迅速灰败，像是火的回魂："他说过，烟比毒还难戒，毒是瘾，至少能强迫自己断瘾，烟是习惯，不用动脑子，只要看一眼，等反应过来的时候已经点上了。"

"哪有这么夸张。"郑渊勾起嘴角。他知道吴汇这算默认了他的故事。吴汇也笑："真的，以前我也不信，后来我信了。"

"信什么，烟比毒还难戒？"

"不，是习惯，习惯比欲望更长久。"吴汇眯起眼睛："也许你说得没错，那两个人确实是老相识，就像你跟汪警官那样的。"

果然。郑源心想。八十年代的婴儿潮催生了一大批独生子女，他们生而孤独，群居本能却驱使他们超越血缘，去绑定胜似手足的同龄人。死党二字，分量跟朋友是不一样的，用老话来说就是一起同过窗，一起扛过枪，一起爬过墙，一起开过裆，一起喝过酒，一起嫖过娼。分享童真、冒险、荒唐、豪迈和艳遇，比很多真正的家人还要亲。但是这样的感情限度在哪里？为了对方杀人，顶罪，坐牢，认死刑，哪怕对方已经死了？如果把主角换成他和汪士奇，他能为对方做到哪一步呢？又或者说，汪士奇能为他做到哪一步呢？

郑源知道自己触及了危险的边界，嘴上的烟烧到尽头，他急急忙忙地摸上烟盒，试图从那点胡思乱想中跳出去。

"他们认识的时间其实不算长，但是有的事情，可能并不需要那么长的时间去确定，你说对吧。"吴汇若有所思地捏着烟蒂，目光随着上面细微的烧痕起伏："我有时候在想，为什么偏偏是这两个人会认识呢？每一天我们要在路上遇见那么多人，为什么偏偏是这一个呢？郑记者，你相信有神吗？"

郑源眨眨眼睛："这得看你怎么定义神。"

"我不知道，我只是觉得天上说不定一直有个谁在看着我们，是神把我们安排在同一个时间，同一个地点，同一件事情里，是神让我去做这件事。"

吴汇的表情太过认真，郑源轻笑着摇了摇头："话也不能这么说。就好比……就好比这盒烟吧，你知道这个牌子念什么吗？"

"……"

"万宝路，英文名 MARLBORO，有人说这名字来源于一句英文的首字母——Man Always Remember Love Because Of Romance Only。"郑源的火机一点一点地轻敲着桌面："就是说，男人记得爱情只因为它浪漫。"

"听上去也挺浪漫的。"

"是吧，可惜，传说只是传说而已。我们总希望把生活浪漫化，就像我故事里的那个人，对于他来说，偶遇的那个男人也许是他能肩负起的最大责任，是他所能付出的最大救赎，随波逐流的生活因为他的出现开始有了方向和目的，他觉得那是神的旨意，也许还当成了某种考验什么的，但是对那个男人来说呢，也许偶遇，就仅仅只是偶遇。"郑源点起最后一支烟："MARLBORO 只是一条街道的名字，当初的创始人把烟厂开在了这条路边，随手取了路名当商标。真相就是这么无聊。"

"可是如果，我是说，如果不是烟厂开在了这条路旁边呢？"吴汇露齿而笑，一种久违的天真神气浮上面庞："如果是神让这条路等了一百年，终于等来了这个开烟厂的人呢？"

郑源突然觉得汗毛直竖。

"你说的故事很动人，不过，故事永远是故事。我也曾经相信过别人的故事，最后事实证明，故事错了，哪怕大部分都是对的，但只要有一点错，那就全都错了，我们每个人都为这一点错付出了代价。"

"那我呢？小叶呢？杜蔷薇呢？"郑源叹了一口气："我们也应该为你们的故事付出代价吗？"

也许是那声叹息里的沉重感染到了吴汇，他的表情又消失了。"……我很抱歉。"他的嗓子里卡着痰，是哽咽的前奏，"我听说，死刑快判了。"

郑源一愣，他没有想过会这么快。"抱歉是没有用的。哪怕你已经打算去死，打算一命抵一命，那都是没有用的。"他的声音苦涩起来："她不会再回来了，而我，我连凶手是谁都不知道。"

吴汇低下头，声音放轻了："……我也不知道，如果这能让你心里好过一点的话。"

郑源打量着他下撇的唇角，确认他没有撒谎："但你有杜蔷薇的背包，你还叫我不要再查下去，你还是知道些什么的，袁佳树都死了，你为什么不能说？"

"因为那很危险……而且，这是我欠他的。"吴汇抬起头，眼眶里有一点湿润："郑记者，你知道什么叫一事无成吧，我这样的，我这样的就叫作一事无成。我一辈子，没本事，没用，我还……我还害了他。"吴汇抬手搓了一把脸，掩盖沁出的一滴泪："是我害他变成今天这样的。我什么都给不了他，什么忙都帮不上……我现在，能还一点是一点，我原本想换他好好地活，连这也做不到的话，至少让他风风光光地死。"

郑源愣住了，兜兜转转这么久，这才是吴汇无数次拒绝他的真正原因。他没有办法骂他荒唐，谁还没权利荒唐一次呢？但他不能纵容这种荒唐，他还没愚善到那个地步。

"可是你知道我不会停下。"郑源沉着脸捏扁了黑色的万宝路盒子："只要我活着一天，我就会追逐答案，总有一天真相会被找到的，我一样会写：袁佳树是一个瘾君子，一个杀人犯，说不定那时候我还会挖出别的什么更难堪的事实，白纸黑字，我会一个不漏地写上去，到那时候，你的隐瞒还有意义吗？"

吴汇从指缝中露出眼睛："你不会那么做的。"

"我会！"

"你不会，你可能走不到那一天就已经死了。"郑源不知道是不是自己的错觉，吴汇的声音里掺进了怜悯，"别惹他们，你尝过那个滋味的……"

那个滋味，什么滋味？断了两根肋骨的滋味，后脑勺被敲碎的滋味，亲人被肢解的滋味？他说什么？他们？不止一个人？

"你是说有个团伙？！"郑源脑子里飞快地闪过人物关系，某条无关紧要的线索突然亮了起来："……是徐子倩对不对？徐子倩、徐雪松，独生女儿，档案被销毁……这就对了……都连上了！是雪松集团，是徐雪松在后面指使的？他们还做了什么？小叶也是他们杀的吗？杜蔷薇呢？是不是？你说话啊！"

钟声响起，门锁转动，探视的时间结束了。

吴汇不发一言，双唇紧绷。

"再说点什么。"郑源闭上眼睛，十指交叉，他不怎么相信世上有神，但如果真的有的话，他希望他此时此刻能够显灵。"再说一句，哪怕一句都好……"

陌生而粗糙的掌纹覆盖上了手背，郑源抬起眼皮，是吴汇握住了他的手。

"徐子倩，她也是我们的老相识，我，还有袁佳树。"他探身向前，一字一顿，"所以我说，别再追下去了。碰到她，是我一辈子最大的错误。"

解围

一周不到，徐婷的八卦已经传遍了学校的角落。

流言蜚语是最好的友谊黏合剂，女孩子们课间十分钟结伴上个厕所的空档，已经添油加醋交换分析出了一整篇关于当事人的对白动作前因后果。性与死亡引发的天然好奇让这则故事越来越离谱和畸形，传到后来，连堕胎、染病和签协议逼婚都有鼻子有眼，个个都有"我一个朋友"亲眼见证。郑确满心焦躁，没有人来问他，他不是任何人的朋友，但他知道的比任何一个人都多。

如果他没有说，那大家又是怎么知道的呢？

就是在这一团混乱中，徐婷复课了。郑确端着早点从食堂出来的档口，正瞥见她背着书包踏进校门。

几天不见，她瘦了，小而圆的脸颊清癯了许多，眼眶也有可疑的红迹。她不再往校服下面套彩色的小裙子了，宽大的蓝白相间的运动裤遮住了所有曲线。看见郑确，她头一勾，加快脚步走开了，郑确抓不到解释的机会。

然而拖得越久，就越难以开口。到后来，事态已经发展到只要徐婷经过走廊，女生们就会自发地闪到两边，谁要是不小心被碰到了，还会夸张地啧啧出声，撣着衣角嘀咕着"好脏"。这时候只要有一个调皮男生开口起哄："狡婆精！真恶心！狡婆精的名字叫徐婷！"大合唱似的拍手应和声就会一路尾随，愈来愈响。郑确看到带头的那几个里有一瘸一拐的大东，忍不住攥紧了栏杆，可还没等他冲过去，一个女老师已经从尽头的办公室里探出头来："瞎吵吵什么！素质呢！"人群像抢食的麻雀，听到动静哄的一声散了，再想找徐婷，她的背影已经在楼梯拐角消失了。

郑确心里着急，决定今天放学后，不管怎么样都应该跟徐婷讲清楚了。他早早就逃了课躲在校门口的文具店，这里斜对着徐婷的教室，要是郑确视力再好点，甚至能看到她靠着窗边的侧脸。临近傍晚，空气格外溽热，没有顾客，老板也不打算开电扇，郑确毫不在意，他淌着汗，数着秒钟，等着她。

第一波放学的大军涌出来了。郑确的视线在缭乱的人群中穿梭着，像逆流而上的鲭鱼。

不是她，不是她，啊……这个……也不是她。

第二波，第三波，直到最后，连高三留堂的学生都稀稀拉拉地离开了，徐婷也没有出来。郑确盯着教室里灭掉的日光灯，心里也跟着暗了。他急匆匆地原路折返，果不其然，徐婷被堵在了教学楼与单车棚之间的小道上。

堵住她的人让郑确愣了一下——那是老三的女朋友，那个小太妹。

她个子挺高，梳起高马尾，嚣张的红色挑染全部露了出来，从后面看像是点起了一团火。她用力拉扯着徐婷，嘴里不清不楚地骂着什么。郑确看不清徐婷的表情，但似乎挣扎着想躲，他赶忙加快脚步，但还没等跑到足够近，"啪"的一声脆响已经贯穿了空气，是那个女生抽了徐婷一个耳光。

"你干什么！"郑确急起来，冲过去一把推开了对方，徐婷踉踉跄跄着撞到他肩膀，散乱的头发下面半边脸已经红了。

"我干什么？你问问这个骚货自己干了什么吧！"小太妹的嗓音尖锐高亢，"贱人我警告你，别想欺负我，也别缠着我男朋友，他弟弟傻，他可不傻，你再敢动一下念头，下次直接打断你的腿！"

"你瞎说什么呢！"郑确的火气冒上来，"别在这里喊打喊杀的，徐婷够可怜的了，你还想要她怎么样？"

"怎么样？哼，我恨不得她现在就死了才好呢！"小太妹咬牙切齿地瞪着郑确，不多时又冷笑了出来，"哦，看出来了，对她有意思是吧，小子，劝你多长点心，这货可不是你消遣得起的。"

她话音未落，徐婷颤巍巍的哭腔插了进来："你要的我会给你，明天来拿吧……求你……别这样了……我受不了了……"

"你还知道受不了？哈哈哈哈笑死人了。"小太妹伸手要拍徐婷的头，被郑确一把挥开，正要发作的时候，背后传来了保安的声音："那边那个！你谁！怎么不穿校服！是不是本校同学！"

小太妹转身就跑，临了转过头，恶狠狠地冲徐婷一笑："可别忘了你答应我的。"

徐婷点点头，郑确感觉到她的身躯猛地一颤。保安追着太妹擦身而过，喊骂声一阵高过一阵，郑确无暇顾及，他扶着她的肩膀，轻轻帮她撩开头发，泪水擦过指尖，郑确觉得比自己挨了打还疼。"你答应她什么了？"郑确着急地追问，"别被她勒索，不行就报警。"

徐婷捂着脸摇了摇头，声音像一片羽毛一样轻："没用的……她就是要钱，我给她就是了。"

"这怎么行！这……这太过分了，你不能这样随便让人欺负！"郑确义愤填膺，说完才发现徐婷抬眼看着他，那眼神里分明写着：让他们随便欺负我的，就是你。

郑确百口莫辩。他当然可以重复一百次、一千次"不是我说出去的"，可是有什么用呢？除了他，还有谁会知道这些呢？

徐婷缓缓地离开了他的臂弯，离开了他。

她说："如果你觉得对不起我，就帮我一个忙吧。"

"什……什么忙？"

"帮我收起个东西，放到谁也找不到的地方。"见郑确不说话，徐婷苦笑一下，"不想帮就算了。"

"不不。"郑确急切地开了口，"我帮！只要是你的事，我一定会帮！"

徐婷闻言点点头，从书包里拽出一个系着死扣的黑色塑胶袋来，轻轻搁到郑确手上。接下来她转身走了，又只剩下了郑确一个人。

"如果是过生日的话，许的愿会不会有效一点？"郑确站在了那尊圣母像下面，抬头盯着那张石塑的脸。

自从给徐婷帮完那个忙之后，她又不来上课了，而老三自从那天之后，就一直没再出现过。郑确拖着书包，漫无目的地乱逛，不知不觉居然又到了这个地方——那个慈悲的女人张着怀抱，好像一直在等他。他心里一动，闭上了眼睛。

他想要见到徐婷，想要见到老三，他想要他唯一的朋友回来，想要时间倒流回从前。

他的心愿是不是太多了一点？

石像默不作声，郑确盯着她看了半晌，自嘲地摇摇头，拖着步子走了。

他垂着头穿过街道和小巷，眼睛睁着，却什么也看不见，耳朵张着，却什么也听不见。车灯交错，模糊晃动的光斑里，他的脑子一点一点回溯到过去，回溯到他唯一拥有快乐的日子，阳光明媚，发梢映成淡金色，白衬衫鼓起的风，老三插着口袋踢踢踏踏地走在后面，喊他："喂，郑确。"

他闭起眼睛，想要再听一遍。

"郑确！"

郑确迟钝地眨眨眼，竟发现老三站在自己面前。

哦，这里原本离老三的家就不远。

一阵不见，老三好像突然长大了，虽然还是那身T恤牛仔裤，但总归有哪里不一样。也许是发型，也许是表情。郑确呆立在那里，满肚子的话忽然像被碱水泡过，涩涩的，一个字都说不出口。

如果这是他的梦，脑子里有个声音告诉他，梦醒的时候马上就要到了。

意外的证人

汪士奇抽不开身，差徐烨过来送郑源回家，车开到半路，郑源盯着徐烨的嘴角，那个向上的弧度表示有好事发生："怎么了？发奖金了？"

"哪来的奖金，要是手头这鬼案子能结倒是说不定有点。"徐烨笑嘻嘻的，手指头敲打着方向盘："哎，汪队是不是要见亲家母了啊？"

郑源一愣："啊？"

"你不知道？"徐烨瘪瘪嘴，一脸好戏没看成的懊恼："老局长昨天临下班带了个姑娘过来，在办公室里见的面，哎，你别说，虽然年纪大了点吧，那样貌还真是可以的……"

"那不是挺好么？"

"是挺好，以前啊老局长可没少操他的心，明里暗里撮合多少回了，呐，我们这几个老属下，哪个没被拜托过给介绍一个，我连我亲表妹都送过去了，有什么用啊，那小子愣是一个都没看上。"

郑源挑起一边眉毛。这倒是第一次听说。

"所以我说，女人这回事，还是得看缘分。你看，这才见第一次，已经约好了今晚上家里吃饭去喽。"徐烨笑出一脸褶子："这次要是能成啊，我们也算能松口气了，要我说，老婆孩子热炕头不比什么都强，有家了，人就消停了，省得天天支使我们团团转，查这些八字没一撇的无头案……"徐烨说到一半，突然想起来副驾驶坐着的是郑源，不管是老婆还是无头案好像都非常不适合跟他聊。他放慢了车速，尴尬地转头看了一眼："……那个……我的意思吧……"

"没事，你说得对。"郑源低头，"对了，待会儿能帮我在楼下打包个套餐么？我一个人吃，不方便开火。"

"能能能，那必须能。"徐烨如蒙大赦，亲自护送上楼，最后连钱都没要。

"那哪能跟你要钱呢！赶紧回吧！外面冷！"他大大咧咧地挥着手，一溜小跑进了电梯，郑源看看自己腿上的两菜一汤，叹了口气，关上了门。

客厅里黑黢黢的，很冷。郑源缩着脖子转了半圈，发现阳台的门开着，窗台上搁着一只烟灰缸，五六个烟蒂掐在里面——一定是汪士奇这小子抽完烟忘记关门了。他顶着风把门关上，顺手把烟缸收到餐桌上来，眼睛瞄到泛黄的过滤嘴末梢，突然鬼使神差地想起了吴汇捻起那根烟蒂的样子。

习惯比欲望更长久吗？他又是从什么时候开始习惯汪士奇的万宝路呢？

等他回过神来的时候，那截烟蒂已经到他的手里了。门锁转动的喀拉声就在耳边，他吓了一跳，烫着似的扔了回去。

"嘿，你在家啊，怎么不开灯？"汪士奇拍亮了吊灯，大踏步地走进来，温暖的黄光流泻下来，让人舒服了许多。郑源慢吞吞地脱着外套："我也刚回呢……哎，你不是要出去吃么？"

"对呀，这不是特地回来接你一趟么。"

"我？"郑源的脸颊抽搐了一下，"接我干吗？"

"接你当然是必须你在咯！跟你说，我搞到一点有趣的东西。"

"A片你自己看，我可不要陪你。"

"想什么呢你，低俗。"汪士奇拍了一把郑源的后脑勺："还记得之前我去二十三中查杜蔷薇的事吗？"

"你不是说档案都让水给泡了么？"

"档案能毁，人可毁不了。"汪士奇咧嘴："听说过那句话么，杀手也有小学同学。"

"你找到杜蔷薇的同学了？"

"不是同学，是班主任。"他得意地盯着郑源睁大的眼睛："我说了你可别笑啊，我爸给我找了个姑娘，那什么，就相亲你知道吧……咳，不过这个不是重点，原本呢我也就是敷衍一下，没想到人家自我介绍，她妈十年前就在二十三中当老师，一直到最近才退休，算算日子，杜蔷薇绝对在她的任期内。"

"你想找你相亲对象的妈查十年前的分尸案？"郑源哭笑不得："这也太扯了。"

"我也知道，要不怎么得带上你呢。"汪士奇双手合十："我知道你能说，万一闹得不好看，好歹帮忙救救场呗，再说了，有个残疾人在，人家至少不好意思跟我动手你说对吧。诶——你笑了，那就算同意了哈！"

汪士奇一拍手，风风火火地推着郑源进了洗手间，吓得他拔高了嗓门："这又是干吗？"

"收拾收拾你的脸！"汪士奇无奈地说，"你这样儿也太疲沓了，我怎么带得出去。"

郑源摸摸脸颊，是，好像住进汪家起他就没刮过胡子了，但那也不能怪他，唯一的一面镜子装那么高，考虑过他坐着轮椅的心情吗。他瞪着汪士奇弄好剃须泡沫，虚弱地拦了一把："那什么，要不……我还是自己试试……"

汪士奇笑得很不怀好意："干吗，多大的人了还害羞啊？"

"不是，刀在你手里，我害怕。"

他是真怕，汪士奇连收拾自己的脸都能次次剌出血来，他劝了很多次换个电动的，甚至提出送他一个。汪士奇虚心接受，但坚决不改，他捂着上唇的血道子坚定地说："你不懂，这是一种态度。"

郑源非常后悔，早知道当初那个电动剃须刀的钱就不省了。而且说到底也没省下来，因为同一天晚上汪士奇非要让他请客喝酒，老地方，警校后面的"1980"，从大一喝到毕业的买醉圣地。喝大了之后，两个人爬到屋顶上发疯，汪士奇蹦了两下没忍住，扒着栏杆就冲下面吐了。五分钟之后看门大爷冲上来把他俩揍了一顿——他头顶上的酒秽还冒着热气呢。郑源瘫在地上，一边挨着打一边哈哈大笑，那是他结婚前的最后一个礼拜。

"怕什么，弄不死你的。"汪士奇绕到背后，扳住了郑源的下巴，"……你别笑。"

结果汪士奇自己也笑了起来，刀锋贴着郑源的喉管抖抖嗦嗦。

"哈……哈哈……好了好了别闹了。"郑源终于消停下来："别忘了你还有正事呢。"

"啊对，再不快点可真要晚了。"汪士奇一拍脑门，手下的动作也加速了，"对了，徐烨没跟你说什么吧？"

"说什么？"

"也……没什么，他那人吧就是有点大嘴巴，爱说些有的没的，我是怕……"

"你是怕我知道吴汇已经结案了？"郑源感觉刀锋擦着自己脸颊一震，"不是他说的，是吴汇自己告诉我的。"

"嗯……哎，那什么，这案子拖太久，上头不高兴了，毕竟招也招了，结完了也算年底多了个业绩吧。"汪士奇的声音有种故作轻松的沉重，"而且……咱们把受害人当嫌疑人查，徐子倩的家人意见很大，都投诉到总局去了……"

郑源这才有点明白汪士奇的压力。他回头想说点安慰的话，汪士奇以为他要骂，急忙又给硬转了回去："不过你也别灰心啊！结案也不代表这事儿就完了，你看我这不是还能找着新线索么？总有一天、总有一天……"

"总有一天，我会抓住那个混蛋。"郑源接着他的话说了下去："总有一天，真正的凶手会付出代价。老汪，你说，世上真的有神吗？"

"啊？这……"汪士奇小心翼翼地打量着郑源的表情，他的瞳仁闪闪发亮，那是十年前的郑源的眼睛。

"我有时候在想，如果神真的存在的话，会是什么样的呢？如果只是仗着自己有神力，就在天上俯瞰我们，像下围棋那样随意把我们差遣来差遣去，那也太讨厌了，这样的神真的有人崇拜吗？"

"神当然不是因为这种原因被崇拜啦。"汪士奇抬着手，动作轻柔地修完了鬓角下方，把多余的泡沫擦在毛巾上："还是因为他们能给人帮忙吧，就像能帮人发财啦、保人平安什么的……"

"可是这些事情，人也是可以做到的吧。"郑源若有所思，手指划过光滑的下颌。"神会飞，会隐身，呼风唤雨，移山填海，凭空变出食物，让瞎子复明，死而复生，但是这些事情，现在的人已经一样接一样的做到了。动物活着只是为了繁衍，人活着却会为了信念做一些看似不可能的事情，哪怕是付出生命为代价……从这个角度来看，人才是真正的神吧。"

"唔……姑且可以这么说。"汪士奇含糊地答应着，把摊开成一团的剃须工具一一收回原位，"所以你要去当这样的人吗？"

"嗯？"

"别那样。"汪士奇的声音少有的低沉，气息里挟带着微弱的电流："我不懂什么神啊鬼的，我只是想让你活着。"

汪士奇的手落在他的肩上，掌心滚烫。郑源反手拍了拍他的手背："好了，不说这些了，时候不早了，赶紧走吧。"

第五章

最后一块拼图

你是你，我是我

吴汇的号房里加他一共俩男人，另一个是抢劫未遂故意杀人，东北人，光头，脖子比脸粗，站起来铁塔一般。他是整个号子里的隐形领袖，手黑，好勇斗狠，然而他不敢动吴汇。

谁都不敢动吴汇。

纵然他个子不高，不满一百斤的体重瘦得打晃，但是本能让号子里的人对他敬而远之——他的脸上有一股死气。那是一心求死的人才会有的脸，而这里的人，无论进来的原因是什么，活着出去才是最大的目标。作践一个想活的人是有趣，反正无论怎么作践他都依然想活，但作践一个想死的人，他很有可能拉着你一起陪葬。

在这样的精神暗示下，吴汇几乎可以在允许的范围内做任何事情。他不运动，对于吃喝也毫不挑剔，每天过完放风时间就一个人坐在床沿，不说话，也不看任何人，到点熄灯了安安静静地躺平，对于其他囚犯的骂骂咧咧充耳不闻。东北人以为他每天都睡得很熟，直到有一天半夜憋醒了起来上厕所，转头陡然对上他的眼睛，漆黑的瞳孔像两口大而圆的深井，一点光亮也无，直直地对着人，好像在聚精会神地看着什么，好像又什么都没看。

他吓得差点尿身上，骂骂咧咧地跌了两步，放完水躺回去睡了，但是第二天也并没有把人怎么样。倒是狱警找了他一次，问他是不是晚上睡不好，他扯着嘴角，权当作笑了一下，说："我很好。"

这事也就这么不了了之。

吴汇自己知道，他不是睡不好，他是不能睡。从什么时候起呢？也许就是那个姓郑的记者找上他开始吧。每次见过他回来，他就会做关于过去的梦，不是那种似是而非的，是特别清晰的梦，像是脑子里装了一台放映机，按章节自动播放，连一个眼神，一个表情都历历在目。那些画面并不可怖，但他却完全不想看，越是美好的回忆越是让他浑身发痛。据说人快要死的时候，生前的一幕幕都会在眼前过一遍。

吴汇想，这简直是二次处刑。他猜自己离死不远了，当然也不介意离得更近些。

空气里弥散着淡淡的植物香气，郑确踢着脚下的石子，想见的人就在眼前，却好像什么也问不出来了。倒是老三先开了口："你还好吧？"

郑确说："我还好，你呢？你……弟弟呢？"

老三的眼睛一下子黯下去，半天没说话，郑确知道他伤心了，不知道为什么，自己的心也跟着憋闷起来。他的眼珠胡乱转着，想要说点什么打破这种窒息感，终于眼神擦过对方脸侧，被什么东西硌了一下，声音倒是着实地惊讶起来："你打耳洞了？"

老三耳垂上的钢制耳钉反射着路灯，蓦地一亮。"嗯。"他淡淡一笑，随即又陷入沉默。

郑确不知道该不该说他撞见老三女朋友勒索徐婷的事，不过说起徐婷必然又要说到老三他弟，对于一个死去的人，郑确不想说什么让人难堪的话，虽然他确实打心底里怨恨他。要不是他对徐婷做了那种事，他们每个人现在都好好的。然而这种话，他怎么对老三说得出口呢？

郑确问："你好长时间没来学校了？"

"我之后不在这儿念了。"老三叹了口气，"出了太多事，家里也不放心，说不定过一阵子就出国了。"

出国。郑确的心脏被攥紧了。他以为现在的离别已经很难过，没想到对方还要离得更远。

"也不是不回来了，总有机会再见的。"老三踩熄了烟头，像是想起了什么，转身朝家门口跑去："你在这里等我一下，有东西给你。"

他提来了一个书包，鼓鼓囊囊的，郑确茫然地拉开拉链，里面是一沓笔记，一摞原版 CD，一个随身听。"这是干什么？"

"没什么，今后也用不着了，就……你自己要好好的。多读书，不是坏事。"

郑确一阵眼热："我不要这些。"

"为什么？"老三没料到他拒绝得这么干脆："那你要什么？"

郑确咬着嘴唇盯着老三，直盯到眼球发酸："我要那个。"他对准了老三的耳钉。

老三一愣，笑出声来："小鬼……连耳洞都没有，要这个干什么。"

郑确不说话，如果他一辈子只能任性一次，那就是这一次。他没有耳洞，他会有的，郑确上下看看，摘下了衣襟上别着的校徽，将那根尖刺掰出来，摊在手心上。

他的执拗都写在脸上，老三看着他，眼神变得温柔，他说："你过来。"他伸手摘掉了自己的耳钉，拿过那枚校徽，手指在尖端试了一下："回去擦点酒精，别发炎了。"

郑确点点头，呼吸急促起来，老三的眼神来回扫视，问："左边还是右边？"

郑确抬眼，老三的耳洞在左边，他说："右。"

老三的手指划过郑确的太阳穴，脸颊，最后压上他的耳垂，一点微凉的刺痛藏在他的指腹里。冷硬的金属破开皮肉，郑确抓着自己的袖子，眼睛里泛起一点泪：他不知道自己是为了痛还是为了离别，又或者两样兼有。尖刺撤出，换成更钝一点的痛，是那枚耳钉，细细闪闪的一点，像夏夜里低垂的一粒星。金属耳托从后面贴上肿胀的伤口，激得郑确一抖。郑确心里摇摇摆摆，听老三轻轻地说："流血了。"

他一点都无所谓。

客厅的长桌上杯盘狼藉。虽然带着个不请自来的郑源，但姑娘一家子似乎并不介意，愣了两秒就把人迎上了桌。她自我介绍叫韩雀，因为妈妈叫杨寂，爸爸叫韩静之，取寒枝雀静的意思。听着挺文静的一家人，实则一个赛一个的爱笑爱闹，一顿晚餐热热闹闹地吃到了尾声，汪士奇已经自来熟到跟姑娘他爸推杯换盏，连郑源也喝了两杯，可口的饭菜和亲切的喧嚣，温热的酒气从小腹慢慢升腾上来，这种感觉倒是许多年没有过了。酒过三巡，看完了晚间新闻的女演员杀夫案专题报道，话题终于从电视画面转移到了汪士奇的工作上。

"哎呀，这种案子算什么，小汪就是当警察的，见过的杀人放火比这厉害多了吧！"孙老爷子把汪士奇的背拍得啪啪直响："听说你也在办大案呢？怎么着？立功了没？"

"还好还好。"汪士奇摸着后脑勺傻笑："现在这个案子挺复杂的，啊，说起来，跟阿姨的工作还有一点关系呢。"

"哦？是吗？"杨寂收拾桌子的手停了下来："我一个当老师的，还能扯到你那去？"

"对啊。"汪士奇笑嘻嘻地冲郑源使了个眼色："我们的案子里有个当事人，大概十二年前吧，应该是二十三中的学生，读到高一辍学了，女孩儿，挺叛逆的那种，名字叫做杜蔷薇，您有印象吗？"

"嘶……这个好像还真没有……"杨寂晃了晃花白的卷发："我教过的学生我还是记得的，别的班的那就真不清楚了。"眼看着汪士奇脸上有点失落，杨寂忽然又补了一句："不过……有个事情不知道该不该说。"

"哦？什么事？"

"前段时间也是看电视吧，新闻里扫过去的，说是高通广场死了两个人的那个……"

郑源的酒意一下子退了下去，他看向汪士奇，对方也坐直了。

"我当时看到那个女孩儿，总觉得特眼熟，像是我带过的一个学生，当时我还挺喜欢她呢，嘴甜，也会来事儿……"杨寂眯着眼睛，脸上是想不通的神气。

韩雀伸手拍了她妈一把："都说是你看错了，名字都不一样。"她转过来对汪士奇抱歉地笑："我妈就爱瞎扯，为了这事我还去网上搜了资料，人家根本不是读的二十三中。"

郑源忍不住插了嘴："资料也不一定全对的。杨阿姨，那个人，你是说的徐子倩吗？"韩雀没再说话，若有所思地盯了郑源一眼，杨寂倒是直着嗓门笑嚷出来："对对对！就她，哎，你别说，真是有点像的，他们偏说不像……我还有照片呢，你们等着，我给拿过来你们评评理。”

郑源盯着杨寂一溜小跑的背影，心跳莫名加速了起来。

熄灯后一小时，号房里传来均匀的鼾声。吴汇坐起身来，不打算再等了。

他好像终其一生也没能掌握过自己的命运。念书的时候没人告诉他，以后大家并不会成为小说里的主人公，建功立业，名垂青史。长大了，都是蝼蚁一样的凡人，被生活的洪流推着向前，日复一日，再美好的愿景也抵不过干瘪沉重的现实。

“吴汇！还傻站着干吗！赶紧回去！”狱警“当当”地敲着栏杆，他提脚挪动，心里想着：我不叫吴汇。吴汇，只是一个花两百块买来的假身份证上的名字，他顶着这个名字过了好久，却从没喜欢过它。

吴汇，误会。他的一辈子，说白了也就是一个误会而已。唯一穿透这层误会的只有那个记者，他知道这个人不一样，也许是他意外的柔软，也许是他毫无保留的坦白，也又许只是第一次见面，他接电话的时候流露的那一点属于普通父亲的日常而狼狈的神态。他接近了他，不是高高在上的，不是面带鄙夷的，是切切实实地接近了他。如果不是自己最后的那一点执念，他甚至有点想要让他触及最深。比起那些只会一根筋跟他对口供的警察，这个记者要聪明得多，他只用一个问题就击溃了他：为什么？为什么你会为了他，走到今天这一步？

那个原因，是一个太长、太长的故事。他不想复述，他已经累了。

他选择不了故事的开头，但是至少可以选择自己的结局。

老三要回去了。

"家里不准我在外面待太久。"他有些抱歉地说，"前些天跟女朋友出去过一次，挨骂了。"

"没事的，我也该回宿舍了。"郑确冲他摆摆手，他有点想把书包塞回老三手里，没想到东西太沉，拉链被坠着滑落下来敞开了大口，里面的物件纷纷滑落，纵使他手忙脚乱地兜住还是掉了两本。老三捡起来拍拍灰递回去，那是郑确明年要学的科目笔记，由尾到头，工工整整，彩笔标注的字秀逸挺拔。郑确的视线落在封面上，眼睛突然瞪大了："咦？"

"怎么了？"老三凑过去看，发现他盯着的是自己的名字。"啊……你是不是从没问过我叫什么啊？"

是没有。第一次没有问，之后熟了就一次比一次更不好意思问。郑确的手指摸上那三个字："你弟弟叫同心，你怎么叫……"

老三转头指指背后："闻到香味了么？"

郑确抽抽鼻子，不明就里地点点头。

"那是我家种的栀子树，我妈喜欢栀子花，结婚的时候跟我爸一起栽了一棵，之后就有了我和我弟。她说，取名字的时候，用的是我爸抄给她的一首诗。"

这本老相册有着喜庆的大红封皮，烫金的迎客松和"庆二十三中建校三十五周年"几个大字已经斑驳了，一摸一手金粉。杨寂白胖的手指翻动着塑封内页："喏，看看，我当年也就三十来岁，多年轻，岁月不饶人呐……现在这些小孩子，估计都当爹当妈了。"

"妈，你赶紧的吧，别在这儿追忆往昔了，没见人眼巴巴地等着呢。"韩雀端来热茶，贴心的将把手转到郑源面前："当心烫。"

郑源点头致谢，眼角瞄到给汪士奇的茶杯被随随便便地搁在了茶几上，汪士奇带着点夸张的不满："我这杯怎么就不烫呢？"韩雀抿着嘴笑，回身在他肩上锤了一下。

这小子，倒是终于学会打情骂俏了。

这时候杨寂终于翻出了那张照片。

"这姑娘没毕业就走了，说是要出国，哎，乖是乖的，还特地过来请我吃了饭，说是谢谢我的照顾。"杨寂把照片递到两人面前："不过她当时确实闹出了点事情，那么小的年纪，也是难为她了……"

郑源与汪士奇的视线同时对焦在照片上，那是在饭店里拍的，估计是傻瓜相机，发黄的色调渲染上了轻微的模糊。画面上的杨寂比现在瘦很多，穿着老式三件套，举着杯子，笑容倒是一如既往的欢快。她的身边站着个齐肩膀高的女孩，小圆脸，长直发，一脸天真无邪。那双直视镜头的眼睛让郑源的呼吸急促起来，他控制着手的颤抖，翻到了照片背面。

在那里，娟秀的钢笔字写着一句话。

"恩师杨寂留念，学生徐婷，2004。"郑源轻轻念出了那句话。

吴汇在黑暗里闭上眼睛，手里紧紧攥着一件东西，截面已经在粗糙的水泥地面磨尖。

最后了，他想，既然已经是最后，那就不用再当吴汇了。

他默念起了一首诗，将尖头抵上颈动脉。

老三的低吟跟花香一起浮动在空气里。

袁佳树，多好听的名字，可惜第一次听到，就已经是诀别。

郑确的血喷溅在污秽的墙壁上。

危险的少女

汪士奇的面前是一壁黑红。

一张简陋的双层床，二层床板挡住了部分喷溅。床里侧高于铺面 60 厘米处有大量血迹，血迹的尖端向上，承受客体距离创口约 80 厘米，着装整齐，鞋子摆放整齐，无明显搏斗迹象。

汪士奇低头看着尸体，那是吴汇，半睁着眼睛，浸泡在自己的血里，已经停止了呼吸。

"对过口供和现场，是自杀无疑了。预估死亡时间是晚上十点左右，死因是颈动脉破裂造成的失血过多，不过这个工具嘛……"徐烨为难地举起物证袋给汪士奇看，汪士奇皱眉："筷子？"

"号房里的餐具都是严格管制的，我问过了，这些天他能接触到外界的唯一机会就是跟郑记者见的那一面。狱警也证实了，他们确实吃了一顿饭，是……郑记者带进来的外卖。"

汪士奇脚底一阵发麻。

处分当然是挨定了，原本好好的十年悬案，侦破立功，现在倒好，嫌疑人直接自杀，就算是畏罪吧，可单独见面是他安排的，自杀工具是从他朋友眼皮子底下拿到手的……这不清不楚的已经够汪士奇喝一壶了。更何况还有郑源搅和在里面。念及至此，汪士奇拳头都攒痛了，他当然相信他是无心的，谁还没有个看走眼的时候呢？可是……可是如果不是……

他想起刚刚在韩雀家的时候他的笑脸，微醺的淡红染上两颊，再早些时候，抬头看着他的时候，泛着微光的眼睛。他断然不能相信他会骗他。

黑沉沉的夜里，汪士奇的车像一道银灰色的闪电，划破沉睡的公路。

郑源的脸被电脑屏幕映得惨白。

韩雀家的晚宴在汪士奇接到一个电话后戛然而止。他几乎是用扔的把他送到家楼下就开车跑了，轮胎在水泥地面摩擦出刺耳的响声。他没有说出了什么事，但郑源已经有了预感。毕竟去局里得掉头，他车头冲着的方向，应该是看守所。

饭桌被征用成了临时书桌，上面摊了一大堆东西，电脑，资料，还有晚上没来得及吃的外卖。郑源打开笔记本，顺手推开塑料袋包好的餐盒，一点余温从指尖擦过去，居然还没凉透。

但是有些事情已经天翻地覆了吧。郑源苦笑，抽出了从韩雀家借来的照片。徐婷的样子和徐子倩摆在一起，个子更矮，下巴更圆，肤色更深些。然而样子会变，眼神却是变不了的。郑源盯着那张脸，无法想象露出这样笑容的少女已经经历过那样的波澜。按杨寂说的，她在高一时曾经遭遇过同班同学的性侵，同一天那个同学在追逐她时出了车祸，不治身亡。那个同学，叫作袁同心。

奇怪的是，哪怕动用报社内部的资料库都查不到当年的这起案件，翻遍全网，只有一个古早的匿名论坛上还残留着一点只言片语。

原呀——发表于：2004-9-7 21：30——
TT 四天没来了，有人知道怎么回事吗？

の剑风——发表于：2004-9-7 21：32——
班草也没来呀。

吱吱——发表于：2004-9-7 21：33——
什么班草，叫校草。

不甜不甜就不甜——发表于：2004-9-7 21：33——
校草是他哥。

の剑风——发表于：2004-9-7 21：40——
不会是私奔了吧？

东——发表于：2004-9-7 21：41——
你们不知道啊……

原呀——发表于：2004-9-7 21：41——
有情况！快说！

东——发表于：2004-9-7 21：45——
我妈说同心被车撞了。

吱吱——发表于：2004-9-7 21：45——

！！！

不甜不甜就不甜——发表于：2004-9-7 21：46——

！！！

不甜不甜就不甜——发表于：2004-9-7 21：46——

嘴也太贱了

东——发表于：2004-9-7 21：50——

我妈医院收的，骗你干吗。

の剑风——发表于：2004-9-7 21：51——

真私奔啊，还车祸

东——发表于：2004-9-7 21：55——

徐婷也在医院呢，我妈说，他们好像那个了

吱吱——发表于：2004-9-7 21：55——

哪个？

の剑风——发表于：2004-9-7 21：56——

纯洁的小孩不要听

吱吱——发表于：2004-9-7 21：56——
走开啦！赶紧讲，我妈要来关电脑了。

东——发表于：2004-9-7 22：00——
同心把徐婷睡了。

不甜不甜就不甜——发表于：2004-9-7 22：00——
不信！

吱吱——发表于：2004-9-7 21：01——
我也不信！明明是徐婷倒追的吧！

原呀——发表于：2004-9-7 21：01——
你这么一说……

————————

该帖子已被锁，请勿回复
……

　　袁同心，袁佳树，都不需要汪士奇去查证他就能嗅出这背后不一般的血缘联系。如果徐婷在十年前跟弟弟谈恋爱，十年后又准备嫁给哥哥，联系起她家的背景和他们共同的留学经历，猜测是徐婷带走袁佳树一起去留学都不为过。可是，明明是受害人，为什么不对加害她的人敬而远之？郑源盯着那张照片，徐子倩，或者徐婷，那双淡棕色的眼睛散发着捉摸不定的气息。她的温柔背后藏着危险。

郑源心里一动，翻箱倒柜地找出汪士奇的老通讯录，他知道这人有这个习惯，因为手机丢得勤，电话号码永远要手抄一份才放心。蓝黑墨水的数字依序排列，他的手指划下去，停在了程诺的名字上面。

他给对方发了条信息："我是郑源，想找你查一个人的死亡记录。"

一分钟之后，程诺的信息回来了："你倒是不客气。但这是户籍警察的活儿吧？"

"我认识的唯一一个户籍警察已经去世了。"

郑源敲下这行字的时候并没有什么犹豫，他只是在陈述一个事实而已，尽管这个事实让他经历了整个人生的崩塌。他知道这句话对于对方的杀伤力是一样的，因为没过多久对话框里就传回了程诺的答复，很简短，但郑源几乎能听到背后的叹息声。

"说吧，谁？"

郑源咔咔地按动着键盘："袁同心。隔得有些久，应该在 2003 年，车祸，可能不太好查。"

程诺只回了四个字："给个邮箱。"

一个小时后，郑源看到了袁同心的记录。

死亡时间不是 2003 年，死因也不是车祸。

袁同心，2004 年 6 月 20 日身亡，死亡原因为当事人脑损伤无法自理导致的不慎失重坠楼。目击证人正是他的亲哥哥——袁佳树。

郑源凝视着判定上的"意外"两个字，感觉自己正凝视着一个黑暗的深渊。

汪士奇一直折腾到早上才总算回了家。冬天天亮得晚，七点多了还是一片灰蓝，像淬过火的冷钢。一片朦胧中他瞄到沙发上有一小堆起伏，再走近一点，心脏突然猛跳起来。那个歪倒的姿势，蜷曲的手指，无意识的侧脸，几乎跟早先在牢里见到的场景一模一样。要不是汪士奇不信鬼神，差一点就要以为是吴汇的尸体回魂到他家里来了。

还好，这个人穿着郑源的衣服，胸口摊着笔记本，眼镜滑落到地板上。晨光描摹着他的侧脸，柔顺的前发散落下来，胸膛起伏，嘴唇微张着，毫无戒备——他只是睡着了。

就算只是个乌龙，汪士奇的瞌睡还是一下子醒了。他立在他身前，想想这一晚上的遭遇，越想越糟心，忽然伸出手去卡住了郑源的脖子。

郑源的眼睛睁得飞快，他以对于一个熟睡的人来说非常不科学的敏捷反握住了汪士奇的手腕，另一只手已经摸到了对方的左手小指，只要向后一掰，伴随着对方的骨折，几乎百分百能逃脱桎梏。

不过等看清楚是谁之后郑源的手又松开了，他睡眼惺忪，身子重新放松下来，在沙发里陷下去。

"让我再睡会儿……"他嘟嘟囔囔的，任由汪士奇的手又卡紧了一些，汪士奇终于没脾气了："还好意思睡！吴汇死了。"

"嗯？"郑源这下彻底清醒了，他翻了个身坐起来："什么时候的事？"

"昨天电话来的时候就已经不行了。"汪士奇一屁股跌坐在他身边："估计预谋了很久，正好踩在熄灯后两轮巡视之间，等发现的时候血都放光了。"

郑源的耳鼓里一阵轰鸣，伴随着突如其来的胃痛，像是有人在他的肚子上揍了一拳，所有的血液都涌向了头部："……谁干的？"

"什么谁干的？"汪士奇冲着他茫然的脸嚷嚷起来："不就是你吗！"

郑源瑟缩了一下："你什么意思！"

"就是这个意思！吴汇是自杀死的，颈动脉放血，知道他用什么放的吗？磨尖的半截筷子！你请他吃饭用的筷子！"汪士奇揪住郑源的衣领："他偷藏的时候你敢说你没看见？"

郑源不做声了，只是垂着眼睛看着汪士奇的手，这副逆来顺受的样子让汪士奇更来气："怎么了？哑巴了？"

"既然你都认定了是我的错，那我说什么都没用。"郑源侧过脸："我真没看见。我是最不希望他死的人，你知道的。"

汪士奇愣了一下，沮丧地松开了手，一下子瘫坐回去："……反正说什么都没用了。不管是真凶还是证人，他都已经死了。"他用手臂挡住脸，声音变得含含糊糊的："我算是彻底输了。"

寂静持续了一阵子，直到郑源把他的手强拿下来。"那也不一定，"他举起了自己的笔记本："我查出了新东西。如果徐子倩就是徐婷，那她跟袁佳树应该都是二十三中的学生，袁佳树还有一个兄弟叫袁同心，跟徐子倩同班。"

"袁同心？"汪士奇喃喃着那个名字，眉头紧锁。"你别说，昨天晚上我就觉得，这名字好像在哪儿听过……"

"如果十二年前你听说过他的案子的话。"郑源低头看着资料："杨老师说徐婷和袁同心之间发生过性侵案件，袁同心在追赶她的时候出车祸死了，但是我查不到这个案子的任何资料。而且根据记录，袁同心的死亡时间明明是第二年夏天，意外坠楼身亡，这中间到底发生了什么？"

"性侵还车祸……车……"汪士奇猛地一下蹿起来："我知道

了！"他几乎是手脚并用地冲进书房，在最底层的柜子深处刨出了一大堆记事本——那是他早年做的案件记录。"应该有的，就在这里……"他哆哆嗦嗦地在故纸堆里翻找着，抬头迎上对面郑源关切的目光："我想起来袁同心是谁了！还记得你儿子满月酒那天吗？"

满月酒？对的，那天汪士奇提早离席了，因为接了一个电话。是案子吗？好像是的，似乎自己还央求说想一起去看看……郑源心跳加速，手心里仿佛又掂到了那个长命锁沉甸甸的分量："啊……那天你说……你说……"

"延安东路车祸，现场有人报案说强奸未遂。"汪士奇举起了一个黑色革面的本子："因为伤者系红灯时违规突然冲出马路，司机正常驾驶，不承担主要责任。"他快步走回郑源身边，把那一页指给他看："被撞的那个人就是袁同心！而报案的人……"

"是徐婷。"郑源接过本子，扫过上面潦草的字迹："既然你都去了现场，为什么后来没有立案？"

"这……"汪士奇抓着自己的头发，焦躁地在客厅里转圈："我想想啊，当时应该是女方主动撤诉了，改了口供，说是一场误会。这种事情以前也不是没有过，毕竟人都撞成那样了，男方家里好像也答应赔偿，估计两家私下和解，这事就这么过去了……"

"所以是袁家给徐家赔钱了事？"郑源瞪着汪士奇："徐婷他们家什么水平你也看到了，一整栋雪松大厦都是自家地产，他们会缺这个钱吗？"

"我也觉得……当时是感觉有哪里不对来着，是什么呢？"汪士奇一把抢过笔记，飞速地翻找着："隔太久了，脑子真不好使了。"

"你再好好想想，主要是徐婷这边。"郑源的眼神再次落在那张老照片上面："相隔十几年，她在两兄弟身边分别当了两次受害人，这个概率太小了，中间一定有某种故意的成分。"

"那也说不通啊，你是说她一个姑娘家家的，难道自己去逼着人非礼她啊？"汪士奇说完这话，突然好像被什么东西噎住了，他的脸憋得通红，吓了郑源一跳："你怎么了！"

"我知道哪里不对了。"汪士奇长长地吐了一口气，手指停在一处笔记上，那两行字跟狗爬似的，孤立于其他记录之外，被红笔打上了个圈，旁边又画了个问号。"目击……证人……孙……路边摊贩……"郑源磕磕绊绊的念了半天也没扯利索，汪士奇忍不住单刀直入："就是当年一份证词，是路边一个卖冰棍的大娘说的，她说她看到了这俩人从一条巷子里追跑出来，还拉拉扯扯的，然后男的突然冲上延安东路，就被车撞了。"

"所以呢？"

"问题是顺序，"汪士奇抿着嘴唇："她说，当时女孩跑在男孩后面。"

郑源觉得脑子里电光一闪："啊……所以，并不是袁同心追着徐婷？"

"嗯，如果按徐婷的第一份口供，袁同心约她在家见面，然后发生了性侵，她挣扎着跑了，袁同心害怕她说出去所以冲在后面追她，那她怎么会出现在袁同心身后？"

"所以当时你质疑了吗？"

"提是肯定提出来了，不过当事人袁同心重度昏迷，路上除了那个大娘又没有别的目击证人，司机撞人之后都吓蒙了，根本回想不起来具体情景。这个证词只能算个孤例，可采信度不高。"

郑源的脸色一下子暗下去："那我猜……是不是等你再回去追问的时候，那个大娘就改口了？"

"对。"汪士奇挠了挠一团乱的头顶："人一把年纪了，推说一句没看清楚，我能怎么办？"

那就没错了。郑源想起自己在论坛上看到的留言，联系汪士奇的记录，几乎能拼凑出一个完全不同的故事：袁同心是班上受欢迎的男生，徐婷家有钱有势，个性也成熟，这样的女孩子倒追很少有不成功的，更何况她还并不难看。可是，倒追来的小男朋友真的那么合心意吗？如果觉得自己十拿九稳的对象似乎并不那么喜欢自己，一个女孩子会使出什么样的报复手段呢？

郑源在做记者的这些年报道了太多青少年犯罪，他知道这是怎么一回事。性犯罪是最恶劣的行为，但用性犯罪来指证甚至勒索一个无辜的人，几乎是青春期叛逆少女们最常用的手段之一。如果徐婷打算用发生关系来套牢袁同心，而后者跑掉了，那目击证人的证词就几乎百分之百成立。甚至……郑源的脑子里出现了那对少年男女的追逐画面，证词说他们拉拉扯扯，那就是有身体接触，徐婷如果在袁同心的身后，车来了为什么反而会让他突然冲出去？如果她并不是在拉扯，而是推了他一把呢？

郑源被自己的假想激出了冷汗。

时针指向上午九点，天已大亮，汪士奇去了厨房，叮叮哐哐地煮起了早餐。"人是铁饭是钢啊，天大的事情，吃完再说。"他拍拍屁股走开了，留下郑源一个人面对着一桌一地的狼藉，这堆乱七八糟的纸片估计卖废品都么不出多少钱来，但零散的线索就像细微的金沙藏匿其中，找对了窍门就能提炼出意想不到的谜底。郑源坐在地板上，将几个人的资料按顺序摆在自己身边，吴汇与袁佳树，袁佳树与袁同心，袁同心与徐子倩……最终他们形成了一个圆环，能跟他们所有人扯上关系的人，此刻就攒在他的手中。

"你觉得，一个未成年少女成为连环杀人凶手的概率有多大？"

汪士奇端着两碗面踏进客厅，冷不防迎头撞上了这句话，他手一颤，被面汤烫了个龇牙咧嘴。"别啊，一个袁佳树还不够你折腾的？现在又想把所有线索拉到徐婷那边去啊？"他飞速放下面碗，悻悻地吹着烫红了的手背："可别再吓我了，我现在非常脆弱。"

郑源面不改色地说："当事人就这么几个，案件一定是建立在他们的关系之上的，每个人都在这一串事件里扮演了角色。吴汇曾经想扮演的是一个屠杀型杀人犯。会在公共场合杀人的人都是社会的失败者，他们所做的，简单点来说就是报复社会之后借警察的手当场被杀，因为他们连自杀的勇气都没有，但又不肯被人控制和接受审判。"

"但是吴汇选择了被抓。"

"对，这就是他最大的破绽。行为是不会跟动机自相矛盾的，如果有，那就是我们弄错了动机。比如吴汇的行凶其实是在替袁佳树的杀人做掩盖。"郑源皱起眉头："但是，徐婷跟他还不一样，她应该是你们警察最怕遇到的那种人。"

甚至都不能称作人。郑源想，她是一只狐狸，母狼，或者别的什么狡猾又强悍的动物。她的冷酷是天生的，有些凶手享受亲自动手刺穿、流血、肢解的过程，有些凶手却热衷于藏在幕后，尽情品尝操纵和控制他人的乐趣。如果猜得没错的话，第一桩犯罪从高一就开始了，将袁同心推向疾驰的货车的那个瞬间，她的内心里是不是就开启了某个开关？从那以后，围绕着她的全是噩耗：袁同心坠楼、袁佳树吸毒、吴汇杀人，杜蔷薇呢？她不也曾是二十三中的学生吗？他们一模一样的玫瑰文身又代表了什么呢？还有小叶……

"徐婷也好，徐子倩也好，现在都是死胡同了。"汪士奇为难地咂着嘴："第一，人已经死了，不但死了，还烧了；第二，家人极度不配合，上次咱们去雪松大厦，她爹那样你也见识过了；第三，她生前主动改过身份，就算有什么疑点，估计早也抹平了。"

"会有突破口的。"郑源端起面碗吹了吹，大口吞咽起来："凡走过必留下痕迹，只要她还是个人，就一定会有接触过她的人。"

"有什么思路吗？同学？同事？朋友？"汪士奇在纸上随手划拉着人物关系："如果她像你说得那么聪明，估计不会轻易在这些人那里留下马脚。"

"但是她有秘密。你知道吗，根据心理学研究，人类都有说实话的自然倾向，但是秘密是不能跟熟人说的，作为替代，就会选择向陌生人透露。"

"就像有人要到匿名论坛里发自己跟老公没有性生活那样？"

"你平时没事都在看些什么鬼？"郑源笑得一口面汤喷了出来："不过大致是这样没错。我在想，如果排查亲戚朋友没什么用，那是不是可以从一些非常规的地方入手。"

"比如呢？"

"我在跟吴汇的对谈里发现了一些事情。之前我们不是查出来袁佳树涉毒吗？吴汇似乎有暗示，吸毒不是他的主动选择。"

汪士奇夹起来的一筷子面又放了回去："你是说，袁佳树吸毒也跟徐子倩有关？"

"甚至可以再过分一点。如果我们假设徐子倩是个控制狂，她从念书的时候起就在控制袁佳树，为了让他一直留在身边，她跟他一起出国，一起回国，又让他进了自家公司，给了他一份好工作。最后，她抵达了终极的占有——跟他结婚。"

"结婚也不是终极的占有吧。"汪士奇嗤笑："结了还能离呢。"

"没错。特别是对于一个踏入社会的成年男人。他有了钱，有了能力，外貌英俊，很受欢迎，面对的却是一个断送了自己亲弟弟一生的女人。你说，他会甘心一辈子做一个提线木偶吗？"

"你是说，她用毒品控制他……"汪士奇恍然大悟，一巴掌拍在自己额头上："这个想法有点狂啊。"

郑源擦了擦嘴巴："但是我们没有证据，实话说，到目前为止，一切都是建立在推测之上的。"

"所以能不能找到那个人就是关键咯。"

"对，比如，她的毒品从哪儿来的呢？她自己是不会有的，毕竟她家不是毒品加工厂。"

汪士奇眼睛一亮："你是说……去找跟她接触过的毒贩？"

"城市里的毒贩都有自己的内部网络，像徐子倩这样有钱的大鱼一定是他们的重要客户，只要能找到其中一个，就能打听出跟她接头的那一个。袁佳树吸毒不是一天两天，徐子倩应该有个稳定的'货源'，而且以她的身份和性格，为了防止互相出卖，他们之间一定有比钱更紧密的联系。"郑源捏了捏鼻梁："不过……要从哪里下手是个问题，能不能让对方乖乖开口更是个问题。"

"倒是可以去牢里找找最近收押的毒贩，不过……"

"怎么了？"

汪士奇耷拉着脸："我刚被停职了。"

郑源吃惊地望向他："……因为我吗？"

"也不能怪你，说到底，我安排你单独去见那一面就已经是违规了。"汪士奇烦躁地捶着沙发："现在正在风口上，估计找局里的朋友帮忙也不太好。"

郑源低下头，情绪也低落下来："那……那怎么办……"

"会有办法的。"汪士奇咂咂嘴："此路不通，那就再换一条。"

"你还有别的路吗？"

"我总有别的路。"汪士奇浮现出一丝坏笑："突然想起来，好像有个特别合适的人选。"

"谁？"

"你不认识。"汪士奇迅速抄起外套站了起来："等我，去去就回。"

他急急忙忙地穿着衣服，右边的袖子怎么也穿不进去，回头一看，是郑源抓住了他的袖口："带我一起去。"

"你腿还没好呢，别折腾了。"

"马上就要好了。"郑源敲了敲硬邦邦的右腿，让他看上面的涂鸦，那是汪士奇之前贪玩拿水笔写的：十二月二十八，热烈庆祝伟大光正的郑记者第二次站起来。

"忘了吗？今天是拆石膏的日子。"

他要重新站起来，亲自去抓罪有应得的人。

特殊线人

"虽然说恢复得还不错，不过再等等也不是不行的。"负责治疗的是骨科的程主任，五十出头，圆鼓鼓的脸有一种不符合年龄的滑稽，"真打算要拆啦？"

"拆吧。"郑源努力让自己听起来没有那么急迫。

"怎么，躺烦啦？"身后的小医生拿过来一把电动石膏锯，程主任接过来亲自上手，"是不是小汪太烦人了。"

"唔唔。"郑源含混地点着头。小汪当然烦人，要不然郑源就不会把他给支出去了。是，他的腿算是因为他摔折的，但是断了条腿而已，又不是退化成巨婴，汪士奇那个劲头已经恨不得把饭亲手喂他嘴里了。"您跟小汪很熟吗？"他打量着自己一点点从石膏里剥离出来的小腿，一个月没见，倒是白了不少。

"怎么不熟，他追过我女儿啊，都领家来了，说是处得花好稻好的，最后呢，掰了。哼，小混蛋一个。"

郑源张着嘴，不知道该做什么表情，他才知道面前这位是程诺的爸。

"不过烦人归烦人，心眼儿倒不坏。啊，上次也是我给你治的吧，不过你那时候没什么精神，都没跟我说过话。"

上次，就是十年前那次了。郑源脸一红："啊……对不起……"

"对不起什么啊，你也不容易。"程主任眼睛不看郑源，一只手举起来点了点额头，"这次入院的 CT 同事也给我看了，你这里阻塞的血块……恐怕情况不是很好吧？"

"也没……"

"没什么？小汪都跟我说了，呕吐，头昏，眼睛也不行了，你这次摔伤，不也是这里的问题？"程主任笑笑，"一走这么多年，现在突然回来，想都知道怎么一回事。别忘了，我是医生。"

郑源紧张起来："您……没告诉汪士奇吧？"

"命是你的，你自己决定，当年你选择不做手术的时候我这么说，现在我还是这么说。"程主任着手把石膏掰下来："我不会说出去，但是你总不能瞒到最后一天。"

"也不是我想瞒着……"郑源吞吞吐吐："您也说过，说不定是明天，说不定是三十年以后。"

"现在已经没有三十年以后了。但如果你愿意再搏一把的话……"走廊传来熟悉的脚步声，程主任马上止住话头，弯腰摸了摸郑源的骨头："试试，疼吗？"

郑源小心翼翼地把右脚踏到地上，久违的站立让他感到一点轻微的眩晕。重心一点一点地倾斜过去，站直的瞬间，断面传来模糊的钝痛，他忍不住哼了一声。

"疼啊？疼就少用点力。但是呢，路还是要走的，多锻炼，按正常姿势走，十来天就会好转了。伤筋动骨一百天，多少得忍着点。"程主任点了点他的片子，"最好能准备一根手杖，前期帮忙减轻一点负担。"

他话音未落，汪士奇就推门进来了，手里举着一根登山手杖：

"看我翻出什么来了？"

倒是难为他想得周全。

"这……不会是你当年搞的那套装备吧？"郑源一脸嫌弃："可以登珠峰的进口登山设备，最后就跟我爬了一趟凤凰岭。"

"那又怎么了？现在不是正好发挥余热么？"汪士奇满不在乎地硬塞进他手里："不要也行，出门就是老年人用品商店，给你买个雕龙画凤的，六道子降龙木，顶上再挂个葫芦就是铁拐李。"

郑源这下不做声了，他相信这人真干得出来。

出了医院大门隔着一段路才到停车场，郑源走得着急，难免一瘸一拐的，倒是汪士奇慢慢腾腾地跟在后面，表情颇为优哉："你慢点儿，线人跑不了的，这么好的天，不晒会儿可惜了。"他在难得的大太阳里伸了个懒腰，头发被淡金色的光线映得毛茸茸的："你别说，这手杖看着跟你还挺配，送给你得了。"

郑源没好气地在他屁股后面抽了一记："你还打算让我瘸一辈子？"

"怕什么，华生不也瘸了一辈子么？"

"我是华生？你不会觉得自己是福尔摩斯吧？"

"怎么啦？"

郑源的嘴角忍不住上翘："没什么，这笑话挺好笑的。"

他其实一点也不介意当华生，以前的案子里，冲出去抓人的一直都是汪士奇，他只负责现场采访写报道，打辅助打惯了，乐得清闲。说起来他们破的第一个案子还跟手里这手杖有关呢，那时候他们多大？十六岁？十八岁？郑源的手指从防滑的手柄纹路上擦过，暖和的阳光像只猫趴在他的背上，让人舒服得想睡，他没说出来，但心里还是摇摆了一下：不然活着也行，下半辈子有姓汪的在旁边打打闹闹地过，也算不得太坏。

还没等车开到目的地，郑源的念头已经彻底打消了，他黑着脸瞪着窗外："这洗头房密度有点大啊。"

"扬州小妹，莞式服务，丰俭由君，可开发票。"汪士奇一脚刹车踩下去，贼笑着停了车："怎么样，开眼了吧。"

郑源在一片迷离的霓虹灯招牌下皱起了脸。不到五百米的小路被大同小异的二层民宿塞得满满当当，一水儿的玻璃门脸，暧昧的粉紫色顶灯，廉价布艺沙发正对着路口，上面瘫着几个小妹，吊带裙下的身体毫不掩饰地散发着肉荤气。天色未晚，小妹们还没到开张的时候，各自面无表情地低着头玩手机，倒是门外的掮客反应很快，一个低头就窜到了面前："两位帅哥找妹妹吗？来这边来这边，包你满意，漂亮大方手法好……"

郑源尴尬地往后靠了靠，汪士奇嗤笑了一声："这你倒没胆了。"他叼着烟，神气地给人晃了下警官证："叫你们美琪出来一下，没什么大事，别声张。"

掮客的笑脸一下子垮了，没再多说什么，迅速转背进了里屋，没过多久，美琪围着一身皮草踏了出来，脚下的皮鞋踢得震天响，走近了才发现一边脸红了，隐约能看见一点指印。

"这是怎么了？"汪士奇伸手指着美琪的脸颊，被她啪的一把拍开："不就是你祸害的。"

"我？"

"哼，装得还挺像。这位警官，行行好成不成，您老这么来，我们这买卖还做不做了？"

"第一，我这才找你两次，第二，买卖可以做，而且非常好做。"汪士奇从钱包里点出三百，想了想，又添了两张："去车上，我们聊两句。"

美琪的眼神立马软了下来，她把钱塞进自己饱满的胸罩里，夸张地一撩头发："行了，想听什么，姐姐保证给你说个够本儿。"

郑源愣愣地看着美琪夸张扭臀的背影，汪士奇嬉笑着拍了他一把："喏，这位就是我们的线人。"

按美琪的说法，这一带的小妹沾粉的不少，有的是贪玩，有的是无聊，更多的是被捎客坑了——抓着点把柄，好控制。小妹们的"货"都来自东哥，一个标准的南城混混，无正当职业，年龄不详，真名不详，目测不到 30 岁，左腿微跛。"哎，也是个不要脸的，从我这里挣钱，还要从我这里揩油。"美琪露出嫌弃的表情，低头玩着自己的头发梢，染成紫色的一缕在通红的美甲上绕来绕去，像一条不安分的小蛇。

"那次你撞见吴汇逃跑就是在跟东哥交易吧。"汪士奇翻看自己的笔记："你当时报案说的'耍流氓'，其实是大东对你动手动脚了？"

"这个嘛……"美琪一脸说走了嘴的懊恼，"男人还不是都一样，谁耍流氓那还不都是耍嘛……"

"等等，你见过吴汇？"郑源一下子转过头来，美琪一惊，狐疑地上下打量着他。

"别怕，这是我兄弟，记者，不是警察。"汪士奇主动跳出来介绍，美琪打量的眼神非但没停下，反而更多出几分玩味来："啧，汪警官，你这小兄弟也挺登样的嘛！"

郑源迅速把脸转了回去，美琪笑得更大声了："这就害羞了？哎呀，好玩好玩……"

"劝你别逗他，不是个爱撒气的人，撒起气来可就不是人了。"汪士奇捏了捏郑源的肩膀："你想问什么来着？"

"我想知道她见到吴汇那天的细节。"郑源话一出口就有点后悔，用第三人称等于自己丧失了直接提问的勇气，为了证明自己还是个合格的记者，他又补上一句："你见到他的时候，他在干什么，你在干什么，跟你交易的那个男人又在做什么？我要细节，越清楚越好。"

美琪为难地皱着眉："这都多久了，哪还能记得那么清楚！喏，就是这附近，荷花巷，我跟东哥平时一直约在那里取货的，怕有人抓，一个拿钱一个拿货，只碰一下手就走。那天那个死鬼也不知道中什么风了，非要拉我去巷子里面，掏了把刀出来吓唬我，上来就要弄，那我当然是害怕的，一下子叫起来，就听到里面哐啷一声，大东拖着我往里瞅，就看到那个男的在那边脱衣服，然后他也一吓，撞在钢筋上，然后就跑了……"美琪说到这里突然停住了，眼睛翻上去直直地盯着车顶棚，突然，她"啊呀"一声叫了出来，把前座的两人吓了一跳："对了对了，想起来一个，这么说来是有点奇怪……"

郑源竖着耳朵等了半晌，美琪就跟被按了定格似的，似笑非笑地停在那儿，下面的词儿就是吐不出来。"你怎么了？"他莫名其妙地转头，却看见美琪凑过来捻了捻手指，汪士奇叹了口气，打开钱包又塞过去两张。美琪皱起鼻头一笑："谢谢老板。"

"我不是你老板，想起什么了，赶紧说。"

"说就说，谁怕谁啊。"美琪拉了一把滑下肩膀的皮裘："东哥呀，好像认识那个男的。"

"你怎么知道的？"郑源声音轻微发颤，这次真是撞大运了。

"刚不是说了那个男的吓到了要跑，我想起来了，那时候是东哥看见了他的脸，脸色一下子变了，他叫了一声，那男人也看到了他才跑的。"美琪压低了嗓门，有样学样地吼了一声："怎么是你！"

"所以东哥想去追吴汇，你就是趁这时候报的警吧。"汪士奇敲打着笔记本："倒是挺聪明，知道直接打派出所电话。"

"打110还得等转接呢，这不是快么。"美琪点了一支细细的女士烟，泛蓝的烟雾像面纱模糊了她的五官："干我们这一行，不机灵点怎么行。"

"那正好，展示你机灵的时候到了。"汪士奇微笑着合上笔记本："帮个小忙，把东哥钓出来吧。"

美琪转身就要去开车门，可惜晚了一步，门锁跳起的咔嗒声比她拉开把手的动作快了不到一秒。

"大哥，我一个小姑娘能帮啥啊，饶我一命行不行？"美琪几乎是在同时换上了娇滴滴的哭腔："我现在都改了，不碰那东西了……再说了，上次我都报过警了，人家肯定记着我的仇呢。他是一段时间不出来了，但要真碰上了还不得弄死我……"

"不帮也行，正好你也在车上，咱们直接局里见吧。"汪士奇干脆利落地打着了火，脚下的油门跃跃欲试："我想想，首先该告你个啥来着……嗯，勒索警察还是报假警呢？"

美琪攒着汪士奇给他的纸币，一副想扔他脸上的架势："算你狠。"她恨恨地把烟蒂直接怼在前座的靠背上："先说好，出了什么事，你可得负责给我兜底。"

"我办事你放心。"汪士奇打了个响指："走吧，等我们到了，时间应该正合适。"

"什么时间？"郑源不解地转向汪士奇，后者笑眯眯的替他系好了安全带。

"开房的时间。"

做局

那个男人抵达夜玫瑰时钟酒店的时候已经迟到了二十分钟，他倒是并不着急，反而先慢慢悠悠拐进了旁边一家昏暗的小门面。电子录音的感应门铃响起机械干瘪的"欢迎光临"，柜台后面一个老头子放下报纸，慢吞吞地站了起来："套还是药。"

"药，猛点的，越猛越好！"他咧着嘴，牙齿反射出一点寒光。那个小婊子还敢回头来找他，怪不得都说吸毒的为了一口粉什么事都做得出来。她既然不怕死，他当然也就不用客气了。

地方是他约的，但她必须先到，这是他最近才有的习惯。没办法，带头老大突然转向地下，他也只能躲躲藏藏地谨慎行事。生意难做了，女人更是没处找去，今天一炮双响，看来是要转运了。

他揣好了印着"威猛神油"的药瓶，按照微信上给的房号直上五楼。她有点急了，连发了好几条来催，其中一条还是自拍的照片，胸脯和腿在床单上白得耀眼，男人得意地捏了捏口袋里的东西，除了药，还有一包"货"，这一次他打算翻倍卖出去，就当作上次她不听话的报复。

他在污糟的化纤地毯上蹭了蹭鞋底，推开了那道木门。

然后他得到了也许是有生以来最热情的一个背后抱——来自一

个男人。那人肌肉饱满的手臂从背后绕过他的脖子，只需要轻轻一收就能听到自己颈骨被压迫发出的"咔咔"声。他不敢乱动，只听见一个声音低低地在他耳边炸响："东哥是吧，幸会。"

他第一反应是碰上了仙人跳，暗骂那个小婊子居然敢跟他玩这个，看样子今后是不打算在他眼皮子底下混下去了。等被推进了房间他又迷惑起来：床边坐着另一个男的，身形瘦削，手边摆着一根登山杖，见他进来了，甚至还微微点了点头以示礼貌。看这架势是要谈判吗？可是这人也脸生，不像是打过交道的样子，难道本地又有什么新势力起来了？被按在对面的椅子上他还在胡思乱想，直到感觉自己的两根大拇指被类似塑料扎带的东西从背后扣住，然后那个高大的男人——大概是个打手——从后腰摘了一副铐子下来。他的眼睛瞪大了。

"你是不是在想，既然有手铐，那还绑你干吗？"男人咧了咧嘴，把两个钢环叠起来捏在手里，冷不防一拳捣在了他的肚子上，横越过指关节的一弯金属给他带来了前所未有的剧痛："大哥大哥，我错了，有什么过节咱们好好说，冤有头债有主，我大东有什么地方得罪了还请大哥明示啊！"

"你的名字。"拄着手杖的男人面无表情："全名。"

这是干吗？查户口吗？他一边痛一边茫然着，还是顺从地答了："郭立东。"

"年龄。"

"28……不是，大哥，要问啥您直接问得了，您看您时间也挺宝贵的……"身边人手里捏着的铐子威胁性的喀拉一响，剩下的半句马上被他生咽了下去。

"十年前，你是二十三中的学生吧？"对面的人掏出个手机翻看起来："认识一个叫袁佳树的人么？"

郭立东愣住了，他没想到能在这儿听到这个名字。

"你……你怎么知道的……"他的呼吸急促起来，分不清是愤恨还是害怕："你们也是她派来的？"

"他？谁？"

"她啊！袁佳树他老婆！"见人没有点头，郭立东又糊涂起来，"不然……你是替袁佳树来寻仇的？"

"哦？你这么觉得？"那男人挑起了眉毛："那你倒说说，你们俩有什么仇？"

倒也算不上什么仇。都是一个学校的孩子头，凑堆按辈分拜把子，他老二，袁佳树老三，那人平时不太跟他们混，不过球打得好，还有个混社会的漂亮女朋友，地位是不差的。他从什么时候开始讨厌他的呢？大概就是他偏袒了那个小鬼开始吧。说起来那个人，郭立东忍不住啐了一口，倒了血霉才碰上这么个货色，平时一副谁都欠他两百万的死人脸，自己不打，换一拨人照样会欺负他的，凭什么偏偏就是自己赶上了，被他扎了一刀，伤到腿部神经，从此以后一走路就发麻。

"得亏那小子后来辍学跑了，否则当时就得废了他的腿，伤我一条，废他一双。"郭立东咬牙切齿。

对面那人的表情也松动了："伤你的人，叫什么名字？"

"叫什么来着……哦，姓郑，郑确，比我们低好几届。"他话音未落，那个打手模样的人浑身一震，立刻掏出手机边拨电话边出了门，郭立东盯着他的背影，更加莫名其妙了。

"别看了，老老实实把后面的事说完吧。"男人握着手杖，轻轻把他的脸拨回来："这玩意儿是 80% 碳纤维，比钢还硬，他不在，我一个人也能废了你另一条腿。"

他声音里有点漫不经心的柔软，郭立东抖了一下，之前他只听过一个人这么说话。

"我要他死。"那个女人斜倚在沙发上，香槟色的衣料熨帖地包裹着曲线，一粒独钻坠在纤秀的锁骨间，她比起在学校的时候漂亮了不少，要不是那张嘴里软绵绵地吐出来那句话，他差点都动心了。

"你这家大业大的，要做了个把人还不容易，这还用找我？"对着她雪白的脸，郭立冬莫名泛起了一层鸡皮疙瘩，他赶忙转头环顾着奢华的办公室，桌上正对着他的就是她和她男友的合影，徐婷和袁佳树，哦不对，应该是徐子情和袁佳树，她亲密地搂住的那个男人，正是她要送进黄泉的对象。

徐子情摇摇头："我要他慢慢地死，一点一点地死，最好是熬不住的时候，自己了结掉。"她上挑的凤眼抬起来，淡色的眼珠迷蒙又多情："我知道你有货，不然张焕也不会发你过来。"

"我说呢，焕姐都发话了，一定是个大人物，没想到居然是你。"郭立东干笑着锤了锤麻痹的左腿："既然是老同学，算你个友情价。"

"不用了，我照行价给，另外再加这个数。"她推过一张支票，一连串的零看得郭立东直头晕。"我只要你办一件事——最后一次，给他个不一样的。"

郭立东明白了她的招数：上瘾之后开始给掺水的，吃不饱就会自己加量，等养成了习惯，最后一次换个高纯，打进去几乎百分之百要出事。他不明白的是她为什么要这么做。

"毕竟是要结婚的准老公，就算偷个腥出个轨也不至于这样吧？"

"我得不到的东西，就必须毁掉。"徐子倩并拢水葱一般的手指，若无其事地欣赏着新做的美甲："倒是你，你帮他说话做什么，你这腿怎么瘸的，这么快就忘了？"

郭立东后槽牙当时就痒了起来，这事儿不能提，提起了他就来气。他黑着脸一把薅过那张支票，恶狠狠的塞进兜里："成交。"

徐子倩嫣然一笑，食指轻轻点住了郭立东那条伤腿的膝盖："收了钱，这事儿可就得办漂亮了。不然……"她没把话说完，只是牵扯着嘴角扩大了笑容，尖利的虎牙露出来，像一匹嗜血的野兽。她站起来袅袅婷婷地走了，镂空的后背衣料里隐约透出一朵玫瑰的形状。郭立东在原地呆坐了很久，他不是不想走，是不能走，他被吓坏了。

这辈子撞见这么个女人，真是活见鬼。

玫瑰之名

"查到了！就是他！"汪士奇风风火火地撞门进来，把手机屏幕亮给郑源看，那上面是郑确的身份证照片，与吴汇九成九相似，差的那一点是苦难的痕迹。

"我这边也差不多了，不过，还需要再找到一个人。"郑源点点头站了起来："边走边说。"

"哎哎，大哥，你们这问也问了审也审了，捎带把手给我放了行不行？"见他们要走，郭立东哭丧着脸在背后号了起来："我这手都麻了！"

"想松绑啊？行啊。"汪士奇笑眯眯扶着膝盖凑近，手探进他上衣的里怀兜，摸出一包白色粉末和一个药瓶。"嚯，装备还挺齐全的。"他掂了掂那个塑料包，"知道这个分量够你枪毙多少次吗？"

郭立东瞪大了眼睛。

汪士奇拍拍他的脸，把塑料包放了回去，接着拧开盖子，把一整瓶药水都倒进了他的裤裆里。

"你干吗！你疯了你！救……"他还没喊出声，已经被汪士奇反手一记敲昏，扔到了床上。

"有点过了吧？"郑源皱着眉头看汪士奇给郭立东脱裤子松绑，还不忘把自己的指纹给擦干净："你小子得亏当了警察，要不然真不想认识你。"

"你懂个啥，咱们现在是暗中行动，每一步都得想清楚。"汪士奇收拾完了直起腰来："反正也不是什么好东西，这点苦头还便宜他了。"

他转身去敲了敲卫生间的门。

"干吗呀！"美琪偷偷摸摸地掐着嗓子开了一条缝："不是说好了不暴露我的吗！"

汪士奇一侧身挤了进去，反手关上了门。"你手机呢？"

美琪不动，汪士奇又把手朝她脸前伸了伸，终于让她不情不愿地掏出来交到他手里。汪士奇转身拨通了第一个快捷键，那是片区派出所的报案电话。

"你干吗！"美琪急得上手就抢，被汪士奇反拗着手腕压住："现在就报警，告他贩毒加强奸，你知道怎么弄。"他赶在接通之前说完了最后一句："已经到这一步了，你不弄他，他迟早要弄你！"

美琪一下子挫败下来，她停下挣扎，慢吞吞地接过电话："……喂？有人吗？救命，我要报案……"

报警用了不到一分钟，她却好像说了一个世纪。电话打完，人已经顺着墙根瘫下去："我这辈子算是完了。"

"不，你这辈子才刚开始。"汪士奇摸出钱包，递过去一张银行卡："这里面有五万块，密码800210，够你过一阵子了。"

美琪一脸难以置信，她摩挲着那张银行卡："你这又是干吗……"

"趁这个机会，别做这一行了，出去换个地方好好过日子吧。"汪士奇笑笑，"你这么机灵，今后肯定能混好的，别再自己作践了。"

美琪没说话，忽然向前一步，死死地抱住了他："……你，你怎么这么……"她把脸埋进汪士奇的胸膛，声音里染上了哭腔："信不信我现在就把你给睡了！"

"好说，好说。"汪士奇笑着在她的背上拍了两把。"我得走了，你自己保重吧。"他转头又补上一句："今后找个靠谱点的男人嫁了，这个算我给的礼金。"

美琪飞快地转过背去，啜泣着点了点头。

"如果说吴汇就是郑确，那这些人就都能穿起来了。"飞驰的车里，郑源用水笔划拉着笔记："2004年，郭立东在二十三中读高三，袁佳树跟他同年级，徐子倩也就是徐婷那时候在高二，而吴汇，也就是郑确，在同一年转进了这所学校的初三。"

"原来他也姓郑。"汪士奇咂舌："怪不得一开始只跟你说话。"

郑源的心里也五味杂陈："不光是这样。他当时会开口，是因为他知道了我是单亲家庭，有个刚转学的儿子。现在回想起来，估计是联想到过去的自己，感同身受吧。"

"说起学校，韩雀也在她妈那儿找到了新东西，搞半天袁佳树还代表校队出去打过比赛，这是当年的照片。"汪士奇一只手掏过手机扔给郑源，里面是韩雀翻拍的相簿照片，还是高中生的袁佳树身材挺拔，球衣上印着一个硕大的24号。"别忘了还有袁佳树的弟弟袁同心，往前一年他跟徐子倩是同班同学。"汪士奇边开车边补充："还有杜蔷薇，按时间算，那时候已经辍学了，但之前她也是二十三中的学生。"

"嗯，按郭立东的说法，郑确的学生时代受了袁佳树的很多照顾，也许这也是后来他会主动照顾吸毒的袁佳树的原因。"

汪士奇挠挠头顶："但是还有很多疑点，比如，杜蔷薇为什么会被分尸，还有，小叶跟他们又有什么关系？"

"约翰·道格拉斯曾经写过，发现尸体时的状态透露出凶手对被害者的态度。尸体被抛弃在路边，暗示凶手轻视被害者，特别是女人。"郑源盯着黑暗中不断后退的街景："如果我们假设这件事是徐子倩干的……"

"一百斤的尸体，杀人肢解加抛尸，她一个女人能办得到吗？"

"她不是亲自动手的类型，联系她家里的黑道背景，找几个帮手是很容易的事。"郑源举起两张玫瑰文身的照片对着车灯，一个是十年前的杜蔷薇，一个是十年后的徐子倩，那图案仿佛拓印的一般，但是隐隐的又有哪里不一样："你有没有想过，这个文身到底怎么回事？"

"那个玫瑰？"

"对。就像一个诅咒。"郑源眨眨眼睛："现代总把玫瑰看作爱欲的象征，但追溯到古罗马神话，玫瑰代表的是沉默和秘密，在基督教义里，玫瑰指代殉难和圣母，中世纪传奇里，玫瑰暗示贞洁少女。《玫瑰的名字》里有一句话写在手稿结尾：stat rosa pristinanomine, nomina nuda tenemus。说的是，昔日玫瑰已逝，我们只拥有她的名字。"

"杜蔷薇的玫瑰文身不就是因为她的名字吗？至于另外两个

人……"汪士奇挠挠头:"我倒是没想得像你这么多。"

"你想得也许没错,是我多心了。"郑源的眼前恍惚出现了一片荼蘼的玫瑰花海,开在少女延绵的肉身上,吞噬着鲜活的灵魂:"只是换一个角度看,巧合也许是一种混沌因果学,拥有肉眼不可见的内在关联。这俩人的玫瑰是黑线钩边,填充红色,图案也很相似,小叶的图案不像,但我记得她的文身上打雾的明暗对比,手法跟徐子倩的文身非常接近。"

"一个图案相似,一个手法相似吗?"汪士奇若有所思:"图案相似可以解释为模仿,手法相似就是共用了文身师傅了吧。"

"对,就是模仿。我在想,这是不是杜蔷薇被害的原因。"

汪士奇挑眉:"你是说,徐子倩因为杜蔷薇跟她有一样的文身所以杀了她?"

"不。首先,杜蔷薇的文身应该比徐子倩要早,她家境贫寒,估计也去不起好的文身店,以前比较老式的墨水纹完了之后是会慢慢褪色的,就像这样。"

车已经驶到地库,汪士奇赶忙停稳,接过郑源手里的照片,果不其然,那黑色的描边已经全部褪成了发乌的靛蓝。而徐子倩的文身黑红分明,像刚转印上去一样鲜艳。

"所以,与其说是一样的文身,不如说是徐子倩模仿了杜蔷薇的文身。"

汪士奇摩挲着照片上那个图案,脑海里莫名闪过杜蔷薇的遗物,红色人造革的挎包里放着科比的贴纸,袁佳树穿着篮球队服的影像瞬间叠加上去,24号……24……

要穿起他们只有一个解释:袁佳树崇拜科比,而杜蔷薇爱屋及乌。

"啊！如果杜蔷薇是袁佳树的女朋友，那徐子倩的动机就完全说得通了。"

"嗯。年轻人的爱情本来就比较偏执，加上杜蔷薇个性这么叛逆，估计不是骂两句打两下就能劝退的，这种态度很容易激起施虐欲。"

"然而杀了杜蔷薇，袁佳树也并不会爱上她，所以她才想尽办法变成杜蔷薇。"汪士奇恍然大悟，那个文身，那五官微妙的调整，都是在试图模仿她无法取代的那个女孩——你不爱我，我就变成你爱的人的样子。

但是，即便如此，还有一朵"玫瑰"没有解决，如果说徐子倩和杜蔷薇是感情纠葛导致的私人恩怨，那小叶呢？

像是接上了他的脑波似的，郑源开了口："至于小叶……"他咬了咬嘴唇，让自己尽可能说得平淡些："刚刚郭立东说，他是张焕指派去找徐子倩的。"

"张焕？"汪士奇一愣，猛地转过脸来："张焕不就是那个……那个……"汪士奇捏着方向盘的手兴奋得发抖："我记得她！我见过她！你知道吗？她就是那天跟小叶在一起的那个不男不女的……"

"我知道，"郑源干巴巴地咳嗽了一声："……我也见过她。"

小叶到底爱不爱自己，郑源已经懒得去搞明白。

他可以为自己在小叶身上的执着找出一百二十个恰如其分的理由：原生家庭的不幸福导致安全感缺失，长辈混乱的情史养成了对异性的洁癖，相似的身世和成长环境产生的共感效应，典型的 E 型人格让他习惯了先保持距离观察对象，一旦对方被纳入心理上的安全区域后又会完全放松警惕。

又或者简单点来说，他只能爱她，死心塌地的。在小叶之前，所有女人都是可怕的，难以揣测，不可亲近，周身长满神秘的刺。但小叶不是，从球场看见她第一眼开始，郑源哪怕转开了脸，那个明亮的笑容还是牢牢地烙在视网膜上面。她是他的初恋、朋友、妻子、妹妹、母亲、老师，拥有几乎一切他喜欢的品质：温柔、聪明、细腻、知冷知热。被她垂青让郑源在很长一段时间里坚信自己是世界上最幸运的人。虽然后来时间长了，再热烈的感情也难免起伏，但郑源从没想过他们会分开。"总是会结婚的。"他对当年的汪士奇说："不过现在还有点早，总之等先毕业，多挣点钱……"

命运没有给他等待的时间。

大三暑假，郑源在报社旁边租了个房子，《法制周报》的实习工作充实而忙碌，天天跟着负责带他的老记者卓一波跑新闻口，白天看现场晚上写稿子，时不时还有同一批入社的实习生们凑份子开局喝大酒。半只脚踏入社会的新鲜感太过强烈，女朋友就从关注的中心区退出去了一些。郑源跟小叶商量过要不要过来一起住，她只待了两个小时就捏着鼻子走了——二十来岁男孩子的房间，确实不是什么久住的好选项。

之后就是短信电话，断断续续地联系着，周末一起吃饭，她的眼睛专注地盯着手机。"有事？"他挟了一筷子鱼肉放到她嘴边，事先挑掉了细刺和葱。"等个通知。"她头也不抬地张嘴接了，答得含含糊糊。接下来卓一波的电话打了过来，郑源喷了一声，忙着应付工作，也就没再问下去。

没过多久，小叶生日快到了。郑源实习工资加外快断断续续存了五千多块，他想了想，打算给小叶买点什么，算是生日礼物，也算这阵子怠慢了她的赔礼。他在商场首饰专柜逛着，明晃晃的黄金珠宝看得他眼晕，好不容易挑了一个，交完钱正选包装呢，手机火急火燎地响起来，郑源打开一看，眉头已经皱起来——是程诺。

这女的算是小叶以前最亲密的朋友，但郑源却几乎不跟她打交道。谁让她天天的见了自己就跟见了世仇一样，脸上结霜话里带刺，不友善得很。小叶的心思玲珑剔透，大概是为了照顾他的情绪，两人好上之后她跟程诺也慢慢疏远了。她居然会给我打电话，太阳真是打西边出来了。郑源一边腹诽一边按了接通键，电话那边的声音有一点不易察觉的慌张："郑源，你去一趟洋河公寓1035吧。"

洋河公寓？郑源摸不着头脑："去那儿干吗？"

"……去找小叶。"程诺吞吞吐吐："你去，说不定有用。"

通话突兀地断了，郑源拿下来一看，电量告罄。他的背后莫名渗出一片冷汗。

洋河公寓是一片商住两用的小户型，因为盖在大学城附近，配套设施也高档，已经变成了有钱的学生在外租房的第一选择。别人也就算了，小叶住到那里去干什么？郑源急匆匆地赶到1035，捶了几次门，没动静。他急起来，转头去敲隔壁："有人吗？见过隔壁的人吗？是不是有个姑娘住在这儿！说话啊！"

动静闹得有些大，走廊上三三两两地探出头来，一个粗狂的男声开始骂："瞎嚷嚷什么呢！失心疯了！再闹报警了啊！"

郑源满肚子火，刚要回嘴，背后 1035 的木门吱呀开了一条小缝："老郑，别闹了……"

那是小叶，披着头发，穿着睡裙的小叶。红润的双颊就像第一天见到的那样美，然而他第一天见她的时候，可没见过肩膀上那些暧昧的痕迹。

他气急败坏地推开她进去，就这样第一次见到了张焕。

她坐在沙发上，个头挺高，铲青头皮。面前是沏好的正山小种，郑源大踏步闯到面前，她头也没抬："坐。"

她背后站着两个男人，一样的铲青头皮，黑脸膛，手臂上青筋虬结着肌肉，仿佛随时要爆裂开来。郑源不动，其中一个走了过来，照着他肚子上来了一拳，硬给按了下去。

"郑——"小叶一吓，声音卡在喉咙里，踏过来的脚步被另一个男人生生截断。郑源勉强一抬手："我没事。"他强迫自己忍住呻吟，直视对方的眼睛："你是谁？"

张焕手里摆弄着一把雪茄剪，寒光反射到郑源的眼睛里，刺疼。"你又是谁？"

"我是她男朋友。"

"男朋友？哼，行，你真行。"张焕扬起一边眉毛，冷笑着去看叶子敏，她不说话，脸低下去藏到滑落的长发里。"没关系，我都可以不计较，反正来一个，废一个。"郑源头皮一紧，刚想闪躲，背后的男人已经一把勒住他的脖子。张焕大踏步踩过茶几，忽然抓住郑源的右手，雪茄剪的齿洞一下穿过了无名指，郑源屏住呼吸，眼睁睁地看着刃口就要切入皮肉……

"不要！"叶子敏凄厉的叫声穿透了客厅。张焕的手停住了。

"焕哥，别……求求你……"叶子敏跪下来，抱住了张焕的腿：

"我错了。我会跟他讲清楚……你……你别……"

郑源心里一片冰凉。他猜自己脸上的表情肯定很绝望，因为对面的张焕突然大笑起来，伸手拍了拍他的脸。

"小子，跟我抢女人，你还不够格。"

他保住了手指，却没躲过一顿拳脚。之后他不知道自己怎么回的出租屋，只知道天是灰的，地是灰的，源源不断的痛从心腹一直涌到皮肉。世界像一个劣质的塑料模型，他擦了一把嘴角的血，倒在床上，昏昏沉沉地睡了过去。

再醒来已是午夜，雨声隆隆，潮湿的水汽挟着风从窗外喷涌而入。朦胧中有谁打开了灯，突如其来的光线刺得眼睛生疼。一只手抚上脸颊，他条件反射地伸手，将对方的上臂捏得死紧，指甲都陷进了白嫩的皮肉里。对方一惊，几乎是立刻就哭了出来："老郑……你别这样……"

郑源清醒过来，他坐起身，看着对面的小叶。她从头到脚都湿透了。

他给她烧水洗澡，擦头发，找换洗衣服，煮姜汤。他不说话，小叶也不开口，沉默一直持续到后半夜，小叶把湿衣服拿去洗衣机，没过多久又折了回来，手里多了个四方的红盒子。她说："给我的？"

郑源的嘴里涌起一阵苦涩，半响之后才轻轻点了点头。

"对不起……亲爱的……对不起……"小叶的眼眶红了，她上来抱住他，把脸埋在他的颈侧，暖融融的发香蒸腾起来，郑源忍不住伸手摸了一下，又一下。

她是多好的女孩儿啊，好到他都不相信她会属于自己。她是天上的月亮，水里的花，爱上她注定要付出代价。就算她是骗我，郑源心想，起码她愿意骗我。那我呢，我愿意被她骗一辈子吗？

"那个人，她是谁？"

"……啊，她，她跟我其实一直都……"小叶还没说完，郑渊一把推开她打断："我不要听这个，我问你，她是谁？"

"她叫张焕，是一家酒吧的老板。老郑，你听我说，要不我们还是……"

"够了，不要说了。"郑源抱住头，小叶低头看着他的头顶，两个发旋一左一右，像两个小牛角。她从前笑过他，看着软，脾气比牛还倔，着急了八匹马都拉不回来。现在恐怕就是那个再也拉不回来的时刻。

叶子敏叹了口气，转身要走，手却被一把攥住。她诧异地回头，看见他深吸一口气，打开了那个盒子，一枚镶着细钻的戒指在里面闪着微光："嫁给我吧，毕业我们就结婚。"他说。小叶低头，怔怔地看着他，满眼的难以置信。

"可是我……"

"我不管你以前怎么样，既然我们在一起了，那就证明我们是合适的对吧？"叶子敏张了张口，声音被郑源急匆匆地压过去："你听我说！你先听我说……我们这么长时间，你也是开心的吧？你还带我去见了你妈妈，说明你也是想过以后的吧？你……就算你不为我考虑，你想想你妈妈，想想你自己……阿姨之前说，她花了多少心思，砸锅卖铁地把你养大，你还是警校生，你……你以后真的打算跟那种人过一辈子吗？"

叶子敏的脸一下子褪了血色，她咬着嘴唇，眼白一下子烧上了血丝："郑源！你这算什么？"

"考虑考虑吧，你……你不是非得现在答应我。"郑源将那个红绒盒子按进叶子敏的手心，她看着他无名指上那一圈暗红的伤痕，挣扎了一下，没有推开。

第二天，郑源照常上班，小叶在床角缩成一团睡着，乖巧得让人心颤。他一整天都魂不守舍，既想早点回家，又不敢早点回家。等真的打开门，空落落的房间已经预告了噩耗——小叶已经离开了，红绒盒子端端正正地摆在床尾。电话不接，短信不回，他呼吸着空气中残留的香水味，忽然生出了巨大的恨意。

他跟着卓一波在刑侦线跑了几个月，见多了作奸犯科，张焕这种地下酒吧的老板，一个随身携带打手的人，干净不到哪儿去。

而小叶，她如果在那儿，那就是她的错了。

他拨通了举报电话。

"举报'胭脂'的居然是你……"汪士奇目瞪口呆："你……还真是……"

"瞎猫撞见死耗子，对吧，居然让你们搜出了那么多白粉。"郑源自嘲地笑笑，"过了一个礼拜小叶就回来了，说是回了老家一趟，跟她妈提了我们结婚的事，家里人很高兴，那枚戒指也就顺理成章地戴了回去……我曾经以为这样也可以，你说，一辈子这么长，多少夫妻能一直爱得死去活来的？到后来，不都是搭伙过日子么。"他顿了顿："没想到，这样子的一辈子也没给我。"

汪士奇眼眶一热："你……你别这么说，以后会好的，真的，我保证！"

"你保证，自己的烂摊子还没收拾完呢。"郑源指指天花板：

"想好问什么了么？"

"我以为是你来问。"汪士奇立刻怂了下去："这位我真的……搞不定啊……"

看汪士奇那个夹着尾巴悻悻的样子就知道他不是开玩笑。程诺一开门，他连身高都好像缩了水，低眉顺眼地打招呼："程老师好。"

"大晚上的非要上家来，你们最好给我有正经事聊。"程诺把两人让进去，眼睛瞟到郑源的手杖，"这是怎么了？"

"友军误伤。"汪士奇说。郑源没好气地瞪了汪士奇一眼，对方已经在沙发上缩成一团。"好好好，都是我的错，你们饶了我行不行？"汪士奇用力搓了一把自己的脸，"我记得今天的主题不是英明神武的汪警官控诉大会啊？"

"说正事吧，找我干吗？"程诺在两人面前放下咖啡。

"来解决一下我们共同的心结。"郑源打开钱包，抽出小叶的照片，这一次他吐出一口气，终于将它翻了过来，放在茶几的正中央。程诺的脸色一下子变了。

"查了这么久，终于到这一步了……"她盯着那上面的小叶："找到凶手了？"

"虽然没有，但已经很接近了。"汪士奇插进来："现在还差最重要的一步，那就是——你。"

"我？"

"对。跟我们说说吧，当年你跟小叶还有张焕，到底是怎么回事。"

程诺脸上的肌肉抽搐起来："你们知道这个干吗？"

郑源不回答，将文件夹里的照片一张接一张地摆出来："十年前的杜蔷薇肢解案，小叶失踪案，十年后的徐子情袁佳树被杀，他们之间不是独立的案件。杜蔷薇与徐子倩袁佳树还有吴汇都是二十三中的同学，至于小叶……她跟张焕关系密切，而张焕跟徐子倩之间也没那么简单。"

"那又如何？她可是销声匿迹好多年了。"

"如果我说，迄今为止的所有案子可能都是徐子倩所为呢？"郑源凑近了程诺："小叶是唯一一个跟她没有任何联系的人，我之前一直以为她是因为我报道杜蔷薇分尸案才遭了毒手，但是现在我们有了张焕。说吧，不用担心我，你们的关系我已经知道了。"

程诺的目光在郑源汪士奇之间扫了一圈，后者跟她对视了一眼，微微点了点头。

"听起来这个徐子倩不是个省油的灯。"程诺的手指划过摊开在桌上的玫瑰文身特写，"放在一起看，确实……"

她说，小叶的文身应该是张焕亲手做的。

"我就直说了吧，张焕特别喜欢她。"程诺点了根烟，脸上泛起悔恨，"之前我跟小叶很好，特别好，真的，要不是我胡乱认识的那些朋友，小叶后来也走不到那一步。"

程诺认识的朋友在"胭脂"里开生日派对，她带上了叶子敏，张焕进来的时候坐在她的身边，酒过三巡，程诺被灌得晕头转向，身边的两个人已经不知所踪。

"别看小叶模样文文静静，她心里面其实挺野的，特别容易着那些混混的道。"从酒吧回来没多久，小叶就闹着要跟程诺分手，那时候程诺还不知道是为了张焕，她咬死了不放手，两个人打也打了，吵也吵了，程诺一气之下还扣了对方的手机身份证，小叶冷笑一声，干脆就没再回宿舍。

没过两个礼拜，小叶牵了一个男孩儿回来，她笑眯眯地跟程诺介绍："这是我男朋友，郑源。"程诺彻底绝望了，她把东西还了回去，接下来她们没再说过话。

直到有一天，隔壁的学姐过来敲她宿舍的门："程诺，赶紧下去管管，你们小叶在下面发酒疯呢。"她急匆匆地下了楼，把醉醺醺的小叶从大堂抗回了床上。脱掉外套的时候她在小叶的衣服兜里发现了"胭脂"的火柴盒，刺得眼珠一痛。

之前她一直以为小叶晚上打扮得妖冶鲜艳是去跟郑源约会，连带着觉得这个外校生也不是什么好东西，这么看起来，她出去也许根本不是为了见他。

她联系了那个在"胭脂"庆祝生日的朋友，对方吞吞吐吐地告诉她，其实张焕跟小叶已经好了挺长时间了。"说了你可别生气啊……焕哥这么多年没这么认真地喜欢过谁，看她不像玩玩就算的，我们也就不好说什么了，毕竟你情我愿你说对吧……"程诺挂了电话，怒火攻心，转头就想给郑源打过去，电话号码刚拨了一半，小叶醒了，她定定地看着程诺，忽然坐起来，拦腰一把抱住了她。

"别这样对我……"她期期艾艾地哭着，声音小小的，软弱又可怜："求求你……我怕……"

程诺手里的电话突然像是灌上了成吨的铅。叶子敏是个满口谎言的小混账，但可恨之人总有可怜之处。她心一软，那个电话就没有再拨出去。

"你要恨我可以尽情恨。"程诺手上的香烟几乎没有动过，烧出一截长长的烟灰，她叹口气，一下子按灭在烟缸里："但是当时我真的觉得，能让她好起来的，也许就只有你了。"

她的判断大体没错，小叶后来收了心，安定地在郑源身边当起了贤妻良母。郑源很宠她，似乎一直也不疑有他，虽然在洋河公寓那次，他从来不愿意提起到底发生了什么。

"……所以说，一开始就是假的。"郑源出神地盯着墙上的油画，那是一副复制品，《犹迪杀死荷罗浮尼》，不是众所周知的卡拉瓦乔的版本，而是来自女画家 Artemisia Gentileschi。阴暗的布景，被血腥割头的男人，红衣和蓝裙的两个少女脸上毫无畏惧，正在合力完成一桩谋杀。"这就是为什么她没选汪士奇而是选了我，对吗？我还以为她至少有点喜欢我，其实根本不是吧……她……她只是因为我人在外校，因为我不会怀疑她，大概还因为我蠢……"他想要装得轻松一点，但手里咖啡颤抖的波纹出卖了他，汪士奇从他手上拿下了杯子，没有说话。

"她还是爱你的，不管你信不信。"程诺站起来："如果只是为了骗过我，那之后早就跟你分手了。她没有，说明她放不下你。包括那一次……她也不想跟张焕走。"

"那一次？哪一次？"郑源追问："张焕要带走她？什么时候的事？"

程诺犹豫地皱起眉头："就是'胭脂'关门之后没多久，张焕追去学校宿舍找小叶，她怕了，偷偷跑到我家来躲了几天。那之后，张焕就消失了，我们谁也没再见过她。"

"应该就是我跟徐烨去突击检查那次，让张焕给跑了，所以她才回去抓小叶，她想带她一起跑路。"汪士奇一拳捶在茶几上，震得杯子哐啷直响："要是当初我没有放跑她……"

"现在马后炮还有啥用，这个人不是早就已经跑了？"程诺一下子泄了气："打草惊蛇，她估计早就改头换面了，翻遍祖宗八代都找不出来。"

"那也不一定。"郑源交叉手指，深深地吸了一口气："还记得郭立东说的吗？他是被张焕驱使去给徐子倩供货的，建立毒品网络不是一朝一夕的事，市里面家大业大，她不可能放弃这么大的金库。躲过几年风头，应该早就回来了。"

"说是这么说，可现在上哪儿找她去啊？"

"说不定还真有办法。"汪士奇忽然诡异一笑，转头拨通了一个电话："喂，美琪吗？警察到了没有？……刚到楼下？好，那你帮我个忙。"他看了郑源一眼，对方像是察觉到他的意图，诧异已经写在了脸上，还没等郑源开口，汪士奇已经脱口而出：

"你现在上去，帮我把郭立东给放了。"

陷阱

浓黑的夜里，郭立东驾驶着一辆二手本田飞度，玩命地冲刺过大街小巷。

裤裆里一片湿黏油腻，急拐弯的时候屁股在座椅上直打滑，呼吸一阵急过一阵，连手表的指针似乎都比往常转得更快。郭立东两眼血红，一边暗骂着自己时运不济，一边加速赶往目的地。

五分钟前。

一杯冰水兜头盖脸地浇到脸上，激得人反射性地一抖。郭立东头晕目眩地睁开眼，正好对焦在一片雪白的胸脯上面。

"都什么时候了，还瞎看！"胸脯的主人敲了他一把，他彻底清醒过来："……朱美琪！"

"不想死就给我小声点！"美琪捂住他的嘴，"警察可已经到楼下了。"

郭立东侧耳一听，那呜哩呜哩的动静可就不是警车鸣笛的声音吗。他周身一僵："你这是要彻底弄死我啊！"

"我要是想弄死你早弄死了，还用等现在？"美琪跳下床，"啪"的一声推开厕所的气窗。"从这儿走，爬过水管，能跳上对面的屋顶。怎么下去你自己想办法。"

郭立东彻底糊涂了："你到底想干吗？"

"大哥，是你自己惹上不该惹的人了，我也是迫不得已好吗！枪都指着头了，逼着我给你发消息，我能不从吗？"美琪见他还愣着，干脆拽起他往窗口推："话先说清，警可不是我报的，平时抬头不见低头见的，我要是真这么干了，传出去今后一样被人打断腿。"

"那……那……谢谢啊！"郭立东终于被说服了。他一条腿跨出窗外，转念一想又回了头："对了，今天那俩……到底什么路子？"

"我哪知道啊？人家难道还跟我自报家门吗？"美琪白了他一眼："不过我听见他们说话，好像是冲着你们头儿来的……说了好几次，叫什么……张……张……"

"张焕！"郭立东脱口而出，看美琪一脸"对对对就是这个人"的样子，他忍不住骂了一声。

连头儿都被盯上，这到底是惹上谁了？不管了，当务之急，先通风报信……

郭立东拖着麻痹的左腿颤颤巍巍地跳上楼顶，穿过天台的时候上下一拍口袋。我手机呢？

他恨不得捅自己一刀，可惜口袋里只有车钥匙，只得气急败坏地"唉"了一声，转头跑向了停车的地方。

同一时间，美琪微笑着掏出郭立东的手机，扔进了洗手池里，扬长而去。

"你定位了他的车？"郑源一脸难以置信："这不太合规矩吧。"

"非常时期，要用非常办法。"汪士奇不置可否："我现在已经停职了，干这件事的不是汪警官，是汪士奇。"

郑源头疼地揉了揉自己的太阳穴："什么时候弄的，我怎么不知道？"

"出门找徐烨帮忙查郑确的时候，顺便跟停车场打听了一下。"汪士奇坏笑："又没坏处，不管最后谁来开走，总归能捞着点什么。"

尖锐的提示音响起，手机屏幕上的GPS定位小红点闪烁了几下，停在一栋废弃建筑的旁边。

"行了，饵已经下了，看看这次能不能捞着大鱼。"汪士奇一脚油门，银灰色的车身像一枚子弹冲膛而出，射向目标。

郭立东提着裤子连滚带爬地下了车，从消防通道往上，弯弯绕绕地跑了一阵，终于冲进了一扇包着红丝绒的木门。

"焕哥！焕哥不好啦！有人要找你麻烦啊焕哥！"他的声音回荡在空旷的黑暗里，忽然，有一点冰冷的金属抵上了他的后颈。

"为什么不先打电话。"

"丢……丢了……焕哥你听我说，今天有两个男的找上门来了，他们……"

"闭嘴。"那个声音比金属还要冷。郭立东不敢回头，他的汗水砸在积灰的地板上。

"说你是个废物还真是一点没错。"

汪士奇与郑源的面前是一座废弃的影院。

20世纪九十年代的遗留产物，手绘的大幅海报已经褪色到几乎看不清了，郑源抬头看了一眼快碎完了的玻璃灯泡："咱们以前来这儿看过片子么？"

"怎么没看过，地道战，地雷战，后来还有成龙的，十块钱一张票，翻窗进去免费。"汪士奇笑嘻嘻的："那窗户还是你小子发现的吧。"

"发现是发现了，我可没唆你去爬。"郑源踢了踢汪士奇的屁股："赶紧进去吧。晚了可就赶不上好戏了。"

"也对。"汪士奇抬手撕掉了玻璃门的封条，大踏步闯了进去。

这电影院是一间老式大礼堂改的，二层挑高，内里空间很大，一点轻微的动静都能引起巨大的回声。郑源紧挨着汪士奇踏进其中，室内漆黑一片，手机射出的光柱只能看清脚下几步的距离，尘埃飞舞，汪士奇忍不住打了个喷嚏。

"嘘……"郑源侧耳："你有没有听到什么声音？"

汪士奇动动耳朵，好像确实听到了某种有规律的轻响：嗒、嗒、嗒、嗒……他顺着那点声源朝前看去——那里是正中央的木质舞台。

"这边。"汪士奇拽住郑源的手腕，引导他跟紧自己。等踏上舞台的那一刻，他终于适应了昏暗的光线，这才看清楚面前是一大幅暗红的帷幕，顶端已经坍塌了一半，露出背后残破的木结构，滴答声就是从这后面传来的。

汪士奇伸手抓住那粗糙的布料："你怎么看？"

郑源轻轻摇了摇头："凶多吉少。"

随着汪士奇轻轻一拽，帷幕轰然落下，一个倒吊的人影出现在他们的面前——是郭立东。他已经失去意识，被绑住脚脖子挂在半空中，脖子上开了个血洞。他们听到的是他的血溅在地板上的回声。

"还活着！"郑源上去一摸脉搏，马上用手捂住了伤口，他抱住了郭立东的肩膀往上送，试着把人解下来。汪士奇迅速地扫了一眼四周，看见了地板上半个红色的脚印，尖端指向后台的一翼。

"刚做的，人应该还没跑远。"汪士奇拔腿就追："你在这儿守着，叫救护车！"

报复

汪士奇已经有很久没有感受过这种热血沸腾。

他当然在每天坚持跑步，但那跟狂奔的感觉是截然不同的。狂奔，那是豁出命来的速度，是用百米冲刺的速度跑完根本不知道有多长的赛程。他只有一个对手，跑赢了她，就是胜利。

天知道他等这一天用了多久。那几乎耗费了一生的耐性。而他原本就不是什么有耐性的人。

影院里到处是朽烂的地板，摇摇欲坠的楼梯，堆叠的废旧器材和手推车像一道道路障阻挡着去路。汪士奇管不了这些，他靠着本能越过危险，跑，跑，跑，鞋底的反作用力冲击着他的脚掌，汗水蒸发在半途，他的嘴里尝到了血腥的味道。

快了，就快要到了。他催促着自己，鞭挞着自己，对抗着肺部要炸裂的剧痛。就在他冲进大厅的同时，门外响起了砰的一声，那是关上车门的声音。

从大门冲出去再追是一定来不及了。汪士奇心跳如擂鼓，已经到这一步了，他不允许自己失败。

声音来自电影院大门右侧，进来的时候他瞟过一眼，那边顺着人行道溜边停着六辆车，一辆老款雪铁龙，一辆尼桑SUV，两台现代，一台轻卡，最末停的是郭立东的破本田，哪辆是张焕的车？

她会开郭立东的车吗？应该不会，郭立东被追踪的事应该已经暴露了，否则他不会遇害。一个在逃毒贩，会开什么样的车呢？品牌不会太招摇，以免引起注意，但性能一定很好，拥有很大的内部空间，方便随时携带重要物资进行逃逸，最关键的一点，他一定不差钱……

汪士奇的脑子里像安了个搅拌机，成千上万条线索在里面飞速旋转。有一点异常的图像在眼前闪过，他闭上眼睛，在意识中探出手指，猛的一抓——

我为什么会瞟那一眼？

因为那里停着的不是普通的尼桑 SUV，是日产乐途，均价一百一十万。

而那辆车的上方，正好有一扇玻璃镶嵌的气窗，因为背对柜台，又在柱子的死角，是他跟郑源当年逃票的万用通道。

汽车的发动声响起。

汪士奇微微一笑，突然加速，冲刺，踩着堆叠的垃圾奋力跃向高处。

他朝那扇窗户笔直的冲去，彩色玻璃拼出的六角形花纹在眼前陡然放大。来了！他抱住头，摒起呼吸——

张焕跑进那辆 SUV 的时候街道上空无一人。她随手将三角刮刀扔在脚垫上，用力关上门，啐了一口。

真是不明白世界上怎么会有这么多蠢货。姓郭的跟着自己也不是一天两天了，关键时刻还是这么不中用，一诈就慌。

还好这里只是个临时落脚点。张焕回头看看后排放着的两箱

"货"，什么都无所谓，只要有这个，她总能从头开始。

她舔舔嘴唇，发动了车子。

砰！

一声巨响突然在半空炸裂，紧接着又是一声。车灯反射下，一团黑影混着玻璃渣从天而降，砸在她的车顶，她一惊，还没来得及反应，那黑影已经顺着挡风玻璃滑下来，黑洞洞的枪口隔着玻璃正对她的眉心。

"嗨，好久不见。"汪士奇用带血的手指敲了敲玻璃，"介不介意出来聊聊？"

张焕出了车门，双手举过头顶。按汪士奇的要求，她脱掉外套，扔了车钥匙，汪士奇还不放心，上手把人又搜了一遍。

"你果然是警察。"张焕冷笑："叶子敏真是……这么多年了，还阴魂不散。"

"亏你还记得我。"汪士奇笑笑，擦了一把脸颊上的血迹。"说说吧，你跟徐子倩，你们是怎么……"他顿了顿，"杀了她的。"

"要是我不说呢？"

"哦。"汪士奇看了张焕一眼："事先声明，我不打女人。"

张焕的脸上浮现出嘲讽的微笑，一秒钟后，那笑容僵在了脸上。

汪士奇扣动了扳机，张焕的左腿膝盖炸出一朵血花。

"我不打女人，我的枪可不是。"他歪歪头："现在可以说了吗？"

张焕捂着伤口倒在地上，咬牙切齿："你……"

"别浪费时间，我的同事已经在路上了，现在说算你主动交代。"

"交不交代有什么区别，还不是个死？"

"那不一样，死也分干脆不干脆的。"他朝张焕的枪伤努努嘴："我还剩四发子弹，你觉得下一枪我该打哪儿？"

张焕不吭声，汪士奇也没劝，他再次拉开了保险栓。

"等等！……我说！"枪管摩擦的喀拉声终于击溃了张焕的防线，她忍不住大喊起来："我也不想的！我只是……我只是迫不得已！"

"迫不得已？"汪士奇眯起眼睛，"迫不得已虐杀还是迫不得已分尸？还是一条龙服务全包啊？"

"我不知道你在说什么。"张焕抬头望着汪士奇，"我不干那种事。"

"是吗？"汪士奇冷笑，将一沓照片扔到张焕脸上，"你给叶子敏纹了个玫瑰文身。徐子情身上也有一个，现在两个女人都死于非命。对此你有什么想解释的吗？"

"我……"张焕噎住了，她低头看着手边的照片，眼神动摇了一下。"没有人能拒绝她。"

徐婷是徐雪松的独生女儿，年纪不大，张焕第一次见她的时候，她穿着小裙子，白球鞋，粉嫩的双手齐拢拢地叠放在膝盖上，说不出的乖巧可爱。她看着好玩，逗了她两句，那姑娘睁圆了眼睛看着她："你对我有意思吗？"

她觉得好玩，伸手掐了一把她的脸："是啊，怎么了？"

"没怎么，我爸派人做掉你的时候，应该会从这只手切起。"她饱满的嘴唇咧开来，露出雪白的牙齿。张焕一时错愕，让徐婷抓住了她的手，细细抚摸上面的文身："哪弄的？"

"自己纹的。"

"我也想文一个。就在这儿，纹一朵玫瑰。"她扭过身子来在后腰比比画画，张焕想起什么，表情一僵："……玫瑰有什么好的，上面是血，下面是刺，有毒的。"

"有毒才好呢，他们不懂。"徐婷语毕一笑，是少女的娇憨，却又莫名渗人。张焕有点迷上了这种渗人，那危险感让她觉得自己还活着。

自从"胭脂"被人举报藏毒之后她已经麻木很久了。那天算她倒霉，正撞上做大货交易的日子，亏了上百万，手下一半的人都折了进去，一夕之间失去了钱、权势、地位、一切，最重要的是，她失去了叶子敏。

那女人真是漂亮，也真是狠心。她爱她那么久，连她在外面找男人都能原谅。结果呢？她就像一条养不驯的狼，关键时刻躲她躲得比谁都快。她曾经就在她背后纹上过一朵玫瑰，在她的"男朋友"找上门来的第二天。浓重的青色在皮肤下晕开，叶子敏淌着汗，嘴里是细细的喘息："你轻点……痛……"

"痛吗？这个痛就是要你记着，下次没这么容易饶了你。"

她的威胁没有生效。当晚"胭脂"出事，她辗转逃到外地蛰伏三年，最近才偷偷摸摸地回来。曾经的风光是别想有了，她找到徐雪松，想靠着徐家保住自己的生意，东山再起，徐雪松却迟迟没有松口，敷衍了几句就出门接电话去了，留下一个独生女儿跟她面对面。这么看起来，徐婷确实可以左右她的生死。张焕苦笑一声："等你大一点再说吧。"

她最终也没有被做掉，反而是对方主动找上门来。距离上次见面过了一阵，徐婷已经大不一样了，她改名叫徐子倩，挑染成火红的头发扎成马尾，露脐装和低腰裤之间露出一截莹白。"以前说的话还算数吧。"她脸上挂着难得的兴奋，眼珠子也不再是冷冰冰的，而是染上了一层异样的灼热："给我弄个玫瑰。"

她递过一张拍立得相片，昏暗的底色上一具惨白胴体，盛开的花瓣若隐若现。张焕眯起眼睛盯着上面可疑的污渍："那是血吗？"

"你管它呢。"她的嘴唇满不在乎地翘起来："就说你干不干吧。"

"如果我说，得先让你爸帮一把我的生意呢？"张焕的手指触到她的脸："一个文身而已，随便哪家店面都能做，非得找我，一定有什么别的理由吧。"

"你威胁我。"徐子倩停了一秒，再次扬起嘴角，那是张焕最熟悉的笑容："倒是挺有趣的。"

"还有更有趣的呢。"张焕的嘴唇距离她只有一厘米："试试？"

在徐子倩的注视下，张焕脱掉外套，背后文着一整幅恶鬼修罗。

"疼的话就说。"张焕手里的针头不断刺入下方白皙的皮肤，似曾相识的画面恍惚间倒流回了几年前："……以前有人跟我说，这里特别难忍。"

"疼有什么难忍的，比这难忍的多的是。"徐子倩的声音没有丝毫波动，"你以前给别人弄过？"

"……嗯。"张焕想了想，老老实实地答了："一个女人。"

"她又是因为什么？"

因为我。因为她应该完全属于我。张焕心里说着，嘴里却含含糊糊："总之跟你不一样。"

"一听就是有问题，藏着掖着的，有意思吗？"徐子倩拨弄了一下案头的照片："人啊，都是贱，求不到的才是最好的，吃不到的才是最香的。"

"我可没有求不到，是她……"话刚出口张焕就自觉失言，但还是带着点恨地说完了："她背叛了我。"

徐子倩头一偏，忽然挂上窥探的神色："那你想杀了她吗？"

张焕的手抖了一下。她赶忙查看手下的活儿，还好，没走样。"怎么突然问起这个？"

"没什么，"她转头玩着自己的手指，仿佛只是说了个无关紧要的笑话："连人都没杀过，还想跟着我爸混？"

"说的好像你杀过似的。"张焕嗤笑。徐子倩也笑："干吗？当我吹牛啊？"

她确实没有吹牛。半个月后张焕被一个电话叫到一处屠宰冷库，空气冷得发蓝，每踏一步都能闻到被冻硬的生肉的气味。在那里，暗色的阴影深处面朝下倒着一个被绑来的女人，腰上的衣服撩起来一截，一朵熟悉的玫瑰盛开在正中。徐子倩的白球鞋踩着她的头，手里端着台立拍得，咔嚓一下，咔嚓又一下："喂。报仇的机会来了。"她看着地上那张脸，喉咙里突然涌上一阵气急败坏的憋闷。

那是小叶。好久不见的小叶，临阵脱逃的小叶，跟了一个男人的小叶。双臂反剪到背后，粗糙的打包带勒进皮肉，僵起了一指高的红痕，曾经的长发剪到齐肩，被地上的污水濡湿了，贴在线条优美的脖颈上，夜一样黑，梦一样甜。张焕头晕目眩，不知道是她的美让她显得更狼狈，还是那狼狈衬得她更美了。

徐子倩血红的嘴唇一开一合："这女人就是你跟我说过的那个吧？巧不巧，正好落到我们手里来了。"

她已经陷入半昏迷。张焕蹲下身查看，严重的不真实感逼迫她伸出手去摸上了小叶的脸颊："这是……怎么回事？"

"你还蒙在鼓里呢？这女人的老公就是当初举报你的人啊。你这些年不人不鬼的，人家结婚生子，幸福美满，哎哟，真是厉害。"她高高兴兴地检视着手里的照片，把其中一张伸到张焕的脸前，那里面是一栋破旧的木屋，一个男人躺在地板上，绑着手，额头渗出血迹。张焕的心沉下去：这就是当初找到洋河公寓来的那个人。

"老谢他们都审过啦，一件件问得清清楚楚。怎么样，大好的机会，可以开荤了吧。"徐子倩递过一把三角刮刀："手上不沾点血的人，我爸可信不过。"

她说得好像只是在帮她一个忙。张焕当然知道事情没那么简单，但她已经红了眼，只想着一雪前耻。

她死命抓住了小叶的头发，将她的脸转向自己。疼痛让小叶稍微清醒了一些，那双熟悉的眼睛微睁，缓缓地扫过她，甚至还透出一点往日的缱绻多情。她带着伤痕的嘴唇打开了，哆哆嗦嗦的气息拼凑不出一句完整的话，只能在几个断续的单音节之间跳跃：

"我……不……我……救……救……张……张……"

她没等她叫出她的名字，她不敢等。

刮刀扎进小叶动脉的时候血溅得老高，盯着那股鲜红的、汩汩的溪流，她心口那股憋闷终于释放出来。

"痛吗？这个痛就是要你记着，下次没这么容易饶了你。"

叶子敏的身体剧烈地颤抖着，淌着汗，嘴里是细细的喘息。那模样还是那么迷人，让张焕陷入醉酒似的迷幻。她忍不住把手放在那个血洞上，感受着一小股一小股随着脉搏涌出的热流，像是将手伸入了喷涌的温泉。没过多久，那泉水终于渐渐枯竭了，挣扎平息下去，桃红的面颊爬上青迹，张焕怔怔地盯着那双失去光泽的眼睛——她死了。

"行了，准备收工，该切的切该扔的扔吧。"徐子倩咂咂嘴，意犹未尽地从一旁的铁柜上跳下来，像是榨干了最后一滴美味。两个面生的男人走过来，赤着上身，只套一件塑胶围裙，面无表情地开始收拾尸体。利刃切割，大刀截断，砍剁腿骨的时候黄色的脂肪飞溅了一点到张焕脸上，还带着未散的温度。她呆呆地站着，徐子倩走过来，带着点怜爱的表情给她擦了。

"哎哟，不嫌脏啊你。把手洗洗，鞋底也冲一下，这样儿可出不了门。"

张焕的喉咙干涩，半天才挤出一句话来：

"她……之后她会怎么样？"

"就扔路边咯，还想怎么样，给她买个镶金骨灰盒啊？"徐子倩漫不经心地把纸巾团了团，扔进垃圾桶。男人们已经开始冲洗地板，小叶消失了，取而代之的是五个电器纸箱，其中一个还印着粉色的 Hellokitty 头像。张焕隐约想起来，不久之前，似乎也有这么一个案子，那些箱子的归宿，是公交车站。

她打了个寒战，冲口而出："要不交给我吧。"

徐子倩歪歪头，脸上多了点玩味："你？你要来干什么？"

"贸然扔出去风险太大，最近不是全城都戒严了么？我想藏到没人找得着的地方。"见徐子倩半信半疑，张焕又补了一句："人是我杀的，我不想被抓，这尸体是最大的证据。"

"行吧。你这个人，倒是有点想不到。"徐子倩"咯咯"地笑出了声。她亲了一口张焕的脸，在她眼前举起一个透明塑胶袋，那把染血的刮刀已经被装了进去："不过也别太放松啊，这个东西以后可要永久寄存在我爸那儿咯！"张焕一震，那上面有她的指纹。就这么一夕之间，她上了贼船，也下了地狱。

几个男人收拾完毕，退进了阴影里。像是给大戏谢幕的领舞，徐子倩抬起手臂踮着脚尖，用跳芭蕾的姿势轻盈地跃到冷库中央，完美避开了地上残余的血迹。她抬脚跨过地上的一个还没盖起来的纸箱——有 HelloKitty 的那个，里面装着叶子敏的头。"不过呢，走之前先让我拍几张照片。"她笑嘻嘻地端起宝丽来，前后晃动着身体对焦："别忘了，还要给那个男的送一份大礼。"

警车的鸣笛声划破了夜色的寂静。

"所以……是你杀了小叶……"汪士奇的声音在喉咙里滚动，像是拼命压住了哭声："就为了……就为了……"

"不知道，为了永远得到她吧。"张焕凄惨地笑笑："死掉的人才是永远不会离开的人。"

"你到底把她藏哪了！"汪士奇一把揪起张焕的前襟，对方发出了骇人的号呼："你找不到的，你们都找不到，谁都想不到她在哪儿……"

"无所谓，我有的是办法对付你。"汪士奇一把扔下她，枪口瞄准了对方的脚掌："她在哪？"他拉开了保险栓："说！"

张焕紧闭牙关。一枪。

"说！"

鲜血在地面浸润出了一个不断扩散的圆圈。又一枪。

"说！"

第四枪的时候张焕终于张了嘴。她的喉咙发出疯狂的噪音，像是咆哮、尖叫和嘶吼的混合，过了几秒汪士奇反应过来。

她在笑。

"把我打烂了又怎么样，屁用都没有，你谁都救不了，小叶也是，那个男人也是。"张焕咧嘴："你是不是把他一个人丢在礼堂了？他叫什么来着？郑源？"汪士奇的汗毛倒竖起来，她的大笑像重锤抡在他的天灵盖上："你不会觉得，这里只有我一个人在吧？"

汪士奇气急败坏，眼见警车已经出现在拐角尽头，他一把拎起张焕，将她的手铐在车轮上。

"你给我等着，要是老郑有个三长两短，我保证把你切了喂狗！"

他握紧手枪，狂奔进电影院。

"老郑！老郑你在吗？"汪士奇大喊着跑进礼堂，没有回答，一片寂静里透出不祥的气息。汪士奇绝望地冲向尽头。果不其然，木质舞台空空荡荡，那根登山手杖滚在地上，郑源不知去向，就连郭立东也不见了。

十年前那场暴雨好像重新拍打在了脸上，汪士奇手脚发沉，摇摇欲坠。不行，不能这样，无论如何老郑也不能死……他强迫自己压抑住狂奔的心跳。冷静，他对自己说，焦虑毫无用处，早一秒冷静下来，就为郑源的存活多争取了一秒的时间。

提示音突兀地响起，他掏出手机，发现对方的微信发起了位置共享。

汪士奇勾起嘴角，孺子可教也，这家伙果然还不是老头子。

他跳上车，朝着那个闪烁的红点扑去。

遇险

汪士奇冲出车门的时间是晚间二十一点零五分，一月十七日，星期天，静得只能听见急促的呼吸声。

月凉如水，汪士奇的大衣下摆被远远甩在身后，鞋底撞击在广场的地面上，在他的脚下，无数马赛克瓷砖被镶嵌成巨大的螺旋纹样，鲜红与暗褐交织，回旋往复，据说只要绕着广场跑得够快，螺旋就会自己动起来。汪士奇顾不上这些，他奔跑着，像一颗燃烧的陨石划破木星表面的巨大旋涡，疯狂，急速，三二一。

汪士奇不信命，他只信自己，然而郑源的宿命论此刻却一遍遍回荡在他的耳边。自从出事之后那人就爱讲因果，仿佛只有这样才能从无尽的绝望感中稍作解脱。命中注定，真的有这样的事情吗？茫茫宇宙之间，又是哪里的神在安排这些无尽的巧合呢？

郑源的实时位置最终静止的地点，是高通广场的雪松大厦。

原本应该紧锁的玻璃大门此刻不祥地敞开着，自动锁碎在地上，沾着点不易察觉的血。汪士奇掏出枪捏在手上，小心翼翼地跨过一地狼藉进了大堂。大灯没开，只有墙侧的应急灯照出一点昏暗的轮廓。他四处打望，最终视线落在正中，一米高的环形前台桌后面透出个模模糊糊的人影，歪着头，不动，也不说话。他心里一慌，强撑着让自己走到跟前去，近了，更近了……他数着自己的步子，一直到面对面才发现那是个保安，地上还有一个，汪士奇伸手一摸，还好，都有呼吸，应该只是敲晕了。

他松了一口气，马上又加倍地不安起来。这栋楼统共二十层，好几百个房间，挨个找过去估计郑源都已经凉了。他必须赶快找到人，可是人会在哪儿呢？一个被张焕和徐雪松绑架的人，一个被害者的丈夫，一个报道过丑闻的记者，为什么会被带到这里？带到连接十年前和十年后的，一切悲剧开始的地方？

巧合也许是一种混沌因果学，拥有肉眼不可见的内在关联。暴风眼中心的徐子倩结了一张网，哪怕她已经死了，他们也被牢牢地系在这斩不断的脉络纵横当中。想到这里，汪士奇心里隐隐拼凑出一个故事，关于绝望，复仇和同归于尽的故事，每一个故事都需要男主角。他心里灵光一闪，冲向电梯，直奔十九楼。

走廊尽头最后一间，是徐子倩的办公室。

一片玫瑰花瓣划过郑源的脸旁。

夜风呼啸而过，像高速飞出的冰刀刺透脸上的皮肉，让人不自觉涌出生理性的泪水。这样的风里居然挟带着一瓣玫瑰。奇怪，现在还不到初春，她是如何早早地开了，又是如何脱离了花茎，自顾自飞到这里来的呢？半空中大概有个气旋，让那深红的花瓣去而复返，远远近近地盘旋着，仿佛一丝勾连的幽魂。这近乎迷幻的一刻让郑源着迷，他轻轻抬起了手探出去，还没等触到，背后抵着的金属一紧，一个声音响起来："找死吗？别乱动。"

死？郑源牵动嘴角。事到如今，他最不怕的就是死。他在地府门口徘徊太久了，始终不得其门而入，狼来了太多次，他已经厌倦了。

只是在那之前，他还需要知道一件事。

郑源保持举着手的姿势，缓缓转过身来，直面身后的男人——四十出头，面目模糊，走在大街上不会被任何人注意的那种男人。他说："我记得你的声音，你就是那天打电话的人。"

男人一愣，旋即脸色恢复如常："收钱办事而已。"郑源稍稍抬起脸，越过他的肩膀去看后面，门口不远的地方还站着一个人，背着手，像一个事不关己的围观路人。"徐总这钱给得倒挺值。"

徐雪松干笑一声："我也没有三头六臂，怎么可能事事亲力亲为。"他走过来，脸色被月光映得发蓝："也不光是老李一个，他是打了电话，'接待'你的还有别人。那么大的排场，一个人哪里做得过来。"

果然猜得没错，根本没有什么变态杀手，有的只是团伙作案。郑源叹气："谢谢你看得起我。不过，既然今天非死不可，能不能也让我死个明白？我的妻子，叶子敏，你们当年到底对她做了什么？"

"哎，说起这个，是我疏忽了。"徐雪松摇摇头，好像说的是一只被无端轧死的小猫小狗，"小女当年不懂事，跟同学闹了一点小麻烦，尸体不好久放，兄弟们就想了个办法处理了出去。本来嘛，闹得越大越离奇，警察越不会往最简单的方向去想，原本这事儿就这么混过去了，谁知道当年你郑记者风头那么盛，跟警方又熟，差一点就要捅破窗户纸了，我能怎么办？只好扣了你老婆，想着引你出来教训一顿，吃点亏就老实了。谁知道……"

谁知道，徐子倩已经先他一步下了手。等徐雪松到了的时候，箱子都装完了，手是手，脚是脚。

"爸，我这不是也在帮你的忙嘛！"徐子倩笑嘻嘻地捏着徐雪松的肩膀："之前把姓杜的那个贱人弄成了变态分尸案，看样子大家都信了。但是你想啊，如果真是变态，哪能一次就收手呢？我这是做戏做全套。"见徐雪松不说话，徐子倩又把那个塑胶袋拎起来："放心，都是代劳的。您不是一直拿不准张焕这个人吗？我让她动的手，这也算立了一功吧。"

徐子倩诡秘一笑："那个人呀，我要他活着。"她咬着手指，眼睛里反射出兴奋的光："只有活着，他才是这个案子最大的阻碍。"

"只有活着，我才是这个案子最大的阻碍。"郑源凄惨地笑起来："因为我身在其中，既是被害人，又是追查者，我会偏执，会怀疑，会灰心，会放弃，我就是最大的干扰因素，让汪士奇他们没办法再心无旁骛地查下去。"

"你确实很聪明。"徐雪松皮笑肉不笑："可惜了你们汪警官，他在你们俩中间选一个的时候，一定想不到那姑娘早就死透了。"

郑源的心突然狂跳起来："选？选什么？"

"选你们两个让谁活命呀。"徐雪松拍拍老李的肩膀："他当时是怎么说的来着？"

"他？他说他选——叶子敏。"

风声越来越大了。

郑源站在风里，冰冷的呼啸声灌满耳朵，连带着脑子也渐渐冰冻起来。老汪选了叶子敏，他想，这不是错，就算是自己站在跟前，也一样会要求他选叶子敏。她是女人，弱者，被保护的一方，丈夫的妻子，孩子的母亲，选叶子敏，无论如何是不算错的。但是……但是……

他脑子里跑马灯似的跑过这些年，自己所沉浸的那个世界，悲伤，痛苦，自责，怯懦，他以为对方无法感同身受，事实上他背负的枷锁和负担一点也不比自己要少。汪士奇这些年是怎么熬过来的呢？站在高处的时候，手握利刃的时候，会不会也像他一样涌起那股冲动？在他一次次想要自我了断的时候，那人又是怀着怎样的心情一次次把他救回来的呢？

他原本应该跟他站在一起的，但这十年，他却推开了他，一次又一次。

"行了，话都说清楚了，这下可以上路了吧。"徐雪松不耐烦地迫近，"顺带一提，明天你会被当成精神错乱见报，因为沉迷调查，你绑架杀死了郭立东，把我臆想成主谋前来复仇，最后，你跟我的保镖老李扭打，过程中不慎坠楼了。"

"难为你还专门碎了一面玻璃。"郑源直视着悬空的夜色，"既然这样，为什么不直接杀了我算了？摔死跟其他死法，有很大区别吗？"

"区别当然有，按我女儿的话说，做戏要做全套，一场好戏，当然要有一个精彩的结尾。"再次提到徐子倩，徐雪松的脸上添了一点凄惶，"要不是你们，她原本应该好好活着的。"

郑源哑然失笑："你是说，你女儿指使别人杀人，分尸，诱人吸毒，谎报案情，都是我们的错？是我们追查案子，寻求真相，维护正义逼死了她？"

"你闭嘴！"徐雪松大吼，"她才多大！她只是不懂事！她……"徐雪松的五官搅拧在一起，像是终于被戳中了要害："世道这么乱，到处都是坏人，我没有时间管她，她只能靠自己……"

"借口。"郑源冷冷地打断他，"都是借口。比起真正不幸的人，徐子倩拥有的不是太少，而是太多了——是你的纵容害死了她。"

"哼，随便你怎么说吧，反正你已经输了。"徐雪松咬牙切齿，他的声音突然压下去，越来越低，越来越低，低到几乎听不见，但那几个字却像凝固成了实体，一个字接一个字的砸在他的心上："你不是一直想知道你老婆的下落吗？告诉你，就在这个广场下面。"

广场下面？是了，他看过建筑图纸，楼龄正好十年。十年前，这里还是一片狼藉的工地，整个施工过程都由雪松集团的老板亲自监理，张焕作为他身边的新晋膀臂自然畅通无阻。高通广场就像一间巨大的客厅，而小叶，是被埋在徐家地板下面的骸骨与冤魂。

巨大的冲击让郑源头晕目眩。他摇摇欲坠，眼前发黑，恍惚间视线晃到脚下。他从来没在这个角度俯瞰过高通广场，月亮藏进云端，墨色的天幕覆盖下来，像死神的毯子缓缓地爬上冰冷的墓碑。直到最后一刻他才恍然大悟，那个巨大的、鲜红与暗褐交织的螺旋，原来是一件再熟悉不过的暗示。

那是一朵抽象的玫瑰。

而他马上就要坠落于其间。

轰！

巨大的噪音伴随着飞溅的木片在房间内炸裂，办公室的门碎了，被人硬生生撞碎了，那个横冲直撞的神经病，是汪士奇。他喘着气，淌着血，如此狼狈，如此不可思议，他站在郑源的正对面，像是要说很多话，却又什么也说不出。距离他十步远的地方，一整扇落地窗碎得只剩下框架，郑源的半只脚已经踏在了边缘，唯一让他停留在原地的，是老李抓住他衣襟的手。

汪士奇干涩的喉咙里迸出一句："不要。"

"居然还有主动跑过来送死的。"老李调转枪口对准汪士奇的胸膛，嘲弄地摇头："可惜，求我也没用，你也要留下来一起陪葬！"

"你闭嘴！"汪士奇恶狠狠地吼回去，眼睛却始终盯着郑源："不要！不要死！人活着总比死了好……活着起码是个念想，死了，可就什么都没了。"

又是这句话。郑源想，他一直以为这是对他说的，其实，这话，说的是汪士奇自己吧。

他死了，汪士奇才是那个一无所有的人。

郑源突然笑了起来。笑，大笑，笑得上气不接下气。

老李被他的狂笑骇住了，他威胁性地把人往前一推："你笑什么！"

几块玻璃喳应声而落，许久之后才传来破碎的回声。郑源还是笑，笑声让他说话的声音都变得断断续续："我……我是笑你们蠢。知不知道有一句话，叫做反派死于话多？"

他掏出了那台手机，高高举起。

"你可以杀了我，也可以杀了他，但你刚刚说的已经全部被我录下来了。"他终于收起了笑容，"你以为汪警官是怎么找来的？我早就打开了定位，警察已经在来的路上了，只要把这台手机扔出去，他们立刻就能找到。这就是你杀人，分尸，绑架，诬陷的证据。而你，还有这位帮凶，作为我的'受害者'，总不好亲自下楼去找吧？"

徐雪松的脸色瞬间变得铁青，他飞扑过来，跟老李同时伸出了手。郑源的手腕微微一扬，一眨眼的瞬间，已经松开了手指。

与此同时，他大喊了一声："就是现在！"

"砰！"

"砰！"

"砰！"

血花炸裂在半空，徐雪松倒在一步远的地方，而老李，他抓住了手机，同时额头上也多了一个黑洞。最后的表情还没来得及消退，混合着惊讶、怨毒和不甘。他的身体僵硬地朝前倒去，越过了窗棂，马上就要笔直的下坠……

汪士奇肩膀也中了一枪，但他什么也顾不上。他快步向郑源跑去："老郑！老郑你没事吧！"

在汪士奇的面前，在巨大的空洞之前，郑源面色平静，甚至有些从容。他说："傻小子，别怕。"

老李没松开紧抓住郑源的手。惯性和地心引力将他带离了最后的安全区域。

一眨眼的工夫，他已经消失不见。

再见

一年后。

汪士奇缓步踏过满地黄叶。拐角有一家小小的花店，他走过去，冲老板一挥手，对方露出熟稔的笑容："还是老样子？"

汪士奇点点头，接过老板递来的花朵——包在旧报纸里，整整一打长梗玫瑰，含苞待放的火红。

"来这里送玫瑰花的，你还是第一个。"

汪士奇避过老板好奇的目光："嗯……是一个朋友喜欢。"他付了钱，从后门的小道穿出去，没走多久就抵达了目的地。

那是一块簇新的墓碑。整洁，简单，线条柔和。墓碑正中，镶嵌着一张小小的照片。那双熟悉的眼睛栩栩如生，仿佛一直在注视着他。

汪士奇把玫瑰放在那目光之下，轻轻地说："别来无恙。"

万籁俱静，只有风声，那一点尾音在空气里消散开去，更显得秋意渐浓。汪士奇叹了口气，转身要走，突然听到背后传来一个声音。

"别来无恙。"

他惊喜地瞪大眼睛。转过头去，看见对方插着口袋冲他笑，卡其布旧外套上几点水笔的痕迹，是他去年的杰作。

"老郑！你怎么来了？"

"我怎么不能来？"郑源晃晃荡荡地走到汪士奇面前，"每天躺着也无聊，干脆提前出院。"

他的头发剃得铲青，侧面一道长长的刀疤，来自一场凶险的开颅手术。他是九死一生的人，他有权利这么任性。

反正不会死的。他想，要死，早在雪松大厦的那天晚上就已经死了。

那天晚上，从汪士奇站立的位置冲到郑源坠落的地方需要五秒钟。

这是汪士奇生命中最漫长的五秒钟。

当跪倒在地板上时他甚至想到了上帝。他是那么讨厌神，但此刻他向神做了最虔诚的祷告。别让他死。他心想。只要他不死，老子保证管你叫爹，每天都叫。

他颤颤巍巍地探出头去，然后，他看见了神迹。

那一刻，月光刚刚冲破云层，糖霜样的柔白瞬间洒满了整个世界。散落在四周的碎玻璃反射着璀璨的光芒，在窗棂下面，郑源一只手把住了凸起的外墙，而老李，早已经坠落在地面，像一只小小的蝼蚁。

汪士奇一下子哭出了声："老郑……郑……你……太好了……活着……你没死……我……"

"不是叫你别怕吗。"郑源仰起脸，心跳得很快。他想笑，又想哭，最后决定还是先吼那个哭得一塌糊涂的男人："还不快拉我上去！"

他们终于走到了沉冤得雪的这一天。徐雪松当场被逮捕，因为郑源的手机录音，他毫不挣扎的招供了全部罪行，然而他不知道的是，那台手机在老李坠楼的过程中摔得稀碎，并且，从一开始就没有打开录音键。

张焕亲自指认出了小叶被藏尸的位置，骸骨被起出来的时候汪士奇跟郑源都在场，两人一起注视着那个大坑，像是注视着一个深渊，水泥和黄土下面交织着冥冥中无法参透的天意。

"这里……是徐子倩的尸体被发现的地方吧。"汪士奇转头去看郑源，后者面色平静，像是终于放下了什么，又重新捡起了什么："巧合。"他喃喃地说："只是巧合。"

一个月后，高通广场重建工程启动，那个巨大的螺旋彻底从人世间消失了。新修好的地面铺上了低调的大理石色，就像面前静默的墓碑——小叶的，杜蔷薇的，郑确的，袁佳树的。这一年里，汪士奇受郑源的委托给他们送花。人已经消失，但玫瑰还在，只要花还会再开，活着就总会有希望。

"行了！不说废话，为了庆祝你又又又出院了，咱们出去撮一顿！"汪士奇的声音热热闹闹地插进来，打断了冷清的回忆。他大手一伸，一下子把郑源揽得紧紧的："老地方，我请。"

"老地方，不是早就拆了么？"郑源锤了汪士奇一拳。汪士奇呵呵地笑起来："是拆了，拆完还能重建嘛！老子盘下了那个店面，一个礼拜前开的张。"

郑源的眼睛一下子瞪圆了："这么大的事情，这么长时间，你不告诉我？"

"跟你说你又该急了。"汪士奇自嘲地摇摇头："案子是破了，功也立了，但我也闯了那么大的祸，与其让上面为难，还不如自己主动辞职来得松快。"

郑源露出拿他没辙的笑容："……那边有酒么？事先声明，我可没钱。"

"没关系，老子有的是钱。"

"那走吧……哎，你车呢？"

"卖了。"

"卖了？"

"咳，可能我也不是那么有钱。"

"你好意思让我走着去？"

"那你想怎么去？背着抱着抬着搂着，都行，我不挑。"

"你滚。"

他们的背影渐淡在深秋的薄雾中。

番外篇

长途旅行

高考结束的第四天，郑源躺在一床篾席上发困。

风扇没开，风却是有的，窗口朝北，树的阴影探进屋里来，混着蝉鸣一起，窸窸窣窣一阵，窸窸窣窣又一阵，郑源像是躺上了一艘湖心的船，眼皮忽轻忽重，随时要晃悠到梦里去。

正是这个时候，汪士奇的电话打过来了，郑源的船圆囫囵翻了过去。他甩甩脑袋，气急败坏地勾起听筒。

"干吗呢，这么久才接。"汪士奇的声音理直气壮，郑源莫名有了自己理亏的错觉。"没干吗，睡着了……"他含含糊糊地打了个哈欠，"分数出来了？"

"哪那么快，你以为期中考啊。"背景里的声音乱糟糟的，汪士奇扯着嗓子硬是盖了过去："喂，没事就出来玩一趟，我在火车站，你一点前到就行，记得带上……"

电话那头更吵了，郑源不耐烦的拿远了些，也冲着听筒吼了回去："行了知道了，你等着我先滋泡尿马上就来。"

路过客厅，他瞄了一眼躺椅上醉成一摊泥的母亲，张了张嘴，到底没说话，转而留了张纸条在酒瓶下面。

等郑源迷瞪着眼睛晃到了候车大厅才明白过来汪士奇约在这里见面的意思——对方背着个登山包，帐篷、睡袋、防潮垫、手杖一应俱全，就差没在胸口红漆标宋印上"远足野营"四个大字。郑源低头看看自己的老头衫和人字拖："……你去吧，我先走了。"

"那不行，我票都买了。"

"你去退，手续费我出。"

"喂，姓郑的，不带你这样的啊。"汪士奇四舍五入一米九的个儿拦在郑源面前，一叉腰把路给堵死了。"都给你说了让你带好行李不要迟到，你磨蹭到现在才来还给我空着手，这是什么意思啊？想绝交直说。"

"你个电话吵得要死，我哪里听得清楚。"郑源翻个白眼："现在回去拿总行了吧。"

"来不及了，一天就一趟，再有十分钟就发车了。"汪士奇见郑源不为所动，干脆揽着他脖子直接往检票口拖："没事，咱们就去趟凤凰岭，装备应该用不上，大不了我陪你住旅店总可以了吧。"

郑源还要作无谓地挣扎："我连条内裤都没带。"

"怕什么，穿我的，我不嫌弃你。"

"可是我……"郑源刚开了个头，感觉箍着自己脖子的手臂威胁性的收紧了一圈，他抬头看看汪士奇的表情，把"可是我嫌弃你啊"七个字讪讪地咽了回去。

汪士奇家有钱，警察局长独生子，高薪养廉的直接受益人，光是他现在手头端着瞎玩儿的那台徕卡 m3 就够郑源交完两年学费还带找零的，所以郑源不明白他为什么要买这趟价格最便宜耗时也最长的绿皮火车。他无聊地趴在车窗边上，眼见不过是一片乏味的绿接着另一片更乏味的绿，连起伏都少得可怜，才刚醒来两个小时不到，他现在又想睡了。

"你懂啥。"汪士奇拨弄着镜头，对准窗外咔嚓捏了一张，"这条线出了名的风景一流，多亏这个车速，要不然根本拍不下来。"

"那我呢，我拿什么拍？"

"你会吗你？"汪士奇鄙夷了两秒，扔过来一个立拍得。"玩玩这个得了。"

拍立得也并没有那么好玩，郑源胡乱捏了几张就重新陷入了瞌睡的边缘。他揉揉眼睛，迷糊中看见汪士奇踢了踢对面的空座位："不行你先躺会儿，到地方了我叫你。"

"啧，这破位子坐着我都嫌硌。"

"那你站着去。"

"累。"

"那就只剩最后一招了，"汪士奇笑眯眯的揪起了郑源的后脖领子："跳车吧，我帮你。"

意料之中的一顿互殴。

"醒醒，到地方了。"汪士奇嫌弃地晃了晃郑源："赶紧的，口水都蹭我胸上了。"

郑源从汪士奇肩上支起脖子，一股酸麻顺着左半边身子蹿了上来。两人站起身踏上那个破败的小车站，距离他们出发已经过去了五个小时，暮色四合，晚风微凉，最后一缕夕阳映在汪士奇挺拔的鼻梁上，给他的侧脸镀上了一层毛茸茸的金边，此情此景，让郑源情不自禁地伸出手去，揍他的。

"都是你！爬个什么山啊！都吃晚饭的点儿了！"

"车要晚点，你怪我有什么用！"汪士奇轻松接下他的拳头，摸了摸咕咕叫的肚子，果断下了决心："先找地方住下吃饭，爬山什么的明天再说。"

四下无人，汪士奇转了一圈，最后是一个骑着车的中年女人搭上了话："住店啊？这么巧，我家就是开店的呀。你们也别找了，镇上就这一家，百合旅店，你们往前走两个路口一拐弯就到了。"她撩着暗红的碎花裙摆蹬着车，雪白的脖颈连着脸侧，转头附送了一个和气的媚笑："跟我老公说是我叫你们去的，给你们打折！"

汪士奇立马挂上了狗腿的笑："谢谢姐！……哎，姐怎么称呼啊？"

"你叫梦姐就行！快去吧，晚了可不定有没有房间了！"

郑源拒绝突发状况，在他看来，一切突发状况无外乎是因为智商太低加上无组织无纪律造成的恶果。他能徒手写出一千五百字议论文一个字不多一个字不少，他的袜子严格按照深浅排序，他午睡一小时三十分钟之后起床，打开电视正好可以接着昨天的集数继续看《天龙八部》，他十八年人生里的唯一变数就是跟汪士奇这个成事不足败事有余的搅和在一起，特别是被拖到这么个鸟不拉屎的荒山野岭来之后，他拒绝一切跟他有关的事，比如只有一间旅店，比如旅店只剩一间房，比如一整晚都要对着他那张蠢脸生闷气。

"放心吧，这破地方怎么会客满，你以为拍偶像剧呢。"汪士奇一边敲着柜台等老板拿钥匙一边打着哈哈，"再说了，能跟我住一间房明显是你的荣幸啊。"

郑源已经打不动他了。

房当然是有的，一间204，一间205，郑源如释重负地松了口气。汪士奇交完钱，顶着地中海的老板慢悠悠的领着他们去房间："你们不要看这个房子老，派头是有的。看看这个墙纸，啊，1981年跟我太太结婚的时候贴上的，当年什么行情！纯进口货！"老板敲敲墙壁，震得一旁挂着的结婚照噗噗往下落灰。郑源看着上面穿着老派婚纱礼服的老板和梦姐，红脸蛋子和塑料珍珠大项链相映生辉，除了没有地中海和皱纹，好像一切都跟现在一样，一种老派的地老天荒。

"……我太太去朋友家看见了，喜欢得很，之后我特地托人去毛子那边走火车拖过来的。这上面印的都是百合花，我太太最喜欢百合了，她说，百合兆头好，百合百合，百年好合……哎，跟你们这些小孩子讲了也不懂。不说了，我得给她烧晚饭去了。"汪士奇已经进了隔壁，郑源嫌弃的摸了摸有些粘手的柜子，一屁股倒在床上目送着老板带上门出去，开始思考自己是先睡个回笼觉还是先填肚子。

还没等他躺扎实了，那颗半秃的脑袋复又探了进来："忘记讲了，洗手间就一个，两边共用的，门没有锁，你们通融一下，岔开一下时间。"

汪士奇已经从另一边打开洗手间的门龇牙笑了："喂，要不要一起洗澡啊。"

郑源哀号一声，抄起一个拖鞋扔了过去。

半夜三点，郑源从一阵心烦意乱中醒过来，兴许是白天睡太多，现在就是把床翻烂了也没办法继续睡下去。他叹了口气，后悔太早烧掉了自己的五年高考三年模拟，在这种鬼地方，就算做卷子也比失眠强。

就在这时候，卫生间传来一阵窸窸窣窣的响声。郑源眨眨眼睛，抄起一个枕头翻身起了床。他蹑手蹑脚地藏到门边，准备给汪士奇来个出其不意攻其不备。

半晌，门开了，汪士奇却没有像郑源预料的那样怪笑着冲出来，跳到床上，骑着自己一通揉搓什么的。——太安静了。郑源提着枕头从门后面转出来，看到汪士奇立在一片漆黑里，一动不动，脸色被窗外漏进来的一线月光映得发青。他抬起手在对方眼前挥了挥，汪士奇抖了一下，突然踏前一步死死抱住了郑源，脸上湿乎乎的蹭了他一脖子，不知道是泪是汗。

"你干吗！"郑源推不开他，只好改为努力推开他的脸，"姓汪的你撞鬼了啊！"

"……嗯。"

"……几个意思？"

"你说，世界上是不是真的有鬼啊？"

郑源当即就要笑出声来，为了听完汪士奇认怂的全过程，他掐掐自己大腿，忍了回去。

"我刚刚醒了，有点口渴，想说下楼找老板弄点水喝，可是去了之后发现老板不在，我刚想回来，突然听到有人在唱歌……"

> 春季里，艳阳天，百草回芽遍地鲜
> 情郎呀，别离我，一去为客在外边
> 忘记了，当初呀，那么一段美良缘
> 少年郎，年轻郎，哪能就把良心变
> ……

那一缕音乐像一缕似有若无的香水，细而高，夹杂着模模糊糊的女声，一阵一阵的挠着汪士奇的狗耳朵。他一时好奇，跟着声音左转进了一楼走廊，101，102，103，104，他路过一扇扇紧闭的木门，最后停在了尽头的109。

咿咿呀呀的唱曲下面多了点什么声音，汪士奇侧耳，似乎听到一个女人在说话，那声音，莫名有点熟悉。

"死了这么久了……我难过呀……"

"三年了……埋在荒郊野外……连块碑也没有……"

"你对不起她！"

最后一句调门陡然拔高，汪士奇吓得一抖，他咽了下口水，往前推了一把，像一切恐怖片里演的那样，吱呀一声，门开了。

"我说过多少次了，鬼片求生守则第一条，随便开的门不要随便进。"郑源手里的枕头丢向汪士奇，后者已经被他一脚踹开，滚去床头缩成了一团。"这不是鬼片！这是离我们家门口一百公里的景区！我不是来这里求生的啊！"汪士奇抱着自己的头，欲哭无泪。

"先别说这些，后来呢？"

"后来，后来，我就看到了……那个……"

漆黑的房间里空无一人，汪士奇看到的是一张遗像，镶着黑框，挂着白绸，点着香火，放着供果，一切都是一张标准遗像该有的样子，但是那遗像上的人——那个女人——

"你是说，109挂着梦姐的遗像？"郑源歪歪头，这下他是真的忍不住了。"梦姐不还是你搭上话的么，你是不是看花眼了。"

"千真万确！连发型都一样！你不信我带你去看好不好！"汪士奇跳起来拖着郑源就要下楼，郑源被他死死攒着胳膊，心说这时候你倒是不害怕了。

郑源到底没见着所谓挂着遗像的109房间。确切地说，还没等他们摸到门把手，老板的声音已经在背后炸响："你们干吗！"

汪士奇的脸登时就僵了，他不敢回头，磕磕巴巴的解释："他……我……梦姐……这屋……"

郑源没等汪士奇说完就捂住了他的嘴。人生地不熟，大半夜的跑来说人家老婆死了，换成自己，揍他一顿都算脾气好的。

老板手里系着裤子，一看就是刚蹲完坑出来："什么呀，说清楚，这屋怎么了？"

"没什么，我朋友脑子缺钙，夜里老梦游，这不我刚逮着，马上就走，马上就走。"郑源揪着汪士奇往回带："哎，梦游就梦游，还老说胡话，我看多半是废了。"

汪士奇当然不肯承认自己废了，虽然路过那张结婚照的时候他默默藏到了郑源背后，并且坚决不肯再回自己房间待着。都说撞鬼霉三年，郑源看着睡得四仰八叉横占了大半张床的汪士奇，觉得撞鬼的是自己。

第二天一早，郑源是被一阵剧烈的摇晃给晃醒的。

"这不是下午才发车，你让我再睡会儿……"郑源从嗓子眼儿里往外挤着话，妄想着尽快缩回到他还没有做完的梦里去——鉴于此刻窗帘大开、天已大亮，还有个汪士奇把席梦思当蹦床在跳，他的妄想也只能是妄想了。

"对呀，所以趁着发车前要赶紧去爬山啊！要不然我们来这里干吗？"汪士奇把郑源推得坐起来，爪子作势伸到他的腰上去："再不睁眼我要用撒手锏了。"

郑源闻言一个翻身蹿去了卫生间，五分钟之后连脸都洗完了。他怕痒，尤其怕汪士奇挠痒，更何况只要汪士奇动起手来，最后都会演变成一场斗殴，并且每次都以他战败告终。郑源叹着气，打算做最后的挣扎。他走出来，冲汪士奇踢了踢脚上的人字拖："我就穿这个去爬山啊。"

汪士奇一脸早有准备的坏笑："那怎么成，来，穿这个。"他扔过一双解放鞋来，军绿色，胶底，鞋舌里侧盖着个大红的圆戳，42号。

郑源差点没被那股劣质橡胶味熏一个跟头："你上哪搞来这么农民工的鞋。"

"嫌弃啥，你现在跟农民工唯一的区别，就是没有农民工挣钱多。"汪士奇哈哈笑着，又掏了两个热气腾腾的包子递过来："赶巧了，楼下早点摊旁边就是个杂货店，这土鳖地方买到能穿的鞋你就笑吧。赶紧的，吃完快走。"

汪士奇的态度过于轻巧，郑源一度怀疑昨晚的遗像事件是自己妄想症发作。不过等到退房的时候他还是看出了一点端倪——汪士奇全程回避老板的注视，而老板转而看自己的时候，郑源又觉得那眼神似乎确实有哪里不对劲。

早上十点，明晃晃的太阳已经有些毒了，好在凤凰岭坡度舒缓，风景宜人，确实不是什么需要专业装备的地方，比起登山，郑源更乐意称它为远足。——所以，郑源双手插袋跟在汪士奇屁股后面，对着他半人高的专业登山包翻着白眼。——特地背着这么一堆破烂来是要干吗？耍帅吗？

对于郑源的嫌弃汪士奇倒是毫无知觉，他兴致勃勃的杵着登山杖，科学迈步，匀速呼吸，简直是把脚下修葺良好的便道当成珠峰在征服。郑源看着他一本正经往前走的样子，突然冒起了一点耍他玩的心思。

"老汪！老汪！"郑源拔高了调子，一把拽住汪士奇的背包带子，趁着他一脸懵逼的档口适时摆出吓坏了的表情："你看！那是什么！"

汪士奇顺着郑源手指的方向看过去，脸一下子白了。

"哈哈哈哈哈，你看你那张脸，真该给你拍下来。"郑源笑得打跌，举起拍立得就捏了一张。"平时没看出来啊，你胆子怎么这么小，随便吓吓你就……"

"不是。"汪士奇的额头上沁出冷汗："刚刚那里，有人。"

"有人也不奇怪啊，你又没把这山包下来。"

"不是，那个人，好像……"

"好像怎么，你不会又要说，昨天晚上看见的遗像显灵了吧。"郑源扯下立拍得吐出来的照片甩了甩，汪士奇瞪大的眼睛正在一片虚无的黑色中慢慢显影。"哎哟笑死人了，我要拿回家裱起来。"郑源把照片举到汪士奇的脸边，忽然间笑不动了。

照片里，在他指过的地方，一个身影浮现在枝枝蔓蔓的树丛间，虽然虚了焦，但郑源还是能看出来暗红的碎花裙子，披下来的头发遮住了脸。

汪士奇的后半句到底从嗓子里挤了出来："那个人，好像梦姐。"

郑源抬眼看向那处，哪还有什么人。

汪士奇抢过他手里的照片，烫着似的一甩手扔了。

闹了这么一出，原本轻松的徒步之旅气氛一下子冷下来。郑源倒是想提议立刻打道回府，可又不想让汪士奇反过头嘲笑自己胆子小，他把立拍得挂在屁股后面，埋头跟着一声不吭的汪士奇，估计他脑子里想的也差不多。

因为一路无话，速度反倒快了很多，临近中午，他俩已经踏上了凤凰岭的顶端。汪士奇像模像样的掏了个崭新的便携瓦斯炉出来，又翻出了两包泡面。

郑源见状翻了个大大的白眼。"我说你差不多得了，这不是晚上就回家吃了么？"

"你懂个啥，来都来了，怎么着也得体验一把。"汪士奇递过一个水壶："去，刚刚上来的地方有个小溪，弄点水回来。"

郑源还想顶嘴，肚子里一阵叽咕作响到底让他服了软。他往回走了几分钟，顺着潺潺的水声找到了地方——那里不止有小溪，还有一个带着小瀑布的浅潭，一线水流从高处顺下来，四散着阴凉，倒是有几分声喧乱石中色静深松里的意思。水底有细细的鱼苗，若有似无的一聚一散，郑源玩心起了，脱了鞋甩了东西踩到潭边的浅滩里，他合拢双手弯下腰凑过去，打算捉几条活的回去邀功。

身后传来一阵急促的脚步声，郑源连头也懒得回，只顾屏息凝神盯着小鱼，一边在嘴里嚷嚷："姓汪的你先别进来，马上就抓到了！"

汪士奇不答话，从背后贴近了他。郑源的手窝进水里，正打算撩起来泼他一脸，忽然被水面倒映出的那张面孔给噎住了——那哪是什么汪士奇，分明是梦姐！郑源心脏一阵紧缩，只听到一声尖利的呼叫："别在这儿待着了！赶紧走！赶紧走！"他反应不及，肩膀被人捉住猛地一推，一头栽进了潭中央。

没想到这水看着没什么，中间还挺深。郑源扑腾着，脑子里闪过最后一句话。想了想，又追加了一句——可是我不会游泳啊。

再次睁开眼睛的时候，郑源迎面撞见了汪士奇凑近的大脸。他身子发沉，脑子糨糊，呼吸道里全是水腥气，饶是这样，他也抬起手结结实实的给汪士奇左脸一拳。

"你小子，恩将仇报啊！"汪士奇松开了他，恨恨的揉着腮帮子。

"谁准你给我人工呼吸的。"郑源嫌弃地擦着嘴坐起来，发现自己还躺在水潭边，鞋和水壶都在老地方摆着，好像刚刚的险境都是一场梦。"我的初吻可是要送给周慧敏的。"

"你以为我乐意，要不是我救你，初夜你都别想送出去了。"汪士奇站起身，捞起T恤下摆擦了擦汗。郑源一脸困惑："你救我连衣服都不带湿的？"

汪士奇愣了一下："谁说我下水了？我跑过来的时候你就在岸边挺尸了好么。你还真行，自己溺水自己还能爬回来再晕。"

郑源眯起眼睛，脑子里闪过一点模模糊糊的画面，幽暗，动荡，一只伸过来的雪白的手，暗色的头发像一团幽灵变幻着形状，缝隙中闪过的一张脸，那是——

汪士奇捶了一把郑源的肩膀："喂，想什么呢！泡糊涂了是吧？"郑源猛地一醒神，想也没想就捶了回去，汪士奇一下变了脸色，皱着脸嗷了一声。郑源盯着他领口里跌出来的一段肩膀，瞄见一小块污渍："你那儿怎么了？"

"……枪伤。估计是土铳打的。"

郑源赶忙扒拉汪士奇的左肩，只看了一眼心就沉了下去——背后比前面伤得更严重，棉质的衣料擦烂了，透着血糊在背上，晕出了一片淡红。

"这谁干的！"

"我哪知道，刚低头在那儿点火呢，突然就炸了一下，等我回过神来哪还看得到人。"汪士奇看见郑源慌了神，赶忙又往回找补："没事儿，不疼，就是看着吓人。土铳打的是铁砂，这一枪又是擦着肩膀过去的，没打到肉里。"汪士奇弯腰捡起水壶相机和郑源的鞋："不过这地方不能待了，赶紧走！"

郑源一愣："刚刚……这话我刚刚也听过……被推到水里之前……"他对着汪士奇煞白的脸，不知道该不该说下去："是……是梦姐……"

汪士奇咬着牙不说话，半晌，把鞋塞回到他手里："不能再回去了，咱们换条路走。"

凤凰岭是这两年新兴的徒步景区，好处是没有过度开发，坏处也是没有过度开发——除了郑源他们进山的那条便道就没有第二条路。所以此刻汪士奇所谓的换条路走，就成了两人在荒山野岭间磕磕绊绊的鬼打墙。

"喂，我说，不行还是原路回去吧，我觉得也未必有埋伏……"郑源拄着一根树枝当做临时手杖，饶是这样也觉得膝盖以下酸得不行。除了手头的水壶和立拍得，他的所有东西都在汪士奇的包里，汪士奇的包又丢在了凤凰岭的山顶，没有手表、没有手机、没有指南针，郑源说不清他们走了多久，也说不清他们是否在原地打转——仿佛还嫌他们不够倒霉似的，之前晒得人打蔫儿的毒太阳此刻也不见踪影，铅灰色的乌云一层层的压下来——要下大雨了。

"回去真被打死了，算你的还是算我的？"汪士奇喘着气，脚下却没停，"从昨天住进那家店开始就不对，哪哪都不对。"

"错，住店的时候没什么不对，是从你非说自己撞鬼了开始不对的。"

"我没事说自己撞鬼，我闲的啊！跟你说，千真万确，就是梦姐的声音，连哭带喊的，一进去就不见了。再说了，就算声音能听错，那么大一张黑白照片，我5.0的视力，也不可能看错啊。"

"可是这种镇子里的大姐们还不都长得差不多……"郑源嘀嘀咕咕："好啦就算你真撞了鬼吧，这鬼头天蹬着自行车给我们指路，第二天还跟着咱们上山，还会用土铳打你？你不觉得它掌握了太多现代科技吗？再说了，人家为什么要杀你，找替身这性别也不对呀。"

"你别忘了之前是谁把你推到水里的，论找替身你比我合适。"

郑源还没来得及骂他危言耸听，豆大的雨点忽地就砸到了头顶。"又来！衣服还没干透呢！"汪士奇捂着脑袋左右看看，手一挥指向不远处一处凹陷的洞口："那儿！谁慢谁是小狗！"

郑源不想当小狗，但是等缩进那个比狗洞大不了多大的地方他还是成了落汤鸡，第二次，一天之内。

先到的汪士奇还有心情拍手笑他，郑源盯着洞外被雨水砸出一个个小坑的泥地，突然觉得心好累。

原本以为是夏天常见的过云雨，撑死十几分钟也就完事了，没承想这场雨却下出了风格下出了水平，眼看着天都黑了，雨势却丝毫没有减弱。郑源在黑暗中缩成一团，下巴顶着膝盖，一边翻着鸡皮疙瘩一边觉得莫名的烦躁。他饿，冷，颓，被漫天的大雨困在这个鬼地方，他从没像今天这么想过家。

"你说，我们不会死在这里吧。"郑源的声音沙哑，把汪士奇吓了一跳。

"瞎说什么，别胡思乱想，咱们进山好多人看见了，过了点没出去，肯定有人来找咱们。"看他不吭声，汪士奇又加上一句挤兑："再说了，我可不打算陪着你死，我这种人中龙凤，真挂了得有多少姑娘哭着喊着的为我守寡啊。"

"就你？趁早歇吧，别抢我媳妇就谢天谢地了。"

"那谁知道呢，好玩不过嫂子嘛。"

"你滚。"

汪士奇看他又打起了精神，松了口气，伸过手去撩他，郑源抵挡一阵，到底让他捏到了脸。他气愤地拍了一把，汪士奇却没缩回手。

"咦，你的脸怎么这么烫？"汪士奇的手滑到了他的颈子后面，郑源以为汪士奇又要拿自己取乐，挣扎着要躲。

"别动。"汪士奇把住他的脖子凑了过来，一小块微凉的皮肤触到郑源的额头上。"……你发烧了。"汪士奇的脸离得很近，郑源看不到他的表情，但能感觉到那声音里的忧心忡忡。"这都能病，身体素质不行啊。"汪士奇不由分说把他划拉过去，塞给他所剩无几的水壶："现在黑灯瞎火的更走不了了，等天亮吧。先喝点水，睡会儿。"

"可我……"

"别废话。"汪士奇的手指按到郑源的额头上，凉丝丝的。郑源喝了水，后背挨着一团暖烘烘的热气，一片阴森的潮湿中只有这一点热气让人安定，散发着淡淡的肥皂水味道，即使混着汗和血腥，但那是郑源唯一熟悉的气味。他抽抽鼻子，眼前模糊起来。

郑源爬出山洞已经是第二天大早，大太阳明晃晃的，空气通透，草木水灵，他打着哈欠伸着懒腰，一步迈出去忽然觉得脚下一松，低头一看，松软的湿泥已经没到了膝盖。

"这是……"郑源抬起眼皮，瞌睡瞬间没了——昨天洞外的密林已经不见踪影，只剩一道泥黄的土坡直劈下来，混着石块与断木，摧枯拉朽地冲到山下去——千载难逢的泥石流，居然让他们给赶上了。

郑源连滚带爬地进洞，汪士奇还在睡，压着一边眉头，咬牙切齿的，仿佛梦里也在与人置气。他刚探进去一个头，只听见汪士奇轻飘飘地叫了一声："姓郑的……"

郑源以为他要说什么逗趣的梦话，凑过去听到了下半截：

"……你个傻……"

他当即就想巴他一掌，余光看见他的手臂还保持圈着自己的姿势，临场改为嘣了一记额头。

汪士奇睁眼的速度比郑源预想的要慢，他连拆招都准备好了，汪士奇的殴打却迟迟没有兑现。要不是高三入了党，郑源这个红旗下的唯物主义好少年还真以为他撞邪了。

汪士奇吭哧半天，好赖说出了一句整话："别闹，头疼。"后面两个字几乎出不来声了，说烟嗓那都算抬举了他。

"你还打算在这儿包月呢？"郑源强拖他出洞："起来起来，这破地方，也亏你睡得下去。"

"你这一晚是睡踏实了，我可没有。"汪士奇咳出了声，"你也不看看，昨天，要不是我……咳咳咳……"

等站到了太阳底下，郑源就知道汪士奇所言非虚。他眼眶凹陷，下巴泛着青迹，连嘴唇都脱了色。郑源想起昨天的枪伤，抖了一下，赶忙扶着他的肩膀："行了行了，谢谢你的救命之恩。"

"你真行，谢谢都能说得跟欠你钱似的。"

"你都这样了能先不跟我贫了吗？"郑源给他指指脚下："看看下面。"

汪士奇眯起眼睛："我……你鞋呢？"

"你重点是不是歪了啊。"郑源感叹着智商上的差距："泥石流！我们昨晚差点没给埋了！"

"树都没了，倒是能看见下山的方向了。"汪士奇的重点仍然没有扶正："不过你鞋都没了还怎么走啊？"

"我刚刚不小心踩泥里了，拔不出来，等抽出脚来鞋就不见了。"

"那不成，还是刨出来吧，就这破地，没鞋你怎么走？"汪士奇左右看看，把昨天两人拄着的树枝掏了过来，插到脚印的窟窿里一通搅和。眼看着软和的稀泥就给刨出了一个大坑，一点屎绿色冒了头。汪士奇的眼睛亮了。

"你看，这不是在这儿么，我就说，关键时刻还得看我……"汪士奇强扯着破锣嗓子，手已经插进了泥巴里，过半天鞋还没掏出来，郑源看着他木掉的脸，颇有些不耐烦。

"干吗呢，你手被钳住了啊。"郑源见汪士奇不动，干脆上手帮他拔，须臾，汪士奇的手倒是拔出来了，手上抓着的东西却让两人都愣住了。

那是一只手，或者更确切地说，是变成一把白骨的人手。

汪士奇看着自己手里泥巴糊噜的人骨，连眼睛都直了。还是郑源反应过来，一把从他手上拍了下去。

"别怕，说不定是冲了谁家祖坟了。"郑源一边安抚他，一边硬着头皮往里看——湿泥还在缓慢的滑落，零零散散的半具骷髅渐渐显出形状来，没有棺木，只裹在拉拉杂杂的白色布料里，看来他踩下去的那一脚正好踩着了人家的手。郑源头皮还在发麻，耳边响起一下快门声，回过头，汪士奇正在往立拍得外拽着照片。

"变态啊你，这都拍？"

"谁知道是不是犯罪现场呢，凡事要留证据，这是我爹说的。"汪士奇站起身来，举着照片想要看看清楚，眼睛却怎么也对不了焦，天旋地转之下，有什么从背后撑住了他。

"姓汪的你没事吧！"郑源焦急的声音忽大忽小，脸也像一张曝光过度的照片，连五官都模糊起来。汪士奇想起郑源的那句话，觉得现在复述一遍正是时候：

"……哎，你说，我们不会死在这里吧。"

郑源还没来得及答话，背后传来一阵阵呼喊声，像是救援来了。"你看，哪那么容易死，你撑住，有人来救咱们了！"

脚步声由远及近，汪士奇挤出一个微笑，闭上了眼睛。

汪士奇再醒来的时候，目之所及是泛黄的天花板、老土的水晶吊灯和灰扑扑的花墙纸——他们又回来了，百合旅店，盛惠九十七一晚，不含早餐。

"你醒了？"郑源凑了过来，手里端着一杯水。"别说话，先喝点儿，放了糖。"

汪士奇就着郑源的手吭哧吭哧的灌下去大半杯，喘了口气，终于回过神来："咱们怎么下来的？"

"店老板找着咱们了，带了条路。"郑源揉了揉肩膀："你小子真够沉的。"

"那报警了没？"汪士奇挣扎着要起来，伤口一阵抽痛："还有医生，快给我找个医生！"

郑源把他按回床上："行了惜命小王子，老板已经去叫警察了，让咱们先等等。"他端过来一碗稀饭："吃点儿？"

"他去？"汪士奇的眉毛皱了起来："你怎么不去？"

"你老人家都这样了我能去吗？"郑源慢腾腾地搅和着碗里的米粒："再说了，咱们的包都丢了，一没手机二没钱的，这旅店里也没电话，我上哪报警去。"

"不行，我还是觉得这事儿不对。"汪士奇一把揪住郑源："别吃了！咱们赶紧走！现在！"

"好好好，怕了你了。"郑源被他拖得踉踉跄跄，一边下楼一边还得操心前面这位爷不要直接滚下去。等到了大门边，一压把手，汪士奇的脸彻底垮了。

"锁了！你看！我就说有问题！"汪士奇神叨叨地来回踱步，一楼大堂没有窗户，想出去只能回房间跳窗。

"你不要那么极端行不行，这事儿哪有那么玄乎，店里也没别人，老板出去锁个门不是很正常么？"

"我极端？"汪士奇嚷嚷起来："不信是吧，给你看个东西。"他拉着郑源来到婚纱照前面，从怀里掏出那张立拍得伸到郑源眼前："我之前就觉得哪里眼熟，你仔细看看，"汪士奇伸手指着那具骷髅："别跟我说这又是巧合……"

郑源这才看清楚，照片里的尸骨不是裹着白布，而是穿着一身婚纱。虽然混着泥巴，也能显出来廉价的化纤头纱，大颗的塑料珍珠，左领肩上一朵硕大滑稽的绉纱珠花，一模一样。

"……你之前说的房间，是不是109？"郑源一阵头疼："看来咱们有必要去看一眼了。"

等两人踹开109的房门，才证明了汪士奇所言非虚——白绸，香火，遗像，供果，照片里的梦姐似笑非笑，阴恻恻的眼神正死死地盯着他们。

"你看……我就说……是她……是她死了……她还在跟着我们……"汪士奇抖抖索索，挣扎着就想跑。郑源一把揪住不敢撒手，感觉自己像是揪住了一头发疯的藏獒："听我说！你先冷静点！这里面肯定没什么鬼！就算有，那也是人在搞鬼！咱们要跑也得先搞清楚躲的是谁吧！"

"怎么没有！昨天在山上！你自己拍到的！还有前天！前天晚上！我明明听到她在这屋里说话！打开门就不见了！"

汪士奇还在挣动，郑源拽得手酸，忍无可忍，干脆照着他的伤口来了一拳，汪士奇吃了痛，终于老实了。"先别怕，让我想想，这事儿一定有哪里不对。"郑源松开汪士奇，抬手指了指背后："首先，你说的这事儿是个人都能办到，还记得咱们房间通着的那扇门吗？"

"你是说……卫生间？"汪士奇茫然地走过去拉开那扇劣质的木板门，果然，同样的一扇门出现在对面，直通隔壁的108。

"那天你听到的声音应该是有人在这里说话，发现你过来了，赶紧从卫生间里躲到了隔壁。"郑源掐掐眉心："但现在的问题是，他们为什么要躲着你？"

汪士奇慢慢回过神来："一定是怕我发现什么事情……"

"比如，一个明明应该死了却又活着的梦姐。"郑源若有所思地盯着遗像，"假设梦姐真的死了，店老板把她埋到了山上，又在109给她挂了遗像，那为什么我们又能遇到给我们指路的梦姐？"郑源顿了顿，"一般来说只有一种可能，真的梦姐已经死了，现在的梦姐是个跟她很像的替身。只要这个梦姐活着，真的梦姐死掉的事就不能被任何人知道，比如，半夜跑到109看到了遗像的你……"

"所以昨天想要害死我们的是……"听了郑源的话，汪士奇的脸色更难看了，"这么说就是老板和假梦姐杀了真正的梦姐，偷偷埋到凤凰岭……"

"可是如果那样的话，又何必给人设灵堂，挂遗像，还大半夜的放歌听？"

"说不定是变态呢？"汪士奇瞪起眼睛："别忘了，他们朝我开枪，还差点淹死你！"

"那人家不也打偏了么。而且我……我那时候……"郑源犹豫起来，眼前又看到那个伸向他的女人的手，一片冰凉的潭水里，那触感是那么清晰，带着常年劳动的茧，掌心依旧柔软，温暖，像每一个奋力生活的底层女人，像他曾经的妈。

"谁知道他是故意的还是枪法不行！"汪士奇恨恨的踢翻了地上的火盆，纸钱的灰烬撒了一地。郑源心里不是滋味，赶忙弯腰去扶好，忽然从腿间瞥见一双糊满了湿泥的胶鞋。

一个阴沉的声音从背后传来："……都叫你们不要乱走了，怎么就是不听呢？"

是店老板，他回来了，手里还端着一把土铳。

郑源不是没想过死，但没想过自己是这么死的——手脚被绑得死死的，倒在浴缸里，被龙头里放出来的水慢慢淹过脖子——对，身边还躺着一个失去意识的汪士奇，这次他是冲过去被枪托敲晕的，死法这么奇葩，也算不枉此生。

"别动了，你老老实实的，还能死得舒服点儿。"店老板挎着枪坐在旁边，眼睛里没有一丝波澜："我辛辛苦苦的熬了粥，你们也没吃，可惜呀，那里面已经放好了安眠药，这会儿你们可能都意识不到自己死了。"

"你……你杀了我们，会有人查过来的……"水已经漫到了鼻孔，郑源徒劳的伸长脖子。店老板嗤笑了一声："谁说你们是我杀的？你们是昨天去爬凤凰岭，不小心遇到泥石流被冲到了潭里，等有人找到你们的时候，你们应该已经淹死很久了——可惜呀，年纪轻轻的，怎么就想不开爱到处乱跑呢。看见了不该看的，也就只能这样了。"

死到临头，郑源有点想哭，但更多的是不甘心，他盯着店老板，眼神像是要把他钉穿："所以你也是这样杀了梦姐么？把你自己的老婆淹死在浴缸里？再去山上随随便便挖个坑埋了？这就是你说的百年好合？"

"你给我闭嘴！"店老板腾地站了起来，土铳的枪口直指郑源的眉心："我没有杀她！我怎么可能杀她！"

"你没有杀她？那你怎么会杀我们灭口？说吧，你是不是看上了假梦姐，为了跟她苟且，干脆杀了自己的老婆，一了百了……"

"你胡说！我没有！我不想她死……我不想的……你知道吗，到她死的那一天，她还像刚嫁给我的时候一样漂亮，我给她穿上婚纱的时候，她就像睡着了一样……她不该死，该死的是你！是你们！"

店老板丢下土铳冲了过来，将郑源的头强按到水里。缺氧让郑源的挣扎越来越无力，隔着晃动的水波，他仿佛又一次看到那个幻象——穿着暗红碎花裙的梦姐出现在店老板的背后，这一次，她举起了地上的那把枪。

一天后。

来的时候是晃晃悠悠的绿皮车，回的时候已经是呼啸前行的警车。归家在即，汪士奇却蜷着腿窝在后座，满脸的不高兴。郑源披着个毯子待在旁边，倒是正经一副受害人的样子，不过气色比起他要好了很多。

"这不是都没事了么，脸怎么还这么丧？"见汪士奇不搭理自己，郑源拿胳膊肘杵了杵他肚子："难道是丢了相机心疼了？"

"没有，我只是……"汪士奇的表情混合着困惑和嫌恶："我想不通，把自己老婆偷偷埋了，找了老婆的妹妹冒名顶替，就为了继续拿她一个月几百块的低保钱？人怎么可以这么坏？"

郑源缩回手："穷不是坏，穷只是……"他说不下去，他想起了自己家的状况，那种一分钱都要从泥巴缝里抠出来的感觉他也不指望人家能懂。

汪士奇据理力争："怎么不坏，因为瞒不住我们了，就打算把我们弄死……"

"行了，再怎么说，我们的命算人家救的。"郑源拍拍他的肩，想起被逮捕的冒牌"梦姐"，趁汪士奇昏迷的时候，店老板已经回山上处理掉了那具骸骨，她可以当他们从没出现过，任由他们被弃尸在潭水里，埋在泥石流下面，像真正的梦姐那样慢慢地变成一具无名的骷髅。但她最终还是打伤了店老板，打电话报了警。她不想他们死，从头到尾都不想，也许就像她说的，她和店老板最初只是想将他们吓走，却没想到他们能撞见自己亲手埋葬的尸骸。如果被郑源他们捅出去，自己和店老板就什么都说不清了。他们只是想守住这个秘密，守住一个月三百八十块的补助金，真正的梦姐死前已经得肾病卧床已经很久了，没什么人见过以前的她。

汪士奇还在赌气："尸检结果还没出来，这些鬼话我一句都不信。"

"好好好行行行，一切以我们汪大警官说的为准。"郑源打了个哈欠。折腾了一天一夜，他也累了："喂，你真打算进警校啊？"

"你小子不是吧，志愿都填了，现在打算放我鸽子啊。"

"没，只是我政审估计过不了，搞不好只能去第二志愿。"

"学什么？"

"新闻。"

"……新闻也好啊，以后我专门负责破大案，你专门负责报道我。"

"谁稀罕报道你。"

"那你报道你自己去，去去去。"汪士奇笑着推他："到时就写：著名记者身陷谜案，神勇警官舍身相救。"

"我可不要怕鬼的警官救我。"

"去你的。"汪士奇的半个身子滑下来，枕着郑源的大腿闭上了眼睛："那不怕鬼的记者借我枕一下。"

他们飞驰在通往未来的路上。天还未晚，故事还未完，十八岁的夏天还很长。